DU MÊME AUTEUR

Aux Éditions Gallimard

TESTAMENT À L'ANGLAISE

LA MAISON DU SOMMEIL

LES NAINS DE LA MORT

BIENVENUE AU CLUB

LE CERCLE FERMÉ

LA FEMME DE HASARD

LA PLUIE, AVANT QU'ELLE TOMBE

LA VIE TRES PRIVÉE DE MR SIM

DÉSACCORDS IMPARFAITS

EXPO 58

NOTES MARGINALES ET BÉNÉFICES DU DOUTE

LE CŒUR DE L'ANGLETERRE

Aux Éditions du Rocher

UNE TOUCHE D'AMOUR (Folio n° 3975)

Aux Éditions Gremese

JAMES STEWART

Aux Cahiers du cinéma

HUMPHREY BOGART

Aux Éditions Pleins Feux

UN VÉRITABLE NATURALISME LITTÉRAIRE EST-IL POSSIBLE OU MÊME SOUHAITABLE ? (avec Will Self)

Aux Éditions Quidam

B. S. JOHNSON : HISTOIRE D'UN ÉLÉPHANT FOUGUEUX

Du monde entier

JONATHAN COE

BILLY WILDER ET MOI

roman

Traduit de l'anglais
par Marguerite Capelle

nrf

GALLIMARD

Titre original :

MR WILDER AND ME

Pour Neil Sinyard

Londres

Un matin d'hiver, il y a sept ans, je me trouvais sur un escalator. C'était l'un de ceux qui vous permettent de remonter jusqu'au niveau de la rue depuis les quais de la Piccadilly Line, à la station de Green Park. Si vous avez déjà emprunté ces escalators, vous vous souvenez sûrement qu'ils sont interminables. Il faut à peu près une minute pour parvenir en haut et, pour une femme de nature aussi impatiente que la mienne, une minute à rester immobile, c'est trop long. Même si je n'étais pas particulièrement pressée ce jour-là, j'ai entrepris sans attendre de remonter l'escalator à pied en me faufilant pour dépasser la file de passagers qui stationnaient sur la droite – « J'ai peut-être bientôt soixante ans, mais je suis toujours dans le coup, j'ai toujours la forme », me répétais-je tout du long – jusqu'au moment où, aux trois quarts de la montée, je me suis retrouvée coincée. Une jeune mère se tenait sur la droite, et à gauche, lui donnant la main, il y avait sa fille de sept ou huit ans peut-être. Elle avait les cheveux blonds et portait un petit imper rouge avec une capuche, qui la faisait ressembler un peu à la fillette qui se noie au début de *Ne vous retournez pas.* (Tout me fait penser à un film, c'est plus fort que moi.) Je n'avais pas la place de la dépasser, et de toute façon je n'avais pas envie de briser ce joli instant d'intimité entre une mère et sa fille. Alors j'ai attendu qu'elles atteignent le sommet de l'escalator, et j'ai observé la petite qui se préparait à sauter pour descendre. Même de dos, je percevais son impatience, l'énergie concentrée que devait avoir son regard fixé sur la piste en mouvement devant elle, toute la volonté dans ses petits membres et ses muscles bandés comme des ressorts et puis, quand le moment est arrivé, le geste soudain et farouche alors qu'elle bondissait pour atterrir saine et sauve sur la *terra firma*, à la suite de quoi, manifestement soulagée et enchantée de sa manœuvre, elle a exécuté deux petits pas sautillants, serrant encore la main de sa mère que son geste a entraînée légèrement en avant. Et je pense que ce sont sûrement ces petits pas sautillants, plus que tout le reste, qui m'ont fait chavirer le cœur, m'ont coupé le souffle, m'ont fait contempler avec émerveillement et envie cette mère et sa fille qui se dirigeaient ensemble vers le tourniquet. J'ai immédiatement pensé à mes propres filles désormais adultes, Francesca et Ariane, et comme à l'âge de sept ou huit ans, le simple fait de marcher ne leur suffisait pas toujours : cela devait leur paraître trop ordinaire, trop ennuyeux pour exprimer l'intensité du plaisir qu'elles trouvaient dans le mouvement, dans la nouveauté jouissive de leur rapport avec le monde physique. C'est ainsi qu'il leur arrivait parfois, à elles aussi, de se lancer soudain dans un pas sautillant ou un petit bond, et ce faisant elles m'entraînaient avec elles, chacune serrant fermement l'une de mes mains. Et parfois je sautillais à mon tour, pour rester à leur hauteur et leur montrer que moi aussi j'étais capable de partager leur bonheur d'être au monde, que l'âge mûr n'avait pas encore tout à fait épuisé cette capacité en moi.

Toutes ces pensées m'ont traversé l'esprit alors que je contemplais la mère et la fille qui avançaient vers le tourniquet, telle une vague qui s'est dilatée avant de se condenser en un sentiment brutal, passager mais néanmoins accablant de perte et de nostalgie, qui s'est abattu sur moi, m'a coupé le souffle et obligée à m'arrêter un instant, à m'écarter du flot incessant de passagers pour reprendre haleine et poser la main sur ma poitrine jusqu'à ce que moi aussi je sois prête à rejoindre ce flot, à poursuivre ma vie, à placer ma carte sur le lecteur et franchir le portillon avant de monter vers Piccadilly et la lumière ténue de la fin de matinée.

J'ai parcouru Piccadilly d'un pas très lent, réfléchissant à ce que je venais de voir et à ce que j'avais ressenti. Demain, Ariane, l'aînée de mes jumelles (de quarante-cinq minutes), allait enfin quitter la maison pour s'envoler à l'autre bout du monde. Ma mission serait de la conduire à Heathrow et de lui faire au revoir de la main à l'entrée du hall des départs, tout en prétendant me réjouir sans la moindre équivoque des fantastiques aventures qui l'attendaient à Sydney. Ensuite, mon mari et moi n'aurions plus que Fran, le cas Fran. Fran qui, au cours de ces dernières semaines, de façon brutale et spectaculaire, était passée du statut d'enfant à celui de problème, un problème qui nous avait tous les deux complètement désarçonnés et continuerait sûrement de le faire encore quelque temps, jusqu'à ce qu'on trouve le moyen de traverser la pagaille qu'elle avait semée et d'identifier une issue. Mais pour le moment, cette issue tardait à apparaître.

La mission que je m'étais donnée en venant à Piccadilly a vite été remplie. Je suis entrée chez Fortnum pour acheter un cadeau de départ pour Ariane, et il ne m'a pas fallu longtemps pour trouver ce que je voulais : du thé. Elle adorait le thé – pour elle, c'était le goût de la maison – et j'avais toujours aimé lui en préparer. Je lui ai pris un assortiment de six variétés, complété de sa théière en argent et de son passe-thé, et j'ai essayé de me la représenter dans une chambre d'étudiante sans âme à Sydney, en train de remplir son mug Union Jack avec cette théière. Elle sirotait ce thé et il la ramenait chez nous, dans notre cuisine, les coudes posés sur la vieille table en pin et les cheveux nacrés par l'éclat du soleil bas qui se frayait un chemin entre les branches du pommier, dans le jardin d'hiver au-dehors.

Peut-être que ça la réconforterait. Ou peut-être (c'était sans doute plus probable, et tant mieux) qu'elle n'aurait pas besoin d'être réconfortée.

On était en 2013, et c'était la première semaine de janvier, cette période déboussolante où les fêtes de Noël sont terminées mais où le monde n'est pas encore tout à fait revenu à la normale. Ressentant le besoin de faire quelque chose qui ressemble à la routine, au quotidien, j'ai décidé d'aller prendre un café au bar de la Bafta[1]. Peut-être y aurait-il là quelqu'un que je connaissais. Ça ne me ferait pas de mal de bavarder un peu, d'échanger quelques potins et plaisanteries.

Le bar était presque vide. Il dégageait encore cette atmosphère de désolation qui suit Noël. Je n'y ai trouvé qu'une seule tête connue, un homme assis tout seul à une table pour deux devant les baies vitrées qui donnaient sur la rue. Mark Arrowsmith. Pas forcément la personne que j'aurais choisie en premier pour un brin de causette amical. Mais

1. Il s'agit du siège de la British Academy of Film and Television Arts, association de professionnels qui décerne chaque année l'équivalent des Césars français ou des Oscars américains. *(Toutes les notes sont de la traductrice.)*

comme on dit, nécessité fait loi. Va pour Mark. Je me suis approchée de sa table et j'ai attendu qu'il lève les yeux de son MacBook.

« Calista, a-t-il fait. Ma chérie ! Quelle bonne surprise.

— Je peux ?

— Bien sûr. »

Il a refermé son ordinateur et déplacé quelques papiers pour laisser place au cappuccino que j'avais déjà commandé au bar.

« Désolé pour tout ce bazar, a-t-il repris. Ça y est, j'ai obtenu un rendez-vous avec Film4 la semaine prochaine. Ils ont demandé à voir un budget, ce qui signifie, j'imagine, qu'ils s'y intéressent enfin sérieusement. » Il a fait une pile du dernier tas de papiers et les a rangés dans une chemise en plastique.

Mark devait alors avoir la soixantaine bien tassée. Même s'il était loin d'être aussi athlétique, il avait un faux air de Burt Lancaster dans *Local Hero.* (Comme je l'ai dit, absolument tout et tout le monde me fait penser à un film.) Son regard était celui d'un rêveur – ou du moins c'était vrai dix ans plus tôt –, mais ces temps-ci, il était voilé par l'échec. Cela faisait vingt-cinq ans, voire plus, que Mark essayait de faire aboutir le même film. Quelque part vers la fin des années 1980, il avait acheté les droits d'un roman de Kingsley Amis – un nom qui, à l'époque, avait encore un certain cachet. La proposition semblait alors tout à fait réaliste, et il s'était assuré les services d'un réalisateur renommé et de trois ou quatre acteurs bankables. Mais pour une raison quelconque, l'ultime tranche de financement avait capoté à la dernière minute, et puis le réalisateur n'était plus disponible, et puis deux des acteurs n'étaient plus disponibles et un autre commençait à ne plus avoir l'air si bankable que ça, et avant qu'il ait compris ce qui se passait, le projet s'était mis à sentir le roussi, ce dont tout le monde commençait à se rendre compte, sauf Mark lui-même. En tant que producteur, il avait déjà deux ou trois succès relatifs à son actif – un long-métrage et un téléfilm pour la BBC Two – mais il n'avait rien fait depuis, et sa quête pour relancer cette stupide adaptation de Kingsley Amis avait viré à l'obsession. À la Bafta, il avait fini par faire partie des meubles, perpétuellement seul à une table pour deux avec son MacBook, attendant une réunion avec quelqu'un qui aurait peut-être, ou peut-être pas, lu la quinzième version du scénario, et qui connaîtrait peut-être quelqu'un qui connaissait quelqu'un qui travaillait pour un fonds spéculatif où il resterait peut-être un peu d'argent qui traîne à la fin de l'année fiscale, et qui n'aurait peut-être rien de mieux à faire que de l'investir dans la version cinématographique d'un roman mineur écrit par quelqu'un dont plus personne ne parlait, et qui était désormais tellement passé de mode qu'on aurait aussi bien pu essayer de porter à l'écran une adaptation des Pages Jaunes. Et pourtant, Mark refusait de laisser tomber, et pendant ce temps-là sa moustache avait blanchi, et un voile de déception chassieuse avait commencé à troubler son regard.

Le plus curieux, c'est qu'il possédait aussi une maison dans le sud de la France et avait inscrit deux enfants issus de son second mariage dans une école privée, et personne ne savait d'où lui venait cet argent. Mais j'avais souvent observé ce genre de situation chez les Britanniques, et je supposais qu'il venait d'une famille dont la fortune remontait à plusieurs générations, et qui s'y entendait pour maintenir une certaine discrétion. En tout cas, cela m'empêchait de trop le plaindre. Quelque chose d'autre m'empêchait de trop le plaindre : j'étais consciente de n'avoir pas non plus produit une seule œuvre sérieuse depuis environ dix ans, donc je ne pouvais pas vraiment la ramener.

« Tu as beaucoup de travail en ce moment ? demandait maintenant Mark, avec un ton direct dont je me serais volontiers passée.

— Pas vraiment, ai-je reconnu. Tu as vu – ? »

J'ai mentionné un film anglais qui avait rencontré un modeste succès en salles, quelques mois auparavant.

« Mais oui. C'était toi ? Je croyais que c'était – »

Il a cité un jeune compositeur de musique de film et d'illustration, à la renommée grandissante en Grande-Bretagne.

« Une partie était de lui. Je n'étais que l'orchestratrice, en théorie. Tu te souviens de ce petit motif joué au marimba, qui passait à chaque fois qu'on les voyait au volant de leur voiture ? »

Je lui ai chanté la mélodie toute simple.

« Bien sûr, dit Mark. Tout reposait là-dessus. C'est ce qui a marqué tout le monde.

— C'était moi.

— Et pourtant c'est lui qui a été nommé aux Oscars. » Mark a secoué la tête, éternellement consterné par le fonctionnement du monde. « Tu es tellement talentueuse, Cal. Tu voudras bien faire la musique de mon film ? Dis-moi que tu le feras. Il faut que ce soit toi. »

Bien sûr, j'ai répondu oui, mais je ne prenais pas la proposition au sérieux. C'était comme si Mark offrait de rembourser mon emprunt immobilier s'il gagnait au loto. Peu importe. Le geste était gentil, et sincère, et ce n'était pas sa faute s'il allait à coup sûr passer le peu qui restait de sa vie professionnelle à poursuivre ce projet voué à l'échec.

« J'ai Dame Judi qui est intéressée, a-t-il repris, comme s'il lisait dans mes pensées et voulait me rassurer sur le fait qu'il n'avait rien d'un fou qui se berçait d'illusions.

— Je croyais qu'elle était déjà dans le coup, ai-je répondu, alors que me revenait en tête une conversation qu'on avait sûrement eue, exactement sur le même sujet, des décennies auparavant.

— Elle était dans le coup, et puis elle ne l'était plus, et maintenant elle l'est à nouveau, a-t-il expliqué. Sauf que maintenant elle va jouer la grand-mère, et non la mère. »

Logique, me suis-je dit. Le casting était resté plus ou moins le même dans la tête de Mark, simplement les acteurs remontaient progressivement les générations. Si ça se faisait un jour, le jeune premier sexy d'autrefois finirait par jouer Papy et se trimballer sur le plateau en fauteuil roulant.

« Et aussi, ai-je ajouté, un poil trop sur la défensive, car je ne voulais pas qu'il croie que je restais chez moi à me tourner les pouces et à attendre que le téléphone sonne (même si c'était le cas), j'écris quelques morceaux pour moi.

— De la musique de concert ? a-t-il demandé.

— Plus ou moins. C'est lié au cinéma, mais ce n'est pas pour un film en particulier. C'est une petite suite, pour orchestre de chambre. Je vais l'intituler *Billy*. » Et puis j'ai ajouté, en réponse à son air interrogateur : « Comme Billy Wilder.

— Quelle jolie idée. Je ne savais pas que tu étais fan.

— J'adore ses films. Comme tout le monde, non ?

— Bien sûr. C'est incroyable, vraiment, avec le recul. Que des chefs-d'œuvre, les uns après les autres. Franchement, qui est capable de faire ça, dans ce milieu ? *Assurance sur la mort* – chef-d'œuvre. *Boulevard du crépuscule* – chef-d'œuvre.

Et il les enchaînait encore. *Certains l'aiment chaud, La Garçonnière...*

— Et après ces films-là ? » ai-je demandé.

Mark a froncé les sourcils. « Je ne sais pas... Il a fait beaucoup de films après ?

— Bien sûr que oui. Une dizaine. »

Se creusant la tête, il a repris : « Il n'y en avait pas un sur Sherlock Holmes... ?

— Est-ce que tu as vu *Fedora* ? » ai-je demandé.

Mark a secoué la tête. « Je ne crois pas. Si je l'ai vu, je l'ai oublié.

— Eh bien pas moi, ai-je repris, parce que j'étais là quand il l'a tourné. »

Il a écarquillé les yeux. « Vraiment ? » Fronçant à nouveau les sourcils, il a marmonné : « *Fedora, Fedora...* Ça parlait de quoi déjà ? »

Et je crains de n'avoir pu résister à l'envie de lui dire : « Ça parlait d'un tas de choses. Mais j'imagine qu'on pourrait dire que c'était principalement... c'était principalement l'histoire d'un producteur de cinéma vieillissant, qui essaie de faire un film complètement en décalage avec son époque. »

Ces mots ont paru mettre un terme à la conversation. Peu de temps après, Mark a rassemblé ses affaires et s'en est allé. De la fenêtre, je l'ai vu traverser Piccadilly et se diriger vers le nord et Regent Street. Le ciel s'assombrissait, et il commençait à pleuvoir.

*

J'ai l'esprit de contradiction, je suis la première à le reconnaître. Notre dernier dîner ensemble en tant que famille de quatre a été tout à fait enjoué et agréable, mais c'est précisément ce qui me l'a rendu déprimant. Il n'y en aura plus d'autres comme ça pendant longtemps, me suis-je dit plus tard en remplissant le lave-vaisselle. Les filles étaient montées s'occuper à je ne sais quoi dans leur chambre, comme d'habitude. J'ai décidé de regarder un film, pour me distraire. Nous étions au début de la saison des prix, et en tant qu'électeurs de la Bafta, Geoffrey et moi avions une trentaine de DVD à visionner. Nous avons lancé un film d'action américain à la bande-son cacophonique, où les explosions, coups de feu et accidents de voiture rivalisaient avec une partition d'orchestre tonitruante. Au bout de dix minutes environ, il dormait à poings fermés sur le canapé, avec des ronflements assez sonores pour couvrir même le bruit de ce film. J'ai regardé jusqu'au bout sans ressentir le moindre intérêt ni la moindre adhésion. Tout cela était on ne peut plus convenu et j'étais épatée par le temps, l'énergie et les dépenses qui avaient dû être investis dans un truc qui serait oublié d'ici quelques mois (et oublié par les spectateurs à la minute où ils sortiraient du cinéma). J'ai enchaîné avec une comédie anglaise racontant l'histoire de deux fringantes mémés qui partaient en virée dans le sud de la France et se fourraient dans toutes sortes de pétrins. Le film se voulait drolatique et jubilatoire, mais il m'a remplie d'un profond sentiment de désespoir existentiel. Chaque fois que quelque chose d'amusant était sur le point de se produire, le compositeur nous envoyait un coup de coude en faisant jouer les cordes *pizzicato.* (Dans les années 1950 et 1960, un basson se serait chargé du coup de coude.) Au bout de trente minutes de pitreries provençales de ces sympathiques retraitées, j'avais envie de les tuer toutes les deux. J'ai éteint la télé et suis retournée dans la cuisine, plus morose que jamais.

Dans une situation aussi désespérée, il n'y a qu'une chose

capable de me consoler. Je conserve toujours au moins trois sortes de brie à la cuisine, pour les urgences. D'autres boivent pour oublier : moi je mange du brie. À ce moment-là, mon frigo contenait un bon coulommiers – pas un brie au sens strict, mais ça s'en approche – ainsi qu'un brie de supermarché de qualité supérieure, bien qu'industriel, mais l'heure n'était pas aux compromis : seul un *brie de Meaux fermier**[1] de premier ordre ferait l'affaire ce soir.

Bien sûr, il aurait dû rester deux heures à température ambiante, mais je n'avais pas le temps pour ça. J'en ai prélevé une bonne dose à la cuillère et l'ai étalée sur un cracker. La caresse sur ma langue de ces saveurs au goût délicat de noisette et de champignon était exquise. La texture était à la fois ferme et crémeuse. Un pur bonheur. J'ai raclé encore le fond de la boîte, puis encore une fois, et avant de me rendre compte de ce que je faisais j'en avais mangé à peu près la moitié en dix minutes chrono.

« Oh là là », a dit Geoffrey. Il s'était réveillé et se tenait dans l'entrée de la cuisine, en train de m'observer. « C'est si grave que ça, alors ?

— Tu ne comprendras jamais, ai-je répondu la bouche à moitié pleine, le pouvoir consolateur d'un bon brie. En matière de fromage, tu es un philistin. »

Geoffrey aimait le cheddar et à la rigueur le Red Leicester. Il n'y connaissait vraiment rien en fromages.

Il s'est installé face à moi et s'est versé un demi-verre de Laphroaig.

« Ça va aller », a-t-il dit.

1. Les termes en italique suivis d'un astérisque sont en français dans le texte original.

J'ai étalé du fromage sur un autre cracker et l'ai englouti en deux bouchées.

« Comment veux-tu que ça aille ? ai-je demandé.

— Ça va aller, c'est tout. La vie continue. »

J'ai réfléchi à cette réponse et l'ai jugée insuffisante.

« Eh oui, nos filles ont grandi, a-t-il poursuivi. C'est merveilleux, non ? Elles sont devenues de belles jeunes femmes.

— Il n'y a pas que ça, ai-je rétorqué sur un ton acerbe.

— Ah bon, qu'est-ce qu'il y a d'autre ?

— Tu as remarqué la musique dans ces deux films ?

— Pas vraiment.

— Non… tu as fait ce qu'il y avait de mieux à faire, tu t'es endormi.

— Et donc, qu'est-ce qu'elle avait ?

— Ce n'était pas de la musique, c'était juste… du bruit. Rien qu'une suite de chiffres. Pas une seule mélodie, pas une seule idée neuve. Et c'est ça que les gens veulent aujourd'hui. Ils ne veulent pas de ce que j'écris. Enfin merde, ça fait quinze ans que personne ne m'a commandé une bande originale.

— Le cinéma n'est plus ce qu'il était, tout le monde le sait. Quoi qu'il en soit, maintenant tu as le temps de faire d'autres choses.

— D'autres choses ? Comme quoi ?

— Je croyais que tu avais l'intention d'écrire de nouveaux morceaux – ton truc sur Billy Wilder. »

C'était vrai, bien sûr, mais ça ne suffisait pas.

« Qu'est-ce que je vais devenir, Geoff ? ai-je demandé en lui agrippant les mains. J'ai deux talents. Deux choses qui me donnent une raison de continuer à vivre. Je suis une bonne compositrice, et je suis une bonne mère. Écrire de la musique, et élever des enfants. C'est ce que je sais faire. Et maintenant voilà qu'en gros, on me dit qu'on n'a plus besoin de ces deux compétences. Sur les deux fronts, je suis finie. Kaput. Et je n'ai que cinquante-sept ans ! Cinquante-sept ans, c'est tout. » J'ai attrapé son verre de whisky et j'en ai pris une lampée. Grossière erreur. Le whisky et le brie ne font pas du tout bon ménage. « Qu'est-ce que je vais devenir ? » ai-je répété.

*

Le lendemain matin était le moment que j'appréhendais vraiment. Le courrier est arrivé inhabituellement tôt, alors que Geoffrey et moi petit-déjeunions. Ariane était à l'étage en train de finir ses valises. Fran était sous la douche. Quand elle est descendue dans la cuisine, elle était pressée. Elle avait un petit boulot au Caffè Nero et son service commençait une demi-heure après. Il y avait une lettre pour elle, avec le logo NHS[1] au coin de l'enveloppe. Elle l'a ouverte et elle a dit : « Le 14 janvier. Lundi en huit. »

Elle voulait dire que c'était le jour fixé pour l'intervention, pour mettre un terme à sa grossesse.

Elle m'a tendu la lettre et je l'ai lue, mais je ne savais pas quoi dire.

Geoffrey est intervenu : « Bon, c'est bien, je suppose. Plus tôt c'est réglé, mieux c'est. »

Je me suis levée et me suis approchée de Fran, avec l'intention de la prendre dans mes bras, mais elle m'a vue venir et s'est débrouillée pour m'esquiver.

« Je suis en retard, a-t-elle dit en mordant dans un toast et en avalant son expresso d'un trait. À plus tard.

1. National Health Service : services de santé publique britanniques.

— Tu as dit au revoir à ta sœur ?

— Oh… j'ai oublié, a-t-elle lâché avant de remonter en courant.

— Elle ne va pas la revoir avant des mois, ai-je dit à Geoffrey. Comment elle a pu oublier ?

— Les ados sont bizarres. »

Elle est restée une minute ou deux en haut, puis elle est redescendue, a enfilé son manteau et s'est dirigée vers la porte d'entrée, pas l'air franchement perturbée par la perspective d'une séparation prolongée d'avec sa jumelle.

« Donc ça te convient ? ai-je demandé, alors qu'elle se tenait dans l'embrasure de la porte entrouverte. Le rendez-vous, je veux dire.

— Oui oui.

— Et tu es certaine de vouloir aller au bout de… ?

— Pas maintenant, Maman, d'accord ? Je suis en retard. Ce n'est pas le moment d'en parler.

— Mais on dirait que ce n'est jamais le… »

Cependant Fran était déjà en train de descendre l'allée pour gagner la rue. Je l'ai suivie du regard, impuissante, avant de rentrer. Geoffrey grignotait un toast en lisant le *Guardian*.

« Est-ce que je suis la seule dans cette famille à avoir des sentiments ? ai-je demandé. L'une de nos filles est enceinte et l'autre s'envole pour l'Australie. Pourquoi est-ce que je suis la seule que tout ça ne laisse pas de marbre ?

— Ce sont tes origines méditerranéennes, a dit Geoffrey – une réponse qui m'a exaspérée.

— Athènes, ce n'est pas la Méditerranée ! ai-je crié. Et ma mère venait de Londres et mon père était à moitié slovène, et je suis tout aussi inhibée sur le plan émotionnel que vous tous. »

Tout ce qu'il a trouvé à répondre à ça, c'était : « Chacun

réagit aux choses à sa façon », encore une de ses généralisations horripilantes et dénuées de sens.

« Tu ne prends même pas la peine de venir à l'aéroport avec nous, ai-je relancé, injustement.

— C'est un jour de cours. Ça fait des mois que c'est prévu. Je vais monter lui dire au revoir maintenant. »

Il est monté. Comme moi, Geoffrey avait de plus en plus de mal à trouver des boulots sérieux dans le cinéma, et consacrait une part toujours plus importante de son temps à enseigner à l'École nationale du cinéma et de la télévision de Beaconsfield. Bien sûr, il nous aurait accompagnées à l'aéroport s'il n'avait pas enseigné ce jour-là. Je le savais bien. Je me défoulais, c'est tout, sous le coup de la colère et du chagrin. J'estime qu'on a le droit de faire ce genre de choses de temps à autre, quand on est mariés depuis vingt-cinq ans.

Je me suis dirigée vers les portes-fenêtres de la cuisine qui donnaient sur le jardin.

Nous vivions (et vivons toujours) dans une maison mitoyenne de quatre chambres à Hammersmith. Bon marché au moment où nous l'avions achetée, absurdement surcotée à présent. C'est une chose, soit dit en passant, que je n'ai jamais vraiment pu comprendre chez les Britanniques : leur propension à considérer leur domicile comme un placement financier plutôt que comme un foyer familial. Geoffrey suivait en permanence la valeur croissante de notre maison via divers sites immobiliers sur Internet, mais pour moi, avant toute chose, c'était notre chez-nous, et j'espérais que nos filles ressentaient la même chose. En regardant par les portes-fenêtres ce matin-là, par exemple, ce que je voyais était une cartographie de l'enfance d'Ariane. Un atlas des souvenirs. Le pommier sur lequel elle aimait grimper. La longue branche épaisse à laquelle Geoffrey avait accroché une balançoire : balançoire qui était toujours là, encore visible sous le feuillage incontrôlable de la haie de laurier, à condition de bien regarder. Le coin herbeux où les filles adoraient piqueniquer l'été et où, pendant un rare hiver neigeux, elles avaient un jour essayé de faire un bonhomme de neige. La table en fer forgé où s'asseyait Ariane pour dessiner, les sourcils froncés par la concentration, la langue passée entre ses lèvres. J'avais toujours ces photos, rangées dans un carton sous notre lit, même si elle brûlait de me voir m'en débarrasser.

Se souvenait-elle elle-même de toutes ces choses, ou n'en avait-elle plus rien à faire ?

Elle serait heureuse à Sydney, de cela j'étais plutôt certaine. Le Conservatoire lui avait proposé une bourse et c'était une opportunité fantastique, comme on dit. Et le départ de Fran pour Oxford à l'automne était une autre opportunité fantastique, si seulement elle ne l'avait pas gâchée toute seule en tombant enceinte. Mettre un terme à cette grossesse était probablement la meilleure chose à faire. Ça n'avait pas l'air de l'enchanter, mais comment une chose pareille pourrait-elle vous enchanter ? Le père (père ! Ce n'était qu'un gamin) ne voulait pas en entendre parler, ni entendre parler d'elle, et il était donc inutile de chercher du soutien de ce côté-là. Ce n'était pas raisonnable pour elle d'avoir ce bébé. Et j'espérais bien l'avoir élevée comme une personne raisonnable.

« Bien, voilà qui est fait », a dit Geoffrey en revenant dans la cuisine. Il a attrapé les clés de la maison au crochet sur le mur, m'a embrassée sur la joue puis s'en est allé, lui aussi. Il ne restait donc plus qu'Ariane et moi, seules pour la dernière fois.

*

Heathrow, terminal 3. Un endroit détestable, quand on y vient pour dire au revoir à quelqu'un. Ariane avait entretenu une conversation badine dans la voiture, partageant des potins sur ses copines, évoquant un nouveau livre qu'elle lisait, et je ne parvenais pas à savoir si elle avait vraiment le cœur léger ou si elle ne faisait ça que pour masquer son désarroi. Personnellement, je ne suis pas douée pour dissimuler mes sentiments. J'avais hoché la tête et fait quelques commentaires par-ci par-là, mais au fond de moi je me sentais vidée par le chagrin, et j'étais certaine qu'elle le savait.

Juste avant de rejoindre la queue pour les départs, elle a dit :

« Tu ne vas pas te mettre à pleurer ou un truc comme ça, hein ?

— Bien sûr que non. Je suis heureuse pour toi. Ça va être une telle aventure.

— J'espère que Fran va se dépêtrer de cette situation.

— J'espère aussi. C'est un cauchemar, mais ton Papounet et moi, on… l'aidera du mieux qu'on peut. »

Ariane a hésité. Elle donnait l'impression d'être sur le point de dire quelque chose de capital. J'imaginais que ce serait « au revoir ».

« Au fait, a-t-elle repris, à partir de maintenant, j'ai l'intention de vous appeler Maman et Papa. Sinon ça fait juste… je ne sais pas. On dirait qu'on est restées des bébés.

— Bonne idée », ai-je répondu en déglutissant avec difficulté. À la suite de quoi il y a eu un silence inconfortable.

Ariane est intervenue et m'a entourée de ses bras.

« Bon, eh bien, on se revoit dans quelques mois.

— C'est ça, ai-je affirmé en lui rendant son étreinte. Ce ne sera pas long du tout. »

Mais mon corps était secoué par un sanglot. Elle m'a serrée fort en me caressant le dos, et m'a dit : « Allez, Maman, arrête de te faire du mal. »

Je tremblais, muette.

« Est-ce que ta mère a fait ça ?

— Qu'est-ce que ma mère a à voir là-dedans ? suis-je parvenue à dire.

— Elle a dû vivre la même chose, a dit Ariane. Elle t'a accompagnée à l'aéroport ? La fois où tu es partie en Amérique ?

— C'était différent, ai-je répondu.

— En quoi c'était différent ?

— C'était un simple voyage.

— Alors dis-toi que ce n'est qu'un simple voyage. »

Elle m'a embrassée, m'a serrée une dernière fois dans ses bras, puis s'est libérée de mon étreinte trop étroite de mère poule. Je l'ai regardée parcourir lentement la longue file d'attente vers la zone de contrôle sécurité, et enfin elle s'est retournée, m'a fait un signe de la main et un sourire. Les portes en verre se sont ouvertes et elle les a franchies, elle a tourné à l'angle et a disparu de ma vue.

J'ai essuyé mes yeux pleins de larmes avec la manche de mon manteau, puis j'ai fait demi-tour et entamé la longue marche solitaire pour regagner le parking. Je pensais à ce qu'avait dit Ariane, et me demandais si elle avait raison.

Les choses avaient-elles été aussi difficiles pour ma propre mère à l'époque, en 1976 ? Depuis sa mort, il s'était rarement passé un jour sans que je ne pense à elle. Mais étrangement, cette question-là ne m'était encore jamais venue à l'esprit.

Los Angeles

Pour répondre à la question d'Ariane : non, ma mère n'a pas pleuré en me disant au revoir à l'aéroport d'Athènes, la première semaine de juillet 1976. En tout cas, je ne crois pas qu'elle l'ait fait. L'aurais-je remarqué ? Ma fille avait raison : les jeunes gens ne remarquent pas les sentiments de leurs parents, ne se rendent même pas compte qu'ils en ont, la plupart du temps. Pour tout ce qui touche aux émotions de leurs parents, ce sont de bienheureux sociopathes.

J'étais trop stressée pour m'en rendre compte, de toute façon. Je venais d'avoir vingt et un ans mais je n'avais encore jamais entrepris de grand voyage seule, et faire le tour de l'Amérique trois semaines, sac au dos, durant les grandes vacances représentait une étape importante pour moi. Dans l'avion pour New York, plutôt que de regarder le film projeté pendant le vol (une parodie de policier intitulée *Un cadavre au dessert*, me semble-t-il, mais je n'en mettrais pas ma main à couper car à l'époque je ne m'intéressais pas au cinéma), j'étudiai de près mes guides de voyage et mon itinéraire en bus Greyhound. Le voyage fut long et inconfortable. J'écoutai un petit moment le programme de musique classique proposé par la compagnie aérienne. Les baladeurs n'existaient pas dans les années 1970, bien sûr, on était donc à la merci des choix des autres, et quelqu'un avait composé une sélection assez ennuyeuse de Beethoven, Mozart et consorts, tous d'une qualité sonore déplorable. La musique était déjà ma passion, mais les compositeurs que j'aimais – Satie, Debussy, Ravel, Poulenc, tous français, allez savoir pourquoi – n'avaient pas voix au chapitre ce jour-là. Les heures passaient lentement et j'étais de plus en plus nerveuse. Je m'étais retrouvée je ne sais comment dans la partie réservée aux fumeurs et le type d'âge mûr qui était mon voisin de siège enchaînait les cigarillos à l'odeur âcre. Au moment d'atterrir à JFK, je me sentais franchement mal, et je renonçai à sortir ce premier soir, me contentant de rester allongée à l'auberge de jeunesse, fatiguée et nauséeuse, à me demander dans quoi je m'étais embarquée.

Après New York, je passai plus d'une semaine à voyager de bus en bus jusqu'à la côte Ouest. Chicago – Springfield – Saint Louis – Oklahoma City – puis la traversée du Nouveau-Mexique jusqu'à Las Vegas et L.A. Je me sentais assez seule au début, mais au bout de quelques jours, j'eus un coup de chance.

J'arrivai à la station Greyhound de Springfield pour découvrir que le trajet en bus que j'avais réservé n'existait pas. Et ce n'était pas ma faute, car plusieurs autres passagers avaient le même problème, parmi lesquels une jeune Anglaise d'à peu près mon âge, avec des cheveux blond cendré et un visage pâle constellé de taches de rousseur, qui s'appelait Gill. Nous avions quatre heures à attendre avant le prochain bus, ce qui nous suffit non seulement pour engager la conversation, mais aussi pour devenir amies. Nous avions apparemment beaucoup en commun : ni l'une ni l'autre n'avait particulièrement confiance en elle, en fait nous étions toutes les deux plutôt timides. Ce voyage était ce que Gill avait entrepris de plus aventureux dans sa vie, comme moi. Contrairement à moi en revanche, elle n'avait pas encore commencé l'université mais disait qu'elle irait à Oxford à l'automne. Elle vivait dans la banlieue de Birmingham, un endroit dont j'ignorais tout hormis que c'était une grande ville industrielle quelque part au cœur de l'Angleterre. J'ai perdu Gill de vue il y a longtemps, mais malgré ce qui s'est passé quand nous sommes arrivées à L.A., je conserve d'elle un excellent souvenir. J'ai même une photo de nous deux posée sur mon bureau en face de moi au moment où je tape ces mots, un cliché pris une fin d'après-midi sur la plage de Santa Monica. En le contemplant je dois dire, sans prétention, que j'étais la plus jolie – Gill avait un long visage anguleux et n'était pas très bien lotie côté dentition – mais allez savoir pourquoi, l'attrait qu'une personne peut exercer sur le sexe opposé ne dépend pas toujours de sa beauté, et en fin de compte ce fut elle qui rencontra un amour de vacances à l'occasion de ce voyage en Amérique.

Il s'appelait Stephen. Gill et moi avions alors atteint la côte Ouest et visité entre autres le Grand Canyon et Las Vegas, mais voyager et jouer les touristes nous avait épuisées toutes les deux et, en arrivant à L.A., nous n'avions plus beaucoup d'énergie en réserve. Nos deux premiers jours sur place furent donc très calmes. Nous logions dans une auberge de jeunesse du quartier de Downtown, assez sinistre, d'après mes souvenirs. Les repas n'étaient pas fournis et nous vivions de nourriture achetée à la supérette à deux pâtés de maisons : du pain de mie, du fromage industriel et des tranches de dinde et de jambon. Au bout de vingt-quatre ou quarante-huit heures à ce régime, je commençais à me sentir mal. Nous essayâmes une fois ou deux de visiter les sites touristiques, mais il faisait trop chaud, et circuler dans cette ville immense en transports en commun était trop compliqué. Puis les choses se gâtèrent le deuxième soir, quand Stephen se présenta à l'auberge, débarquant en stop de San Francisco. Lui aussi était anglais, et c'est peut-être ce qui permit à Gill d'engager la conversation avec lui, je ne me rappelle pas les détails, mais ce que je sais, c'est que pendant les quelques jours qui suivirent, notre sympathique duo se transforma en trio compliqué. Il nous colla aux basques telle une sangsue, et je me sentis progressivement mise sur la touche. D'abord je remarquai qu'ils marchaient presque toujours ensemble, devant moi, côte à côte, tandis que je suivais derrière. Ensuite ils se mirent à se tenir la main, puis à s'embrasser chaque fois qu'une occasion appropriée (ou pas) se présentait. Au bout de deux jours, il était évident que j'étais devenue témoin malgré moi d'une véritable *love story*.

Pourtant, c'est seulement quelques jours plus tard que je compris à quel point c'était sérieux. Stephen avait prévu de prendre un bus de nuit de L.A. à Phoenix, en Arizona, où il devait retrouver un autre voyageur, un camarade de classe. Hasard du calendrier, c'était ce même soir que Gill était censée dîner avec quelqu'un – un ami de son père – à Beverly Hills. Elle n'avait pas l'air de s'en réjouir tellement – en fait elle en voulait assez à son père d'avoir organisé ça, même si je suis certaine qu'il l'avait fait avec les meilleures intentions – et elle m'avait invitée à l'accompagner pour « le soutien moral ». Mais à présent que ce dîner coïncidait avec le départ de Stephen, cela la rendait totalement furieuse. Personnellement, je ne voyais pas bien pourquoi faire autant d'histoires : ils s'étaient déjà mis d'accord pour se revoir à Londres, le lendemain ou le surlendemain du retour de Gill. Ils ne seraient séparés que dix jours environ : était-ce si difficile à supporter ? (Je n'avais encore jamais été amoureuse, vous voyez.)

Le jour du départ de Stephen, nous nous rendîmes tous les trois à la plage de Santa Monica. Je passai l'essentiel de l'après-midi à errer seule au milieu des boutiques de touristes de la jetée, ou assise sur la plage à contempler la mer, tandis que Gill et Stephen arpentaient la promenade de long en large en se tenant la main et en se bécotant jusqu'à en avoir les lèvres en feu. Vint finalement l'heure où il devait prendre un bus pour rentrer à l'auberge récupérer ses affaires avant de se rendre à la gare routière. Je m'attendais à un torrent de larmes de la part de Gill mais, à ma grande surprise (et mon grand soulagement), elle semblait tout à fait stoïque. Après lui avoir fait ses adieux devant le bus et regardé celui-ci disparaître au loin, elle vint me rejoindre sur la plage.

« Ça va ? dis-je, alors qu'elle s'asseyait à côté de moi.

— Oui, bien sûr. »

Je ne savais rien, à l'époque, des Anglais et de leur besoin compulsif de dissimuler leurs sentiments. Je la pris donc au mot et décidai de changer de sujet en posant une question qui me trottait dans la tête depuis un jour ou deux, dès lors que j'avais appris que nous dînerions ce soir-là avec un vieil ami de son père. Quelque chose me paraissait curieux dans cette invitation, dans la mesure où son père, d'après ce que je savais, était un employé de bureau tout ce qu'il y a de plus ordinaire, sans aucun lien avec l'industrie du cinéma.

« Alors, demandai-je en choisissant mes mots avec soin car je ne voulais pas être impolie, comment est-ce que ton père connaît un réalisateur d'Hollywood ?

— J'en sais rien, répondit-elle. Mon père est quelqu'un d'assez mystérieux. Il connaît des tas de gens. Il passe son temps à voyager à l'étranger, et quand il rentre il ne nous raconte pas vraiment où il était. Mais ils doivent être assez bons amis, parce qu'il y a quelques années ce réalisateur a fait un film en Angleterre et il y a eu une première à Londres, et mon père et ma mère ont été invités. Je me souviens que les billets sont arrivés par la poste. C'était des super gros cartons avec du doré sur tout le bord.

— C'était quel film ? »

Gill haussa les épaules. « Je crois que c'était un truc sur Sherlock Holmes. Papa est *dingue* de Sherlock Holmes.

— Il est célèbre ? demandai-je. Ce réalisateur.

— Je ne crois pas. Il a dans les soixante-dix ans, déjà. »

Et ce fut tout ce qu'elle me dit. Nous consacrâmes les deux heures suivantes à bronzer, et c'est pendant ce même après-midi que la photo fut prise. Je ne me souviens pas du tout du photographe. On avait dû demander à un passant au hasard, j'imagine. Le cliché nous montre assises côte à côte sur la plage, à environ huit cents mètres de la jetée, contemplant les ombres qui s'allongent et le soleil qui patine l'océan de sa lumière dorée déclinante : deux jeunes filles à des milliers de kilomètres de chez elles, les longues jambes maigrichonnes de Gill étendues sur le sable contre les miennes, plus robustes et trapues, ma peau lisse et hâlée contrastant avec sa pâleur anglaise aux veines apparentes. Je reconnais que j'étais égoïstement satisfaite de récupérer Gill, de l'avoir rien qu'à moi pour le restant du voyage, de ne plus devoir la partager avec Stephen. Quant au dîner ce soir-là, qu'est-ce que ça avait de si terrible, une soirée avec des inconnus et un bon gros steak dans mon assiette pour compenser ces quelques jours de malbouffe ? Bien sûr, si j'avais su que ce repas allait marquer dans ma vie un changement de cap majeur, j'aurais sûrement vu les choses autrement, mais je n'en avais pas la moindre idée et, en attendant, tout ce que j'avais à faire c'était rester allongée sur la plage avec ma nouvelle amie à mes côtés, le soleil sur l'eau, les cris joyeux qui résonnaient au loin depuis les montagnes russes de la jetée, la sensation du sable chaud sous nos corps, le sentiment d'un avenir qui semblait constitué de tous les possibles, purs et intacts.

*

L'adresse donnée à Gill était celle d'un restaurant nommé Le Bistro, sur North Canon Drive, à Beverly Hills. C'était une partie de L.A. que nous n'avions pas encore visitée et qui ne ressemblait en rien au quartier où nous logions. Le soleil du soir embrasait les bars et cafés chics et les boutiques de créateurs, et tous les bâtiments, jusqu'à la moindre fissure de la chaussée, suintaient l'argent. Ayant mal calculé le temps de trajet, nous arrivâmes à dix-neuf heures cinquante – avec vingt minutes de retard – et nous retrouvâmes plantées, essoufflées et dans tous nos états, devant une bâtisse anonyme de trois étages dont la façade était affublée d'une véranda incongrue en bois sombre, avec des rideaux en dentelle pendus aux fenêtres vieillottes. Les mots « The Bistro – Restaurant » étaient inscrits sur le portail dans un lettrage évoquant le style du Paris de la Belle Époque.

Comme on pouvait s'y attendre, on nous refusa d'abord l'entrée. Il ne fallut au portier qu'un coup d'œil pour nous barrer le passage en nous riant plus ou moins au nez. Nous arborions toutes les deux le même genre de tenue : tee-shirt à trois francs six sous avec une inscription quelconque sur la poitrine, short en jean raccourci au niveau des cuisses, lunettes de soleil, tongs. Je n'y connaissais rien en restaurants, mais je comprenais que nous étions dans un quartier huppé, et même moi je voyais bien que nous n'étions pas assez bien habillées.

« On vient dîner avec monsieur Wilder, fit Gill quand le portier lui intima l'ordre de déguerpir.

— Ouais, c'est ça », répondit-il, et il détourna le regard, nous ignorant, pour scruter la rue à droite et à gauche. Il portait un costume et une cravate sombres, et son visage luisait de sueur à cause de la chaleur estivale.

« Il nous a vraiment invitées, dit Gill, avant de décomposer le nom, syllabe par syllabe. Meu-ssieu-Wayle-Deur. »

Le portier lui jeta un nouveau coup d'œil et, laissant échapper un soupir méprisant, tourna les talons pour disparaître à l'intérieur. Il ressurgit environ une minute plus tard, et son expression avait changé, même si elle n'était guère plus chaleureuse.

« Nom ? fit-il.

— Foley. Gill Foley.

— Gill, répéta-t-il, répugnant manifestement à admettre qu'il allait en fait devoir nous laisser entrer. Ok. Venez. »

Il fit un geste brusque de la tête et nous le suivîmes. Je me souviens encore de sa masse trapue qui se dandinait tandis que nous pressions le pas pour le suivre, et du bourrelet de graisse sur sa nuque, engoncée dans son col amidonné.

L'intérieur du restaurant ne semblait pas moins incongru que sa façade. Dehors, c'était le ciel bleu et le soleil implacable de la Californie en plein mois de juillet. Dedans, après avoir traversé un petit hall d'entrée (où une fille pâle assise derrière un comptoir faillit nous demander si nous avions des vêtements à laisser au vestiaire, puis nous jeta un rapide coup d'œil et décida de ne pas se donner cette peine), on débouchait dans un vaste espace qui paraissait appartenir à un tout autre monde. Des lambris chanfreinés en bois sombre, des lustres en cristal, des miroirs partout, un bar qui courait sur toute la longueur d'un mur. Le tout extrêmement rococo. On avait vraiment l'impression d'avoir traversé une sorte de frontière de l'espace-temps pour atterrir à Paris : sauf bien sûr que toutes les conversations feutrées autour de nous (la salle était comble) se tenaient en anglais. On entendait même de l'accordéon par-dessus la sono : un groupe de musette interprétait une version valse de *Sous le ciel de Paris* (l'une des premières chansons que j'avais apprises à jouer au piano) qu'ils avaient carrément transposée un ton plus haut, Dieu sait pourquoi, en *la* mineur au lieu du *sol* habituel.

Notre portier nous confia à un maître d'hôtel moustachu vêtu d'un smoking très ajusté, qui avait trop d'expérience et de savoir-vivre pour regarder de travers nos tenues ridicules et tout à fait inappropriées, et qui se contenta de tourner les talons pour nous guider entre les tables, se frayant un chemin avec des gestes souples et experts. Les autres clients interrompirent leur discussion pour observer notre passage. Je sentais mes joues brûler. Bientôt, on nous indiqua une table dans un coin de la salle, mais pour une raison que j'ignorais, quatre personnes y étaient déjà installées, au lieu de deux. Deux hommes, deux femmes. Ils avaient l'air vraiment âgés. Ce fut la première chose qui me frappa. La seconde fut qu'ils avaient l'air vraiment moroses. Une espèce d'ombre dépressive planait sur la table. Et notamment sur les deux hommes. C'était tout à fait visible. Il y avait un couple assis l'un en face de l'autre à un bout de la table, un deuxième installé à l'autre extrémité, et puis deux sièges au milieu pour que Gill et moi prenions place, également face à face.

L'un des deux couples était vêtu avec plus d'élégance que l'autre. Mon regard fut attiré tout particulièrement par une dame, la petite cinquantaine, avec une chevelure noire épaisse et abondante, des lèvres généreuses, de jolies pommettes et des yeux bleus qui étincelaient derrière de grandes lunettes légèrement teintées. Elle portait une blouse en mousseline de soie d'un brun automnal, avec un motif de petites feuilles jaunes. J'avais beau m'y connaître encore moins en vêtements qu'en restaurants, et ne jamais vraiment y prêter attention, je voyais bien que cette blouse devait valoir son prix. Assis en face d'elle se tenait un homme plus âgé que je supposai être son mari. Il était presque chauve mais tirait le meilleur parti de ce qui lui restait de cheveux gris, soigneusement peignés en arrière pour mettre en valeur son front distingué. Il portait une simple chemise sport couleur fauve boutonnée jusqu'au col, qui m'avait l'air tout aussi luxueuse. En repensant à lui après coup (comme cela m'arrivait souvent), je me demandais comment il avait fait pour avoir l'air aussi chic, aussi élégant dans la décontraction, simplement vêtu de cette chemise et d'un pantalon, alors que mon père, par exemple, pouvait louer le smoking le plus cher d'Athènes (comme il l'avait fait cette année-là, à l'occasion de son cinquantième anniversaire) et ne ressembler tout de même à rien, avec son col trop serré, sa cravate jamais tout à fait droite et sa chemise trop tendue sur son ventre. J'imagine que cela dépend de ce à quoi vous avez été habitué toute votre vie. Et de l'argent, évidemment. La question de l'argent est toujours importante.

Ce fut ma première image, et ma première impression, de monsieur Wilder. Il portait également des lunettes à verres épais, et malgré son air abattu, ses yeux ne purent s'empêcher de s'illuminer derrière ces lunettes et de pétiller d'amusement en nous voyant approcher de la table, Gill et moi, avec nos tee-shirts minables et nos shorts en jean effilochés. Cet amusement était franc, non dissimulé et assez mortifiant, mais je n'y décelai aucune méchanceté. Il voyait cela comme une situation comique, et la savourait comme telle. Qui ne l'aurait pas fait, au demeurant ?

Quand il se leva pour nous saluer, ses trois compagnons de table en firent autant.

« L'une d'entre vous, dit-il, tendant la main dans notre direction à toutes les deux, doit donc être Gill.

— C'est moi, répondit celle-ci en serrant la main qu'on offrait.

— Ah oui, bien sûr. Heureux de vous rencontrer. Très heureux de vous rencontrer. Asseyez-vous je vous en prie, ici au centre de la table. »

Je fus surprise de lui découvrir ce qui me paraissait être un fort accent allemand – à couper au couteau. Personne ne m'avait dit qu'il était allemand. J'avais présumé qu'il était américain.

« Je m'appelle Calista, dis-je, lorsqu'il devint évident que Gill avait oublié de me présenter.

— Bien, bien, bien, répondit-il. Voici ma femme Audrey, et mon ami monsieur Diamond, ainsi que sa femme Barbara.

— Calista, dit Audrey. Quel joli prénom. C'est anglais ?

— Je suis grecque, expliquai-je. D'Athènes. »

Nous nous installâmes. J'étais entre les deux hommes, Gill entre les deux femmes. « Monsieur Diamond » avait le crâne dégarni, des lunettes à monture métallique et une mine docte et réservée. Je devinais qu'il n'allait pas beaucoup parler ce soir-là, et je ne me trompais pas. Sa femme Barbara paraissait chaleureuse, et c'était peut-être la moins intimidante des quatre. Je ne me sentais pas du tout à la hauteur de la situation. Si au moins j'avais su quelque chose sur monsieur Wilder ou ses films, cela aurait pu m'aider. L'image que je me faisais d'un réalisateur était celle d'un jeune homme en jogging et casquette de baseball qui criait « Coupez ! » et « Action ! », accroupi derrière la caméra dans une posture athlétique. Monsieur Wilder ressemblait davantage à un professeur d'université à la retraite, ou à un chirurgien prospère de Beverly Hills spécialisé dans les liftings hors de prix.

Tous les quatre buvaient des martinis. Ils nous demandèrent si nous en voulions un : Gill répondit oui, et moi non. Pendant ce temps-là, monsieur Wilder était en grande conversation avec le sommelier, échange qui se solda par la commande de deux bouteilles de vin, un blanc et un rouge. Il vérifia expressément que le vin rouge avait été décanté au préalable, et on lui promit que c'était le cas.

Il y avait des menus reliés cuir sur les sets de table posés devant nous. J'ouvris le mien. Les plats étaient présentés en anglais et en français, mais la police de caractères était si fleurie que j'avais du mal à comprendre de quoi il s'agissait dans l'une ou l'autre langue. Jetant un coup d'œil à la carte des vins au verso, j'entraperçus le prix de la bouteille de rouge et en restai bouche bée.

Monsieur Wilder se tourna vers Gill : « Et comment va votre père, si je peux me permettre cette question ?

— Il va bien, répondit-elle.

— Tant mieux. Je suis ravi de le savoir. » S'adressant plus largement à la tablée, il déclara : « J'ai rencontré le père de cette jeune femme à Londres, pendant la guerre. Il était en poste au ministère de l'Information, et nous avons passé beaucoup de temps ensemble, pour le travail. Je l'appréciais énormément.

— Vous êtes restés en contact ? » demanda monsieur Diamond.

Monsieur Wilder haussa les épaules. « De temps à autre. Je ne suis pas très doué pour la correspondance. Je l'ai vu pour la dernière fois à Londres il y a quelques années – quand nous faisions ce film sur Holmes. On s'est retrouvés pour boire un verre au Connaught. »

Gill ne dit rien, et il ne semblait plus y avoir grand-chose à tirer de ce sujet de conversation. J'avais de la peine pour elle : ça ne devait pas être facile, me disais-je, de savoir quoi dire à un ami âgé de votre père, en particulier quand vous ne l'aviez jamais rencontré. Et bien sûr, elle était triste d'avoir dû dire au revoir à Stephen : ça, c'était écrit sur son visage.

« Vous aimez les huîtres ? nous demandait maintenant monsieur Wilder à brûle-pourpoint.

— Les huîtres ? répondis-je, m'emparant du menu pour faire semblant de le lire.

— Elles sont excellentes ici. Ils les font venir de la baie de Humboldt. Bien sûr, les véritables huîtres françaises sont meilleures. Mais on est en Californie.

— Je vais peut-être essayer les huîtres, alors, dis-je.

— Vous aimez les huîtres ?

— Pas vraiment.

— Dans ce cas, à votre place je n'en prendrais pas. N'ayez pas peur. Vous pouvez commander ce que vous voulez. Choisissez quelque chose qui vous plaît. »

C'était gentil de sa part, même si bien sûr je lui en voulus d'avoir remarqué que j'avais peur.

« Et vous, que prenez-vous ?

— Ma femme et moi, répondit monsieur Wilder, nous allons partager une douzaine d'huîtres. Ensuite nous partagerons également un chateaubriand.

— Nous prenons toujours la même chose quand nous venons ici, dit Audrey.

— Vous venez ici depuis longtemps ?

— Depuis l'ouverture. Le restaurant appartient à Billy, voyez-vous. »

Je me tournai pour le regarder fixement :

« Vraiment ?

— Je suis l'un des actionnaires, lâcha-t-il comme si ça n'avait aucune importance.

— Nous voulions, reprit-elle (je remarquai la première personne du pluriel), ramener un peu de Paris à Beverly Hills. Dans cette ville tout est tellement… en plastique, tellement neuf. Billy avait envie d'un souvenir de la vieille Europe.

— J'imaginais quelque chose de plus simple, fit Billy. Des nappes à carreaux et des pichets de vin, ce genre de choses. Mais ensuite elle a pris les rênes.

— Tous les aménagements viennent d'un film de Billy. Tout : le bar, les luminaires, les lambris…

— *Irma la Douce* », murmura-t-il, mais je ne compris pas ce qu'il voulait dire par là.

Un serveur arriva pour prendre notre commande. « Comme d'habitude pour vous, monsieur Wilder ? »

Il acquiesça d'un simple signe de tête.

« Et pour madame Diamond ? Que prendrez-vous ce soir ? »

Madame Diamond commanda quelque chose de léger – une salade, je crois – tandis que son mari tergiversait.

« Du pâté pour commencer, dit-il en lui jetant un regard

pour voir si elle approuvait, ce qui semblait être le cas. Et ensuite je sais que je devrais prendre une salade, moi aussi, ou quelque chose de pas trop lourd, mais… »

Il l'interrogea à nouveau du regard, plus implorant cette fois, et elle mit fin à son supplice :

« Oh, vas-y, Iz. Prends le steak. Avoue que tu en meurs d'envie.

— Avec des *frites** ?

— Rien que pour cette fois. Elles sont tellement bonnes ici. »

Le serveur baissa les yeux vers lui pour avoir confirmation : « Steak frites, monsieur ? »

Il referma le menu avec un sourire d'assentiment. Ce fut l'un des rares sourires que je lui vis ce soir-là – ou à n'importe quel autre moment, d'ailleurs. « Pourquoi pas ? » répondit-il, et les autres convives échangèrent des regards amusés et conspirateurs.

Je commandai exactement la même chose que monsieur Diamond. Il me plaisait déjà, et je pressentais qu'il serait probablement le plus fiable des guides, et le plus digne de confiance dans le labyrinthe social où je venais de mettre les pieds. Gill commanda une soupe à l'oignon et une omelette. Le serveur s'en alla et le sommelier arriva avec le vin. S'ensuivit un rituel sophistiqué pour ôter le bouchon, humer, goûter et approuver. Six verres furent remplis.

« Alors, dit Barbara quand toute l'opération fut terminée, vous faites le tour de l'Amérique toutes les deux, c'est bien ça ?

— C'est bien ça, répondis-je, après avoir pris une grande gorgée de vin grâce à laquelle je me sentais déjà mieux.

— Vous êtes déjà allées sur la côte Est ? »

Nous acquiesçâmes.

« Et qu'avez-vous pensé de New York ? »

En songeant aujourd'hui à cette conversation, je ne peux m'empêcher de frémir. Timides dans le meilleur des cas, nous étions toutes les deux mutiques ce soir-là. Cette situation était si déroutante et différente de ce que nous avions rencontré dans nos vies jusque-là. Heureusement, avant qu'il ne devienne trop évident qu'aucune de nous n'avait grand-chose d'intéressant à dire à propos de New York, l'arrivée d'un homme à notre table vint nous sauver, un homme d'une petite trentaine d'années, vêtu d'un costard à carreaux tape-à-l'œil avec ces absurdes revers extra-larges des années 1970, arborant une tignasse de cheveux frisés et une mine hésitante et pleine de déférence.

« Monsieur Wilder ? » fit-il.

Monsieur Wilder se tourna sur son siège, avec une expression qui n'était ni hostile ni accueillante.

« Je ne veux pas vous déranger...

— Pas de problème. Allez-y.

— Je voulais juste vous dire que... je suis votre *plus grand* fan.

— Vraiment ? Le plus grand ?

— C'est un tel honneur de vous rencontrer.

— C'est très aimable, merci.

— Vous n'imaginez pas l'influence... enfin bon, c'est vraiment vous qui m'avez fait me lancer dans le métier.

— Vous êtes dans le métier ?

— Je suis au service commercial à la Warner. Puis-je vous donner ma carte ?

— Le service commercial à la Warner ? C'est moi qui devrais vous faire du pied et pas l'inverse. »

L'homme gloussa nerveusement sous le compliment et tendit une carte de visite à monsieur Wilder. Ce dernier souleva ses lunettes pour la lire.

« *Certains l'aiment chaud*, continua l'homme, c'est… eh bien, il n'y a pas mieux.

— C'est très aimable, répéta monsieur Wilder.

— Un chef-d'œuvre de la comédie américaine, ajouta l'homme. Sincèrement. »

Monsieur Wilder approuva en hochant la tête. C'était un geste éloquent, signifiant clairement que le temps de l'homme était écoulé et la conversation terminée.

« Bon… je suis désolé de déranger votre soirée, conclut le type. Mais je vous ai vu de l'autre bout de la salle, et je n'ai pas pu résister…

— Ce n'est rien du tout, répondit monsieur Wilder. C'était un plaisir de vous rencontrer.

— Je ne sais pas si vous avez un projet sur lequel vous travaillez en ce moment, ou si vous êtes en contrat avec un studio, mais… Bon. Vous avez ma carte.

— Je l'ai. »

Avant de partir, l'homme ajouta : « Puis-je ? » en tendant la main. Ils se serrèrent la main et il prit congé.

Monsieur Wilder se retourna vers la table et but une gorgée de vin. Puis il jeta un regard à monsieur Diamond et lui dit :

« Tu as entendu ça ? "Un chef-d'œuvre de la comédie américaine".

— J'ai entendu. »

Avec un rire bref, monsieur Wilder ajouta : « Adapté d'un film allemand lui-même adapté d'un film français. Écrit par un Autrichien et un Roumain ! »

L'ombre d'un sourire dansa sur le visage d'Iz, puis disparut.

Pendant ce temps-là, j'engrangeais les informations. Monsieur Wilder était l'Autrichien, à en juger par son accent. Cela signifiait que son ami était roumain. Et j'étais à peu près sûre, après avoir assisté à cet échange, que *Certains l'aiment chaud* devait être le titre d'un film qu'il avait réalisé. Je n'en avais jamais entendu parler, je l'avoue. Si quelqu'un avait mentionné le nom de Marilyn Monroe, j'aurais peut-être pu être impressionnée, car même moi, j'avais déjà entendu parler d'*elle*. Mais personne n'en fit rien. Gill aurait peut-être pu me confirmer certains de ces éléments, mais je voyais bien qu'elle n'écoutait pas vraiment. Tout ce qu'elle faisait, c'était regarder dans le vide avec une mine lugubre.

« Cela dit, reprit monsieur Wilder, peut-être même qu'il ne l'a jamais vu. Va savoir !

— Oh, allons, Billy, le réprimanda sa femme. Ne sois pas si cynique.

— Je crois que ce type était sincère, fit monsieur Diamond.

— Eh bien, je garde ça, dit monsieur Wilder en mettant la carte de visite dans la poche de poitrine de sa chemise. Va savoir, on dirait qu'on pourrait bientôt en avoir besoin. »

Cette remarque ne semblait pas destinée à être une plaisanterie, et ne fut pas reçue comme telle. Monsieur Diamond afficha immédiatement un air plus déprimé que jamais. Barbara fit tourner son vin dans son verre en contemplant stoïquement le fond. Audrey avait surtout l'air exaspérée.

« Passe à autre chose, Billy. Alors comme ça, Marlene ne veut pas faire le film. Et alors ? »

De tels propos, je m'en rendrais compte plus tard, étaient incendiaires. Billy n'aimait pas parler de travail en société, encore moins quand le sujet était aussi sensible ou confidentiel. Mais il ne se fâcha pas. (Il ne se fâchait jamais avec Audrey.) Il dit simplement :

« Ne parlons pas de ça maintenant, d'accord ?

— Bien sûr. Et donc c'est ce que je te dis, passe à autre chose. »

Heureusement je n'avais aucune idée de qui était « Marlene ». Je ne savais pas non plus, puisque j'ignorais qui elle était, qu'il avait espéré la voir jouer le rôle principal de son nouveau film. Ni qu'il avait reçu une lettre d'elle au courrier du jour, l'informant en termes sans équivoque qu'elle n'en ferait rien. Ni que cette lettre les avait plongés, monsieur Diamond et lui, dans un état de morosité qui les avait empêchés toute la journée de faire le moindre progrès sur le scénario. Rien de tout cela ne m'était connu. Et si j'avais su, de toute façon, rien de tout cela n'aurait eu d'importance comparé à la délicieuse tranche de pâté de campagne qui se trouvait maintenant devant moi, et que je commençai immédiatement à attaquer avec l'empressement de quelqu'un qui n'avait pas fait de repas digne de ce nom depuis son départ de la maison presque deux semaines plus tôt. Et mon enthousiasme eut au moins un effet positif, celui de sembler rendre le sourire à monsieur Wilder, au point que cette lueur d'amusement ressurgit derrière ses lunettes, et qu'il dit, après avoir bu une grande gorgée de vin :

« Quelque chose me dit que vous n'avez pas très bien mangé pendant ce voyage. »

J'opinai de la tête, embarrassée à l'idée de m'être trahie de façon si flagrante.

« *Bon appétit** », ajouta-t-il.

Il entreprit de se concentrer sur ses huîtres, dont l'apparence me paraissait répugnante et l'odeur pire encore, mais il était seulement parvenu à en avaler trois quand un autre homme s'approcha de la table. Celui-là devait avoir dans les quarante-cinq ans, avec des cheveux noirs mi-longs, une moustache tombante, une tunique en crêpe, un jean délavé et un lourd médaillon pendu au cou. Il semblait bien plus sûr de lui que le visiteur précédent.

« Monsieur Wilder ? » commença-t-il.

Billy, qui était en train de se saisir de la quatrième huître, se tourna pour regarder l'homme avec un air d'interrogation résigné.

« Que puis-je pour vous ?

— Je sais que vous êtes en train de manger et... de passer un bon moment avec vos amis et tout, mais est-ce que je peux vous dire quelque chose, juste quelques mots ?

— Je vous en prie, allez-y.

— Je voulais seulement vous dire que vos films... Ils ont changé ma vie. » Sur cette déclaration, l'homme se hâta de poursuivre :

« Vous voyez, le truc, c'est qu'au début des années 1960 j'ai lâché la fac pour venir m'installer ici, sur la côte Ouest. Enfin bon, la culture de la drogue, les hippies et la contre-révolution, ça n'avait pas encore vraiment démarré à l'époque, mais c'était en train d'arriver, vous voyez ? Alors d'abord je suis venu à San Francisco et il y avait une vraie scène pour la poésie, et une vraie scène jazz là-bas à l'époque, et je me suis pour ainsi dire plongé là-dedans et j'ai commencé à écrire un peu et – eh bien (un rire)... ma poésie n'était vraiment pas terrible, je dois être franc avec vous, mais au moins ça m'a permis de me remettre en question, vous voyez ? Ça m'a fait prendre conscience que ma vie jusque-là avait été tellement... *étriquée*, enfin, j'étais tellement *coincé*, mais je n'ai vraiment commencé à... *me trouver* qu'au moment où tout a démarré dans la musique, vous savez, le flower power, le psychédélisme, tout le délire trips et drogues, c'est à ce moment-là que j'ai su ce que je voulais vraiment faire, alors j'ai déménagé à L.A. et j'ai commencé à me faire connaître, vous voyez, sur la scène musicale, j'ai eu un magasin de disques pendant un temps, une petite boutique sur Melrose, elle n'y est plus, je crois que c'est un cabinet dentaire maintenant, ou un truc bizarre du même genre, mais ensuite je me suis lancé dans le management, j'ai été manager des Mother's Finest un moment, vous vous souvenez d'eux ? Ils avaient pas mal de succès à l'époque, ils jouaient devant trois ou quatre mille spectateurs parfois, enfin bref, ça n'a pas d'importance, ensuite je suis passé davantage côté promotion et – pour faire court, désolé, je sais que vous avez envie de finir votre repas – j'ai ouvert un club à Fairfax, et maintenant j'en ai un autre à East Hollywood, les deux tournent très bien, et bref, j'ai l'impression d'être le mec le plus chanceux de la terre, enfin bon, je sais que ce n'est pas comme être un cinéaste de renommée mondiale ou quoi, mais être gérant de club vous donne un certain… prestige dans le milieu, vous voyez ce que je veux dire ? Disons que je peux ramener une nana différente tous les soirs si ça me chante, et parfois c'est le cas, non pas que… (remarquant la manière dont Audrey le fixait) sauf votre respect, hein, m'dame, je voulais pas vous offenser, pas de mal j'espère. Je voulais seulement vous raconter mon histoire, monsieur Wilder, et vous dire : Merci. Merci pour tout. »

Billy le contempla quelques instants et dit :

« Je ne comprends pas. Qu'est-ce que toute cette histoire a à voir avec n'importe lequel de mes films ? »

L'homme se rendit compte qu'effectivement il avait omis la partie la plus importante de son récit, et rit en guise d'excuses.

« Désolé, je suis vraiment un abruti, c'est la première chose que j'aurais dû vous dire, tout ça c'était à cause de votre film, votre film *La Garçonnière*. Vous voyez duquel je parle ?

— Je m'en souviens, en effet.

— Eh bien, le personnage de Jack Lemmon, c'était moi au début des années 1960, vous voyez ? Je n'étais qu'un pauvre couillon qui travaillait pour une grosse société à New York, et j'ai vu votre film, et j'ai pris conscience qu'il fallait que je fasse comme lui, qu'il fallait que je lâche tout, que je me tire de là, vous voyez ce que je veux dire ? »

Il y eut une pause. Billy hocha la tête.

« Je vois ce que vous voulez dire. Donc tout ça c'est grâce à moi ?

— Tout ça c'est grâce à vous. »

Il s'attardait, comme s'il attendait qu'on le félicite.

« Eh bien… (Billy tendit la main) ravi de le savoir. Merci. »

Ils se serrèrent la main.

« Merci à *vous*, monsieur Wilder. Et sauf votre respect, hein, m'dame.

— Il n'y a pas de mal », répondit Audrey en lui adressant un sourire aimable.

L'homme s'en alla. Billy prit une autre gorgée de vin et fit glisser dans sa bouche la quatrième huître tant attendue. J'avais fini mon pâté depuis belle lurette et grignotais un morceau de pain.

« Bon, dit-il avec un regard à monsieur Diamond. Et voilà le travail.

— Et voilà le travail, acquiesça Iz.

— Ce type tire son coup tous les soirs, et nous y sommes pour quelque chose.

— Ça fait chaud au cœur, non ? »

Monsieur Wilder secoua la tête, comme émerveillé par les petites surprises que vous réservait parfois la vie. Il souriait. Il mangea ses deux dernières huîtres sans autres commentaires.

Je décidai de hasarder une remarque. Le grand verre de vin que je venais de vider m'avait enhardie, et je dis :

« Ce doit être merveilleux d'entendre les gens dire des choses comme ça. Comme quoi vos films ont changé leur vie. »

Monsieur Wilder haussa les épaules. « Oui, c'est un sentiment agréable. Tout ce que vous avez fait n'est pas tombé dans l'oubli, vous voyez ?

— Il a l'air blasé, expliqua Audrey, parce que ça arrive très souvent. Dans la rue, dans les magasins. Je vous promets qu'il y aura cinq ou six autres personnes comme ça ce soir.

— Et moi, répondit Billy, je vous promets qu'ils parleront tous des deux mêmes films. Qui ont quinze ans. Plus de quinze ans. Ou alors ils parleront de films encore plus vieux. Des films d'il y a vingt, trente ans. Monsieur Diamond et moi avons écrit sept films depuis *La Garçonnière.* Voyons si quelqu'un vient nous aborder ce soir pour dire que l'un de *ceux-là* a changé sa vie. »

Pour rompre le silence solennel qui suivit, je repris : « Oui, mais c'est formidable que… »

Il se tourna vers moi :

« Vous avez dit que vous veniez de Grèce, c'est bien ça ?

— Oui.

— Mais votre anglais est parfait. Vous avez même l'accent britannique.

— Ma mère est anglaise.

— Donc vous parliez les deux langues, même quand vous étiez petite ?

— Oui.

— Dites-moi quelque chose en grec.

— Νομίζω ότι ήπια πολύ γρήγορα το κρασί μου, improvisai-je.

— Qu'est-ce que ça veut dire ?

— Ça veut dire : "Je crois que j'ai bu ce verre de vin un peu vite." »

Il rit. « Vous avez beaucoup de chance de parler deux langues. Il faut les apprendre toutes les deux pendant l'enfance. J'avais presque trente ans quand je suis venu ici, et à mon arrivée, je ne connaissais pas un mot d'anglais. Littéralement, pas un traître mot. J'ai appris en écoutant la radio, les matchs de base-ball. Mais vous voyez, je n'ai jamais perdu mon accent, et même aujourd'hui, parfois, les mots ne me viennent pas si facilement. Mon français est meilleur, en fait. Je me débrouille en français. Vous parlez le français ?

— Oui, répondis-je. Et l'allemand. J'ai étudié le français et l'allemand à l'université.

— Monsieur Diamond et moi sommes allés en Grèce, en début d'année, me racontait-il à présent. Pour visiter certaines îles. Faire des repérages pour un tournage. Vous connaissez ?

— Les îles grecques ? Oui, j'en connais certaines. On est allés en vacances à Santorin, à Ikaria... pourquoi est-ce que vous me demandez ça ?

— Nous n'avons pas trouvé ce que nous voulions, dit-il. Mais si nous finissons par convaincre un studio de financer ce nouveau film – je dis *si*, parce que dans ce métier plus rien n'est certain –, il va falloir qu'on trouve une île grecque. »

Intriguée, je posai ce qui me paraissait être une question innocente – « De quoi parle votre nouveau film ? » – et fus choquée par l'expression inquiète qui apparut sur le visage d'Audrey et de monsieur et madame Diamond. Bien sûr, depuis, j'ai appris au fil des années qu'il ne faut jamais, au grand jamais, demander à un artiste de vous parler de son travail en cours, mais à l'époque j'étais l'incarnation même de la *naïveté**, et cette question me semblait la plus naturelle du monde.

Quoi qu'il en soit, monsieur Wilder lui-même ne parut pas s'en offusquer outre mesure. Il devait déjà y avoir quelque chose chez moi (quoi, je l'ignore) qui le poussait à s'exprimer librement.

« Il parle d'une vieille star de cinéma, répondit-il. Une femme. Elle s'appelle Fedora. Personne ne l'a vue depuis des années et tout ce que l'on sait, c'est qu'elle vit quelque part sur une île grecque. Une recluse. Un personnage à la Garbo. Alors un producteur part à sa recherche mais quand il trouve l'île où elle vit, il ne parvient pas à l'approcher. Il n'arrive pas à franchir le rempart des gens qui s'occupent d'elle.

— C'est une sorte de prisonnière ?

— En quelque sorte, oui. »

Je ne savais pas ce que c'était qu'un « personnage à la Garbo », mais ma réponse n'était pas seulement de pure politesse :

« Ça a l'air super. J'irais voir un film comme ça, c'est sûr.

— Vraiment ?

— Oui. J'adore les films à énigme. »

Monsieur Wilder regarda monsieur Diamond avec une expression triomphale. « Ah, tu vois. On a enfin réussi à toucher le marché de la jeunesse. »

Monsieur Diamond secoua tristement la tête : « Il te faut un plus grand échantillon, Billy. » Il se tourna vers Gill : « Et vous, est-ce que vous allez beaucoup au cinéma ?

— De temps en temps, répondit Gill.

— Quels genres de films vous aimez ? »

Gill haussa les épaules. « Plein de choses.

— Rien en particulier ? »

Elle fronça le nez. « *Les Dents de la mer*, c'était bien.

— Oh oui, *Les Dents de la mer*, c'était incroyable », approuvai-je en opinant vigoureusement du chef. Ma mère, mon père et moi étions allés le voir le jour de sa sortie en Grèce – le lendemain de Noël 1975 – et je l'avais revu deux fois depuis.

La mention de ce film arracha pourtant un soupir à monsieur Wilder (qui était davantage résigné que fâché).

« Mon Dieu, ce film avec le requin. Quand est-ce que les gens arrêteront de parler de ce film avec le requin ? Vous savez, cette maudite bestiole a fait davantage recette aux États-Unis que n'importe quoi d'autre dans l'histoire d'Hollywood. Même Monroe, même Scarlett O'Hara n'ont pas généré autant d'argent que ce requin. Et maintenant, tous les crétins de producteurs que compte la ville veulent plus de films avec des requins. Voilà comment ils réfléchissent, ces gens-là. On a gagné cent millions de dollars avec ce requin, il nous faut un autre requin. Il nous faut plus de requins, il nous faut des requins plus gros, il nous faut des requins plus dangereux. Mon idée, c'était un film qui s'intitulerait *Les Dents de la mer à Venise*. Vous voyez, vous avez toutes ces gondoles qui sillonnent le Grand Canal, tous les touristes japonais, et puis voilà une centaine de requins qui remontent le canal et se mettent à les attaquer. J'ai soumis l'idée à un type de chez Universal, pour la blague. Il a cru que j'étais sérieux. Il a adoré. N'importe quel film que vous pouvez leur décrire en trois mots, vous savez, ils adorent, ils adorent ces histoires toutes simples, et il a trouvé que *Les Dents de la mer à Venise*, c'était parfait. Alors j'ai dit, d'accord, très bien, je vous fais cadeau de l'idée, mais ce n'est pas moi qui ferai ce film pour vous. Je ne suis pas très à l'aise avec les poissons, vous voyez ? Regardez tous mes films, et vous verrez qu'on n'y trouve aucun gros poisson. Je suis plutôt le genre de réalisateur qui fait dans l'être humain.

« Ce monsieur Spielberg, vous savez, il a beaucoup de talent. Il appartient à la nouvelle génération, avec monsieur Coppola et monsieur Scorsese. Monsieur Diamond les surnomme "les jeunes barbus". » Il rit de l'expression, exprimant une admiration sincère (dont je serais bien souvent témoin) pour le sens de la formule de son ami. « Je crois vraiment que c'est le meilleur d'entre eux tous, ce qui fait de lui la personne la plus talentueuse d'Hollywood à l'heure actuelle. J'ai vu son film, *Sugarland Express.* Vous l'avez vu ? (Gill et moi secouâmes toutes les deux la tête.) Et voilà, c'est parce que c'est un film qui parle de gens, et plus personne n'a envie de voir ce genre de choses. Bien sûr, il y a des courses-poursuites, des coups de feu dans tous les sens, et cætera et cætera – peut-être qu'au bout du compte il y a un peu trop de tout ça –, mais au fond c'est l'histoire de ces personnages, vous voyez, ces gens auxquels on s'intéresse. Mais maintenant, avec le requin, il a pris le parti inverse, il a opté pour tout ce cirque à vous faire lâcher votre pop-corn, avec les moments critiques, les effets chocs. Plus proche de l'attraction foraine que du drame, de l'intrigue. C'est ce qu'il me semble, en tout cas. »

Sa voix se perdit tandis qu'un duo de serveurs apportait nos plats, et nous fûmes distraits, pour un temps, par le cérémonial consistant à disposer le tout, partager le chateaubriand, goûter le contenu de notre assiette et, dans mon cas, fermer les yeux dans un état proche de l'extase quand mes dents se refermèrent sur la première bouchée de steak tendre, et que je sentis la délicieuse caresse du sang et du jus sur ma langue. Je regardai monsieur Diamond et constatai qu'il réagissait de la même manière. C'était tellement bon. Nous partageâmes un agréable moment de complicité.

« On pourrait faire attaquer Fedora par des requins », disait-il maintenant à Billy, l'air pensif.

Monsieur Wilder hocha la tête en découpant des pommes de terre sautées dans son assiette.

« Tu veux dire quand elle prend le bateau pour aller sur son île ? Oui, ça pourrait marcher. *Les Dents de la mer en Grèce.* Pas mal. Peut-être que ça résoudrait notre problème avec l'acte deux. Bien sûr. » Il embrocha un morceau de pomme de terre et marqua une pause avant de le manger. « On en parle demain matin. » Puis il se réadossa à son siège et dirigea son regard vers l'autre bout du restaurant. Sur un ton tout à fait différent – infiniment plus confidentiel – il s'adressa à son ami : « Dis, tu as vu qui vient d'arriver ? »

Monsieur Diamond ne leva pas les yeux. J'avais l'impression qu'il se moquait bien de savoir qui étaient les autres clients, quelle que soit leur célébrité. Barbara, en revanche, suivit le regard de monsieur Wilder.

« C'est Al Pacino, n'est-ce pas ?

— Il me semble que c'est monsieur Pacino, oui. Et je pense que la très belle femme assise en face de lui, avec les cheveux bruns, est sa petite amie, qui est également actrice. Je ne connais pas les autres à la table.

— Tu vas aller lui parler ? demanda Audrey.

— Je ne vais pas aller lui parler. Pas pendant qu'on est tous en train de manger. »

Monsieur Diamond, résolument indifférent, se tourna de nouveau vers Gill et moi : « Et les comédies, alors ? demanda-t-il. Qu'est-ce qui fait rire les jeunes, de nos jours ? Il y a des films que vous avez vus ? »

J'essayai de réfléchir, mais rien ne me venait. Comme je l'ai dit, je n'allais pas très souvent au cinéma, à l'époque. Quant à Gill, je ne suis même pas sûre qu'elle ait entendu la question. En fait, j'étais un peu inquiète à son sujet. Elle avait une mine de plus en plus lugubre, comme si elle était sur le point d'éclater en sanglots.

« Est-ce que vous aimez, par exemple, les Monty Python ? » nous souffla monsieur Diamond.

Penché sur son assiette, monsieur Wilder intervint :

« Ça ne me parle pas vraiment, les Monty Python.

— Ou alors *Le shérif est en prison*? demanda monsieur Diamond. Ça, c'était assez marrant. »

Une nouvelle fois, c'est monsieur Wilder qui réagit, puisque Gill et moi n'avions rien à dire.

« Oui, c'était assez marrant, reconnut-il. J'aime bien monsieur Brooks. C'est un type intelligent. Très intelligent, très drôle. Mais même là, voyez-vous... » Il se tourna vers Gill et moi, comme s'il dispensait un cours. « Vous savez, il y a cette scène où les cow-boys sont tous assis autour du feu, et ils se mettent à lâcher des vents les uns après les autres. Ce n'est pas ce que je qualifierais d'humour sophistiqué, n'est-ce pas ? Monsieur Diamond et moi n'avons jamais eu envie d'écrire une scène de ce genre. Nous sommes plutôt de l'école de Lubitsch. (Encore un nom qui ne signifiait rien pour aucune de nous deux.) On ne souligne pas les choses. On les suggère. On a recours à un peu de subtilité, on pousse le spectateur à faire le travail. Avant ma rencontre avec monsieur Diamond, avec mon partenaire précédent, monsieur Brackett, nous avons écrit un film pour Lubitsch intitulé *Ninotchka.* Un gros succès, un énorme succès. Parce que c'était la première fois que Garbo donnait dans la comédie, vous savez ? Et les publicitaires de la MGM, ils ont trouvé une excellente formule, un slogan pour le film, pour la campagne commerciale et les affiches : "GARBO RIT." Voilà ce que ça disait, et c'était suffisant pour faire venir les spectateurs. C'était ça qui les intriguait : "GARBO RIT." Mais vous noterez que ça ne disait pas "GARBO PÈTE". Parce qu'à l'époque, le public était accoutumé à un style d'humour plus délicat, un peu plus intelligent. C'est différent maintenant, et peut-être que monsieur Diamond et moi, nous commençons à être en décalage avec l'époque mais, comme je l'ai dit, nous écrivons une histoire sur une vieille star de cinéma, très élégante, très belle, très mystérieuse, alors il ne va pas y avoir de scène où elle se redresse dans son fauteuil, lève une jambe et lâche un vent au milieu d'une conversation.

— Oh, Billy ! dit sa femme d'un ton réprobateur mais hilare.

— Non, enfin quoi, ça n'arrivera pas. On ne peut pas faire ça. » Il prit la carafe pour se resservir du vin rouge. « De toute façon, ce nouveau film, ce n'est même pas une comédie. Ce sera un film très sérieux. Un mélodrame, presque une tragédie. C'est pour cela que monsieur Diamond est si mal à l'aise pour l'écrire. »

Je jetai un coup d'œil à monsieur Diamond pour voir s'il avait effectivement l'air mal à l'aise, mais c'était difficile à dire. C'était toujours difficile à dire, avec lui. Il avait l'air pensif, mélancolique et assez insondable, hormis le fait qu'il appréciait manifestement son steak.

Pile à ce moment-là, Gill se leva.

« J'ai besoin d'aller aux WC », dit-elle.

Cette déclaration était si abrupte et peu cérémonieuse qu'il fallut un instant ou deux à Audrey pour répondre : « Les toilettes pour dames ? Bien sûr, c'est par là. »

Monsieur Wilder se leva à son tour et se tamponna les lèvres avec une serviette. Il dit : « Je crois que je vais moi aussi aller chez les messieurs. Venez, je vais vous montrer le chemin. »

Ils disparurent ensemble, mais monsieur Wilder ne se rendit pas aux toilettes pour hommes. Il semblait plutôt avoir envie de passer à la table d'Al Pacino, où il fut bientôt absorbé dans une longue conversation avec la star. Il était penché au-dessus de son siège, et ils discutaient, riaient et avaient l'air de s'entendre à merveille.

Au bout de quelques minutes, un serveur se présenta à notre table. Il apportait un bout de papier sur lequel Gill avait griffonné un message pour moi.

« C'est de la part de votre amie », dit-il.

Je dépliai le mot, qui disait :

Ça va pas, j'en peux plus. Je vais à Phoenix ce soir avec Stephen. Vraiment désolée bisous

Audrey et Barbara étudiaient attentivement mon visage tandis que je lisais ces mots. Comment pouvait-elle me faire ça ? Me laisser dans un restaurant avec quatre parfaits inconnus ? Qu'est-ce que j'allais leur dire ?

La vérité paraissait l'option la plus simple.

« Elle a dû partir », dis-je.

Ils étaient trop bien élevés pour afficher pleinement l'incrédulité que devait leur inspirer cette situation.

« Oh mon Dieu, dit Audrey, j'espère qu'il n'y a rien de grave.

— Est-ce qu'elle t'a dit ce qui s'est passé ? demanda Barbara.

— Elle a rencontré ce garçon il y a deux jours, répondis-je. C'est le grand amour entre eux. Il quittait la ville ce soir. Elle est partie lui courir après.

— C'est *tellement* excitant et romantique, répondit Audrey.

— Dur pour toi, par contre », ajouta Barbara – ce dont je lui fus reconnaissante.

Monsieur Wilder revint à notre table et accueillit la nouvelle de la disparition de Gill avec un sang-froid impeccable (sachant qu'il ne lui avait pratiquement pas parlé de la soirée). Il avait bien plus envie de nous faire le compte-rendu de son échange avec Al Pacino.

« Alors, comment ça s'est passé ? lui demanda Iz, plus caustique que jamais.

— Nous avons eu une discussion agréable, répondit Billy, d'abord évasif.

— J'espère qu'il a été flatté comme il se doit que tu sois passé lui dire un mot, fit Audrey.

— Je ne sais pas s'il a été flatté, mais il sait qui je suis, de même que monsieur Diamond. Il connaît notre travail. »

Se tournant vers moi, il reprit : « Vous connaissez monsieur Pacino, bien sûr. Vous l'avez vu dans *Le Parrain* ?

— Je ne l'ai pas vu, avouai-je.

— Très bon film. Le deuxième volet, je veux dire. Le plus récent. Un excellent film, l'un des meilleurs que j'aie vus. » Il s'adressa de nouveau à l'ensemble de la tablée, même s'il ne quittait pas son ami du regard, guettant une réaction. « Ce n'était pas facile de savoir ce qu'il disait au juste, parce qu'il était en train de manger un hamburger, et qu'il marmonnait en parlant la bouche pleine. Il parle comme il joue, vous savez ? On pourrait lui donner le monologue de Hamlet, “Être ou ne pas être”, et on n'en comprendrait toujours pas un traître mot. Et soit dit en passant, ce n'est pas un restaurant de hamburgers ici. Monsieur Chaumeil – notre chef – n'en prépare pas normalement. Il n'y en a pas au menu. Il a donc dû passer une commande spéciale. Voyez tout ce qu'on peut s'offrir ici – bouillabaisse, cassoulet, pot-au-feu – et lui, il demande un hamburger ? Sa petite amie s'est excusée à ce sujet. Elle m'a dit qu'il n'avait aucune éducation.

— Comment s'appelle-t-elle ?

— Elle s'appelle Marthe. Marthe Keller. Une jeune femme suisse. » Il jeta un œil à la ronde, d'un air interrogatif. « C'est curieux, non ? Il n'y a pas beaucoup de Suisses ici à Hollywood. Il n'y a pas beaucoup d'actrices suisses tout court. Je n'en vois pas d'autres. C'est un pays qui produit davantage de pendules à coucou que d'acteurs. » Puis, s'adressant à moi, il reprit abruptement : « Alors, qu'est-il arrivé à la jeune Foley ? Est-ce que quelqu'un lui a dit que les desserts n'étaient pas bons ici ?

— Non.

— Je suis ravi de l'entendre. Parce qu'ils sont excellents. Faisons revenir ces menus. »

Il regarda autour de lui et claqua des doigts, et un serveur se hâta d'approcher. Je pensai de nouveau à mon père, ce quinquagénaire doux et inoffensif, qui ne parvenait jamais à croiser le regard du serveur qui aurait pu lui sauver la vie. Je songeai que ça devait être agréable de susciter ce genre d'attention. Et une fois que vous vous étiez habitué à la susciter, pas très agréable de la perdre à nouveau.

« Elle est partie courir après un homme, dit Audrey pour informer son mari, par *amour*.

— Vraiment ? » Cette nouvelle parut l'amuser. « Je ne crois pas que son père approuverait. Il a toujours eu l'air bien trop raisonnable pour ça. Elle doit tenir de sa mère. »

Sans la présence de Gill, je commençais à être mal à l'aise.

« Vous avez tous été tellement gentils, suis-je intervenue, de me laisser dîner avec vous. Mais maintenant qu'elle est partie, je ne sais pas trop si je dois rester. Je ne suis ici que parce qu'elle m'a proposé de l'accompagner… »

Il y eut un chœur de protestations sonores et unanimes.

« Sottises, ma chère, dit Audrey.

— Absolument hors de question, fit Barbara.

— Tenez, ajouta Billy en remplissant mon verre de vin, terminez-moi ça, car nous allons commander une autre bouteille.

— Mais vous ne me… »

Audrey posa sa main sur la mienne et me fit taire d'un regard.

« Je t'en prie, détends-toi et amuse-toi, c'est tout. Nous sommes très heureux de t'avoir ici. Et commande n'importe quel dessert qui te plaît, parce que tu as déjà fait tout ce qu'il faut pour le mériter.

— Ah bon ? Comment ça, qu'est-ce que j'ai fait ?

— Je ne pense pas que tu te rendes bien compte du caractère extraordinaire de cette soirée, fit Audrey. Billy et Iz ne dînent jamais tous les deux le soir. Jamais. Pour quoi faire ? Ils se voient tous les jours : ils sont ensemble de neuf heures du matin à six heures du soir. Ils passent bien plus de temps l'un avec l'autre qu'avec Barbara et moi. Et ils sont bien plus dévoués l'un envers l'autre qu'envers leur femme. » (Billy et Iz assistaient à ce discours, acquiesçant de temps en temps, ni l'un ni l'autre ne contestant le moindre mot.) « Mais tous les deux voulaient absolument te rencontrer ce soir. Tu sais pourquoi ? »

Je n'en avais pas la moindre idée.

« C'est très simple, ma chère. C'est parce que tu es jeune. As-tu remarqué qu'ils ont passé toute la soirée à te cuisiner sur le cinéma ? Billy veut désespérément savoir ce que les jeunes attendent d'un film de nos jours. Et il n'a jamais l'occasion de parler avec des jeunes. Maintenant, allons – je recommande chaudement la mousse au chocolat, elle est à tomber.

— Je ne me qualifierais pas de désespéré, reprit Billy, en versant encore du vin dans mon verre qui était pourtant pratiquement plein. Mais je suis toujours curieux de savoir ce que les gens attendent d'un film. Voyez-vous, je ne peux pas me contenter de faire des films pour six spectateurs de Bel Air. Ou pour gagner le… l'Écureuil d'or du Festival du Liechtenstein. C'est un business. On gagne ou on perd au box-office. Tout le reste, ce n'est que… pfft ! » Il jeta un coup d'œil à Audrey. « Ça ne te dérange pas si j'en grille une petite ?

— Vas-y. Il se peut que je me joigne à toi.

— Si je peux me permettre, me disait à présent Iz, de toute manière votre amie jetait un peu un froid sur la soirée. Bon, Billy et moi avons eu une dure journée, après la lettre de Marlene ce matin, et en ce qui me concerne en tout cas, j'ai bien l'intention d'oublier tout ça.

— Bonne idée, fit Barbara en remplissant son verre ainsi que tous les autres. Que le vin coule à flots. Et je prendrais bien une part de cette tarte au citron. Crème brûlée pour toi, je présume ? »

Iz fit claquer son menu avec un énorme sourire de satisfaction.

« Pourquoi pas ? » dit-il, sur quoi Audrey et Barbara partagèrent de grands éclats de rire, tandis que Billy se penchait vers moi pour expliquer sur le ton de la confidence :

« N'en concluez pas que monsieur Diamond manque d'enthousiasme pour la crème brûlée. La crème brûlée qu'on sert ici est la meilleure de Los Angeles. Peut-être de toute l'Amérique. Mais il y a une chose que vous comprendrez, si vous apprenez à le connaître un peu mieux, c'est que ceci représente pour lui le summum de l'enthousiasme. Cela fait maintenant vingt ans que nous écrivons des films ensemble, et c'est la plus grande marque d'appréciation que j'aie jamais réussi à lui arracher : "Pourquoi pas ?" Je peux lui balancer la meilleure réplique qu'on ait jamais entendue dans un film – comme à la fin de *La Garçonnière*, vous savez, quand elle dit : « Tais-toi et donne les cartes » –, bon, vous ne savez pas, parce que vous ne regardez que des films de requins, mais permettez-moi de vous dire que c'est vraiment une excellente réplique, et quand je la lui ai proposée, vous savez ce qu'il a dit ? "Billy, tu es un génie" ? "C'est grâce à ça que le film va marcher" ? Non. Rien de ce genre. Il me regarde juste avec cet air de chien battu, et il dit : "Pourquoi pas ?" Et voilà comment je sais qu'il adore la réplique, même si ça le tuerait de le dire. Et qu'il adore aussi la crème brûlée, même s'il ne l'admettra jamais, et que les seuls mots que vous pourrez lui tirer à ce sujet, c'est : "Pourquoi pas ?" »

Audrey et Barbara avaient écouté la dernière partie de son discours, guettant la réaction d'Iz, une expression de ravissement dans le regard.

« Ne sont-ils pas adorables, tous les deux ? dit Barbara. Ne serait-ce pas magnifique s'ils pouvaient être mariés l'un à l'autre, plutôt qu'à nous ? Je ne sais pas toi, Audrey, mais parfois je me sens tellement coupable de m'immiscer entre eux comme je le fais. »

Audrey rit à nouveau. « Oh oui ! C'est exactement pareil pour moi. Si je n'avais pas mis le grappin sur Billy quelques années avant qu'il ne rencontre Iz, je sais que je n'aurais pas eu la moindre chance.

— Écoutez, nous ne sommes pas de la jaquette, dit Billy,

avant de me mettre en garde : N'allez pas commencer à répandre ce genre de rumeur. »

J'acquiesçai avec sérieux et bus encore un peu de vin, et pendant les minutes qui suivirent, je me contentai de laisser la conversation glisser sur moi. Tous les autres convives allumèrent une cigarette, mais je n'ai jamais été fumeuse, et je déclinai donc. J'étais si heureuse, plus heureuse qu'à n'importe quel autre moment de ma virée américaine, plus heureuse même que lorsque j'étais allongée au soleil aux côtés de Gill sur la plage de Santa Monica, quelques heures plus tôt. En fait, je me fichais totalement de savoir si je reverrais Gill un jour, après la manière dont elle m'avait traitée. Elle était folle d'avoir quitté ce dîner juste pour passer quelques jours de plus avec Stephen à Phoenix : parce que c'était ça le paradis, ici et maintenant, être assise dans un des restaurants les plus glamours de Beverly Hills, entourée de gens beaux, talentueux, riches et célèbres, à déguster des plats merveilleux. J'avais l'impression d'avoir mis un pied dans une autre sphère, un tout autre monde. Dans deux jours, je serais de nouveau à bord d'un bus Greyhound, pour transpirer durant sept heures jusqu'à San Francisco, avec rien d'autre à manger dans mon sac à dos que des sandwichs au fromage industriel, mais j'étais incapable d'y penser à ce moment-là. Tout ce que j'avais en tête, c'étaient l'élégance et l'amabilité de ces gens, comme ils s'étaient montrés accueillants envers moi, au point de me donner à mon tour le sentiment d'être élégante et aimable.

Audrey riait de quelque chose. Quelque chose qu'elle avait elle-même dit. C'était un rire malicieux et transgressif, et Barbara était en train de l'imiter. Elles parlaient de ce restaurant. Il avait semble-t-il été récemment utilisé pour un tournage, et une scène particulièrement scandaleuse avait été filmée dans un salon privé, à l'étage.

« Tu vois, tu illustres justement mon propos, dit monsieur Wilder, du ton mi-blagueur, mi-sérieux que je commençais à identifier. C'est le problème auquel nous sommes confrontés, Iz et moi. Nous sommes là, à essayer d'écrire des films subtils, des films romantiques, et voilà ce que le public attend. L'histoire a commencé depuis à peine dix minutes, et la fille est déjà à genoux en train de faire une pipe au gars. Bon, ce n'est pas vraiment le genre de choses que ferait Garbo, n'est-ce pas, ni Ingrid Bergman ou Audrey Hepburn ?

— Tu dois vivre avec ton temps, Billy, dit sa femme.

— Crois-moi, je fais de mon mieux. Nous avons mis des seins nus dans nos films, deux fois déjà.

— Deux fois ? interrogea Iz, sceptique.

— Mais oui, on avait mis des seins dans le film sur Holmes, tu te souviens ? L'épisode de la lune de miel dénudée.

— Les seins ont été coupés au montage.

— Je sais qu'ils ont été coupés. Tout ce passage a été coupé. Mais ils y étaient, au départ.

— Les seins, c'est dépassé, intervint Audrey.

— Je ne considérerai jamais les seins comme dépassés, Dieu m'en garde, fit Billy.

— Vous mettrez des seins dans *Fedora* ? » demanda Barbara.

Iz secoua la tête, mais Billy lui rappela : « Oui, il y aura des seins. Nous avons des seins dans la scène du studio qui se déroule dans le passé, quand ils tournent *Léda et le Cygne.*

— Ah mais oui… je l'avais oubliée. »

Je portai la main à mon front et m'y appuyai de tout mon poids. Je sentais monter un bâillement, et il n'y avait pas que ça, toute la pièce semblait devenir un peu instable. La tête commençait à me tourner.

« D'ailleurs, nous n'avons toujours pas résolu le problème de cette scène, lui rappela Billy.

— Rafraîchis-moi la mémoire, quel était le problème déjà ?

— Le problème, c'est sa réaction à lui. Nous avons ce jeune type, le jeune Detweiler, c'est juste un employé subalterne du studio, et ils tournent la scène, et son travail, c'est de les cacher, tu sais – les nichons de Fedora. Il doit les cacher pour la censure. Et donc la première fois qu'il la voit, elle est nue. Mais quelle est sa réaction ?

— Quelle serait la réaction de n'importe quel type ? Il deviendrait dingue ?

— Oui oui, mais ce n'est pas marrant. C'est comme ça qu'on s'attend à le voir réagir. »

Le bâillement s'empara de moi à ce moment-là. Il me prit des deux côtés de la bouche, je le sentis gagner ma mâchoire et j'essayai de le réprimer, mais le réflexe était beaucoup trop puissant.

Iz cogitait. « Eh bien, je ne sais pas... je suppose que ce qui serait intéressant, dans ce cas, ce serait qu'il ait une réaction à l'opposé de celle de la plupart des hommes.

— Et quelle serait cette réaction ? » fit Billy.

Il y eut une longue pause, puis Audrey me désigna du doigt.

« La même qu'elle », dit-elle.

À cet instant, j'étais au beau milieu du bâillement le plus énorme et le plus interminable qui soit. J'avais la main sur la bouche pour essayer de le dissimuler, mais je remarquai alors qu'ils me fixaient tous, et allez savoir pourquoi je retirai ma main, sans doute dans l'intention de fermer la bouche, ce à quoi elle se refusait. Le bâillement se prolongeait à l'infini, tandis que la pièce autour de moi continuait à tournoyer et que les visages de monsieur et madame Wilder et monsieur et madame Diamond devenaient plus ou moins flous.

« C'est ça ! entendis-je crier triomphalement monsieur Wilder.

— C'est ça quoi ? demanda monsieur Diamond.

— Il bâille. Il voit la plus belle femme du monde allongée nue devant lui, et il bâille. Parce qu'il n'a pas dormi de la nuit. Et c'est *ça* qui intrigue Fedora. Ça ne lui est jamais arrivé. C'est ça qui lui donne envie de coucher avec lui. »

Il se tourna vers son partenaire d'écriture, attendant sa réponse. Monsieur Diamond se renfonça dans son siège et regarda droit devant lui un petit moment, réfléchissant.

Enfin, il hocha la tête, très lentement, et dit – très lentement aussi : « Mais oui. Ça pourrait marcher. Ça pourrait tout à fait marcher. »

Billy sortit un de ses petits cigares et entreprit de l'allumer. Il ne dit rien, mais je crois qu'on savait tous qu'il était déçu. Les mots qu'il attendait de monsieur Diamond, c'était : « Pourquoi pas ? »

*

Bon, je ne suis pas tout à fait tombée dans les pommes. Je n'ai pas perdu conscience. Mais je n'ai aucun souvenir d'être rentrée à l'appartement des Wilder. Ils ont dû me prendre en pitié, se rendre compte que je n'étais absolument pas en état de retrouver seule le chemin de mon auberge. Je suppose qu'il y a eu un trajet en taxi, puis la montée dans l'ascenseur, mais je ne me souviens de rien de tout cela. Et tout à coup, c'était le matin. Le soleil californien inondait leur salon, tamisé et filtré par un store vénitien entrouvert, j'étais roulée en boule sur un canapé pas tout à fait assez grand pour accueillir un corps humain à l'horizontale, mon dos me faisait un mal de chien, ma tête palpitait et mes paupières n'étaient pas du tout d'humeur à s'ouvrir.

Des bruits provenaient d'une autre pièce et je crus d'abord qu'il s'agissait d'Audrey. Alors, au prix d'un effort surhumain, je me levai pour lui parler. Mais ce n'était pas Audrey. C'était une femme d'âge mûr en uniforme de bonne, qui nettoyait les plans de travail de la cuisine.

« Bonjour, dit-elle. Vous devez être la jeune femme grecque. »

J'acquiesçai en hochant la tête : « Est-ce qu'Audrey est là ? Ou Billy ?

— Monsieur Wilder est allé à son bureau travailler avec monsieur Diamond. Madame Wilder a un rendez-vous chez son ophtalmologue ce matin. Elle m'a demandé de vous préparer un petit-déjeuner, donc si vous voulez bien passer dans la pièce voisine, je vous sers quelque chose dans une minute. »

Je marmonnai des remerciements et retournai dans la salle de séjour, au bout de laquelle se trouvait une table en chêne sombre. L'appartement semblait assez petit, mais c'était parce qu'il était très encombré. Le moindre centimètre de mur était recouvert de tableaux, ou presque : de l'art moderne essentiellement, beaucoup de peintures abstraites, et beaucoup de nus. C'est seulement des années plus tard que je comprendrais que monsieur Wilder était un véritable collectionneur d'art – parmi les plus respectés des États-Unis – et que la plupart des tableaux sur ces murs étaient des originaux de Schiele, Klimt ou Picasso. Il y avait aussi un grand nombre de livres (dans de multiples langues), et de disques pour gramophone (musique classique et jazz), ainsi que plusieurs statuettes des Oscars.

La bonne entra avec un plateau d'argent sur lequel étaient disposés du café, des viennoiseries, des confitures et du jus d'orange. Elle me versa un café noir bien serré, et je la remerciai avant de le boire avidement. Tandis que je m'asseyais à table, elle me tendit un livre. Il s'intitulait *Crowned Heads*[1] et avait été écrit par un auteur que je ne connaissais pas, Thomas Tryon.

« Monsieur Wilder a glissé un mot pour vous à l'intérieur », ajouta-t-elle, et elle me laissa à ma lecture.

Le message était rédigé sur une feuille épaisse couleur crème, avec en guise d'en-tête le nom BILLY WILDER en capitales discrètes. Au bas du papier était imprimée une adresse, mais pas de numéro de téléphone. Je supposai qu'il s'agissait de celle de l'appartement, mais ce n'était pas le cas.

Le mot disait :

Vous ne vous en souvenez sûrement pas, mais hier soir vous avez résolu un problème d'intrigue pour nous. Voici le texte que monsieur Diamond et moi essayons d'adapter. Je vous prête mon exemplaire, si jamais vous trouvez le temps de le lire et avez d'autres coups de génie.

Avec mes meilleurs sentiments, Billy.

PS : Buvez beaucoup de café et prenez beaucoup d'aspirine.

1. Littéralement « Les Têtes couronnées », ce recueil de nouvelles sur le star-system hollywoodien a été traduit en français sous le titre *Fedora* par Colette-Marie Huet, Albin Michel, 1978.

Le livre semblait composé de quatre longues nouvelles, et dans la table des matières, monsieur Wilder avait entouré le titre de la première : « Fedora ». Je voyais que les pages suivantes étaient couvertes de ses notes manuscrites. Je bus encore un peu de café, enfournai une moitié de croissant et commençai à lire. Je bouquinai environ une demi-heure jusqu'à ce qu'il devienne évident, à la façon dont la bonne me regardait, que j'étais censée partir. J'emportai le livre.

*

Je croyais ne jamais pardonner à Gill de m'avoir laissée tomber comme ça, mais je finirais plus ou moins par le faire. Quelques mois plus tard, elle m'écrivit à Athènes, pour me dire que Stephen et elle s'étaient fiancés, et à nouveau quelques années après pour m'annoncer qu'ils étaient mariés, donc je suppose que c'était vraiment du sérieux, en fin de compte. Après cela, nous nous contentâmes d'échanger des cartes de Noël, et bien que je sois venue vivre à Londres dans les années 1980, et que nous nous soyons juré de nous retrouver pour dîner, cela n'arriva jamais, et les cartes de Noël finirent par se tarir jusqu'à ce que nous perdions contact. C'est vraiment dommage. Écrire tout ça m'a donné envie de la retrouver, et ce ne serait pas compliqué, de nos jours. Je me demande si Stephen et elle sont toujours ensemble. Ils ont eu deux filles, me semble-t-il.

Je passai deux jours de plus seule à Los Angeles. Je visitai consciencieusement le marché de Grand Central et déambulai dans quelques musées, mais le cœur n'y était pas. Le moment que je savourai le plus fut celui où je pris le bus jusqu'à Malibu pour m'asseoir sur la plage et lire l'exemplaire de *Crowned Heads* que monsieur Wilder m'avait prêté. En tout cas, je supposais qu'il s'agissait d'un prêt.

Je ne trouvai pas la nouvelle « Fedora » si géniale que ça, en réalité. La prose était un peu trop fleurie à mon goût, et je ne parvins jamais à adhérer pleinement au personnage principal, celui de la vieille star de cinéma mystérieuse. J'ai toujours le même problème : quand les auteurs inventent un personnage qui est censé être vraiment célèbre, ça ne fonctionne jamais parce que la définition d'une personne célèbre, c'est que vous avez entendu parler d'elle, et si vous n'avez jamais entendu parler de cette personne censée être célèbre, elle ne l'est sûrement pas tant que ça, et donc toute l'histoire ne tient pas debout avant même d'avoir commencé. Mais je ne pensais pas qu'il serve à grand-chose de dire ça à monsieur Wilder. En fait, après avoir terminé la nouvelle, je n'avais pas la moindre idée de ce que je pourrais lui dire d'utile. En tout cas, je ne savais pas du tout comment il fallait s'y prendre pour adapter un livre en film.

Reste que je voulais rendre le livre, alors je pris un bus jusqu'à Beverly Hills vers quinze heures cet après-midi-là, prévu le soir même avant le départ de mon prochain Greyhound. (Gill et moi avions prévu de visiter ensuite San Francisco, puis de monter plus au nord, et j'avais l'intention de m'en tenir à ce plan.) Je parvins à l'adresse indiquée sur le bout de papier que m'avait donné monsieur Wilder, et c'est à ce moment-là que je compris qu'il ne s'agissait pas de celle de son appartement. C'était en fait un ensemble de bureaux modernes d'aspect ordinaire, non loin du croisement entre Santa Monica Boulevard et Rodeo Drive, un endroit qui semblait n'avoir rien de particulier de l'extérieur, et que j'ignorais à l'époque être en fait le fameux Writers and Artists Building. Il y avait deux rangées de boutons sur le boîtier de l'interphone, mais ni le nom de monsieur Wilder, ni celui de monsieur Diamond n'y figuraient, alors je ne savais pas quoi faire. Au bout de quelques minutes, deux hommes sortirent. Ils avaient tous les deux la cinquantaine et portaient des vestes à carreaux et des pantalons sport.

« Vous cherchez quelque chose ? » demanda l'un d'entre eux, remarquant que je traînais devant la porte. Je lui dis que je cherchais monsieur Wilder et monsieur Diamond. « Ils sont sortis il y a une heure environ, m'informa-t-il. Je ne sais pas où ils sont allés.

— Iz m'a dit qu'ils avaient une réunion, intervint l'autre (il s'adressait à son ami, pas à moi).

— Vous savez quand ils reviennent ? » demandai-je.

Secouant la tête, ils passèrent leur chemin. Je gagnai un café de l'autre côté de la rue et m'installai à une table près de la fenêtre, qui m'offrait une vue dégagée sur l'entrée du bâtiment, en face. J'y restai aussi longtemps que possible – près d'une heure – jusqu'au moment où je savais que j'allais devoir y aller si je ne voulais pas manquer mon bus pour San Francisco. C'était désespérément triste et frustrant. Je déchirai une page du carnet que j'avais dans mon sac à dos, et écrivis :

Cher monsieur Wilder,

Merci beaucoup de m'avoir prêté ce livre, et d'avoir été si gentil avec moi au dîner l'autre soir. C'est l'une des plus belles soirées que j'aie jamais passées. Je suis désolée d'avoir trop bu et d'avoir dû dormir sur votre canapé. J'ai beaucoup aimé le livre et je suis sûre que monsieur Diamond et vous en ferez un film qui aura beaucoup de succès. Malheureusement je n'ai pas d'autres idées pour l'intrigue. Celle que je vous ai donnée au restaurant n'était qu'un coup de bol.

Je signai de mon nom et ensuite, même si sur le coup ça paraissait nul et un peu gênant, j'inscrivis en dessous l'adresse et le numéro de téléphone de mes parents à Athènes. Puis je me rendis dans une papeterie un peu plus bas dans la rue, j'achetai une enveloppe, je glissai le livre et le mot à l'intérieur et insérai celle-ci dans la boîte aux lettres du Writers and Artists Building, le tout précipitamment pour ne pas avoir le temps de changer d'avis. Et c'était fini. Sous le soleil brûlant de Beverly Hills, je hissai mon sac à dos sur mes épaules et me lançai dans le long trajet qui menait à la station de bus Greyhound.

Le reste de mon séjour en Amérique s'écoula très lentement. Je visitai des endroits intéressants, mais je ne rencontrai plus personne, ni ne nouai d'amitiés. J'étais seule et malheureuse, non parce que Gill me manquait, mais parce qu'en mangeant mon Royal Cheese et mes frites au McDonald's de Seattle, je rêvais d'être à nouveau à Beverly Hills, en train de dîner au Bistro, d'écouter les blagues de monsieur Wilder et de boire du vin rouge incroyablement cher tandis qu'Al Pacino et sa sublime petite amie suisse étaient attablés à l'autre bout de la salle. Je ne prenais plus aucun plaisir à ce voyage. Je serais rentrée plus tôt à Athènes si j'avais eu les moyens de changer mon billet.

La Grèce

Il n'y a sans doute rien d'étonnant à ce que je continue de traiter mes filles comme des enfants alors que ça fait longtemps qu'elles ont atteint l'âge adulte : parce que si l'histoire de ma rencontre avec monsieur Wilder à Los Angeles me rappelle quelque chose, c'est bien qu'à vingt et un ans j'étais moi-même encore une enfant. Avec le recul, je me rends compte que mes propres parents, eux aussi, avaient tendance à me surprotéger. J'étais fille unique et nous vivions dans un grand appartement sur la rue Acharnon. C'était une artère animée, bruyante et polluée, et nous n'avions pas beaucoup d'argent mais nous y étions heureux – un bonheur à toute épreuve, ininterrompu pendant plus de vingt ans. Les gens qui ne connaissent la Grèce que de l'extérieur et savent que nous vivions alors sous une junte militaire s'interrogent parfois : « Comment pouviez-vous être heureux ? » À quoi je répondrais simplement : la vie continue. Il faut que la situation soit vraiment, vraiment terrible pour empêcher la vie de continuer. Il y avait le monde extérieur, celui de la politique et de l'histoire, et puis il y avait mon monde intérieur, celui de la musique et de la famille, et ces deux univers ne se croisaient jamais. Dans le monde extérieur, c'était le marasme économique, le régime militaire, la censure politique et les gens qu'on torturait et qu'on envoyait en camp de concentration ; dans mon monde intérieur, il y avait la musique et les rires, le confort d'un foyer, les bons petits plats et la douce chaleur procurée par l'amour inconditionnel que mes parents avaient l'un pour l'autre et envers moi. Je vivais dans une petite bulle de bonheur et je ne faisais pas du tout attention à ce qui se passait autour. Quand les étudiants de l'École polytechnique d'Athènes se soulevèrent en 1973, je ne pris aucune part au mouvement. Quand mon père perdit son travail la même année, je fus simplement heureuse de constater qu'il passait plus de temps à la maison, ignorant totalement qu'un collègue l'avait surpris en train de qualifier Dimitrios Ioannidis d'imbécile, et qu'il avait été viré le lendemain.

Mon père était un homme doux et généreux, bien en chair, et qui avait deux passions : la littérature classique (qu'il enseignait) et les pâtisseries grecques (qu'il dévorait à la pelle). Ma mère donnait des cours d'anglais à des étudiants grecs, et il était plus ou moins entendu que j'étais moi-même destinée à faire la même chose. La musique n'était au départ qu'un hobby pour moi, mais cette passion était dévorante. Je n'avais pas de réelle formation. Notre appartement était au rez-de-chaussée et nous avions un piano droit que mon père avait hérité de ses parents. Lui n'en jouait pas, mais ma mère était capable de venir à bout d'une main hésitante de quelques classiques simples, tandis que sans jamais avoir appris à lire la musique ni à maîtriser la moindre théorie, j'avais un don pour l'improvisation et jouais à l'oreille, dès mon plus jeune âge. Il n'y avait pas beaucoup de bonne musique à la radio grecque à l'époque : chacun se souvient de la passion des Colonels pour les orchestres militaires et les ersatz de musique folklorique, et c'était ce qui occupait principalement les ondes, au grand dam de tout le monde. Mais deux fois par an, ma mère se rendait à Londres et revenait les bras chargés de disques classiques qu'elle achetait dans les grandes boutiques spécialisées d'Oxford Street, et c'est ainsi que je développai mon amour pour certains compositeurs : des noms comme Ravel et Debussy, dont j'écoutais la musique des heures durant. J'apprenais peu à peu à jouer des versions simplifiées au piano, me contentant souvent de saisir la mélodie de la main droite et d'ajouter des accords grossièrement exécutés avec la gauche. Ce que j'aimais par-dessus tout chez ces compositeurs, c'est qu'ils ne donnaient pas dans le triomphalisme et les grands discours : leur musique était nuancée d'une forme de réserve et d'ironie, elle évoquait un monde où la *joie de vivre** coexistait invariablement avec une mélancolie latente et implacable.

Je commençai progressivement à écrire mes propres morceaux en m'efforçant de leur donner les mêmes caractéristiques. Je composai d'abord des morceaux pour piano, puis pour piano et violon. J'avais une amie, Chrysoula, qui jouait de cet instrument. Elle passait parfois pour interpréter les mélodies que j'avais écrites pour elle, et on enregistrait des petits duos sur des cassettes à l'aide de la chaîne stéréo de mes parents. À mon retour d'Amérique, je composai un morceau de ce type que j'intitulai *Malibu*. Il durait environ quatre minutes et je l'avais écrit pour me rappeler ce que j'avais ressenti, assise sur la plage de Malibu à lire « Fedora », envahie par un sentiment mêlé d'euphorie et de perte, car je savais que, l'espace de quelques heures, j'avais franchi les portes du paradis mais ne pourrais probablement plus jamais y revenir. Le morceau s'articulait autour d'une mélodie toute simple jouée sur une pédale, alternant des accords de septième mineure et de septième majeure. Elle n'avait rien de spécial, mais les gens la trouvaient pleine de charme et facile à retenir, et j'en étais très fière. Mais une fois le morceau écrit, je ne savais pas du tout quoi en faire. L'idée de le jouer en public ou de l'enregistrer de façon professionnelle ne me vint jamais à l'esprit. Je me contentais de ma cassette personnelle de Chrysoula et moi en train de l'interpréter, cassette que, je l'avoue, j'écoutais sans cesse.

Le retour en Grèce avait été difficile. J'étais sortie diplômée de l'université sans véritables perspectives ni objectifs dans la vie. Je commençai à donner quelques cours d'anglais, mais j'étais trop timide et stressée pour le faire devant une classe entière, alors je proposais plutôt des cours particuliers dans le salon de mes parents. Ça et la musique, c'étaient les seules choses que j'avais pour m'occuper. Bien vite la vie se mit à me paraître grise et monotone.

J'avais envie d'apprendre tout ce que je pouvais sur Billy Wilder, bien sûr, mais ce n'était pas facile. Parfois, quand mes filles étaient beaucoup plus jeunes et que j'avais vraiment envie de leur flanquer la frousse, je leur racontais la vie dans les années 1970 : le nombre ridicule de chaînes de télé et de stations de radio, qui pour la plupart ne diffusaient que quelques heures par jour ; pas d'Internet, pas de réseaux sociaux ; pas de portables, pas de tablettes, pas moyen de voir un film s'il ne passait pas au cinéma ou à la télé, ni d'écouter sa musique n'importe où, pas de téléchargements, pas de streaming. Leurs petits yeux s'écarquillaient et leur respect et leur admiration pour Geoffrey et moi étaient décuplés par le fait de savoir qu'on avait traversé ces années de privations, survécu à l'absence de ce qu'elles considéraient comme les droits humains les plus fondamentaux. En ce qui me concerne, quand je repense à cette époque, c'est la difficulté d'accès à l'information qui me semble le plus incroyable. En ce temps-là, trois livres sur Billy Wilder avaient été publiés, je crois. On n'en trouvait aucun exemplaire dans les librairies ou les bibliothèques d'Athènes, et je le sais parce que je les ai toutes passées au peigne fin. Il y avait quelques ouvrages de référence généralistes sur le cinéma qui le mentionnaient, mais ils ne m'apprenaient pas grand-chose : juste assez pour me rendre compte que par hasard, sur un coup de chance absurde, j'avais débarqué ce soir-là dans un dîner avec un cinéaste non seulement célèbre, mais *extrêmement* célèbre. Légendaire, en fait. Et à l'époque, je ne connaissais même pas son nom ! Je brûlais de honte en me rappelant les bêtises que j'avais sorties et les questions stupides que je lui avais posées, tout en me disant qu'il ressemblait à un professeur d'université ou à un chirurgien esthétique.

Il n'empêche que ses films ne passaient pas à la télévision grecque, laquelle avait banni les productions hollywoodiennes, interdiction qui ne serait levée que dans le milieu des années 1980. Ce Noël-là, celui de l'année 1976, nous étions tous allés à Londres visiter la famille de ma mère (qui habitait Balham, un quartier peu prisé) et je me rendis chez Foyles sur Charing Cross Road pour dénicher des livres sur le cinéma. J'en achetai deux, le premier intitulé *Encyclopédie Halliwell du cinéma* et le second *Guide Halliwell du parfait cinéphile*, et pendant les quelques mois qui suivirent, de retour en Grèce, je les étudiai nuit et jour, mémorisant non seulement les informations qu'ils contenaient, mais également les opinions. Celles-ci se révélèrent particulièrement vieux jeu, pour ne pas dire réactionnaires : l'auteur de ces deux volumes monumentaux semblait faire peu de cas de tous les films réalisés après 1950, mais de ce point de vue je me demandais s'il se distinguait tant que ça de monsieur Wilder lui-même. En tout cas, à l'été 1977, mes connaissances en matière de cinéma étaient passées d'inexistantes à littéralement encyclopédiques. Je pouvais vous citer des titres de films hollywoodiens par centaines, et vous dire en quelle année ils avaient été réalisés, même si je n'en avais moi-même vu aucun.

Et ainsi, la vie continua. Elle continua dans un brouillard d'ennui plus ou moins tolérable jusqu'à la dernière semaine de mai 1977, et c'est alors que tout changea, une fois de plus. C'est alors que mon père prit l'appel d'une femme qui affirmait appartenir à la production grecque du film *Fedora*, et déclara que monsieur Billy Wilder l'avait chargée de me contacter. Trois jours plus tard, j'étais à bord d'un avion pour Corfou.

*

Nous étions quatre à avoir rendez-vous à l'aéroport d'Athènes pour prendre ce vol. Il y avait l'assistant réalisateur – un jeune type barbu aux cheveux longs nommé Stavros –, une dame blonde française dont je ne compris jamais tout à fait le rôle sur le film, et enfin la directrice de production, une grande femme autoritaire et impérieuse qui avait la cinquantaine et m'inspirait une franche terreur.

Quatre, ça ne paraissait pas beaucoup.

« Les autres vont nous rejoindre de Munich, me dit-elle.

— Qu'est-ce qu'ils font à Munich ? demandai-je.

— Ils sont en préproduction depuis un mois. »

Bien sûr, j'ignorais ce qu'était la préproduction.

Ma propre mission était décrite ainsi : « Services d'interprétation ». Apparemment monsieur Wilder m'avait demandée en personne pour ce travail. J'étais ébahie. Quant à la durée de mon contrat, elle était indéterminée, même si on me dit que l'équipe ne passerait probablement pas plus de deux ou trois semaines en Grèce. Par précaution, j'avais annulé tous mes cours des prochains vingt et un jours.

Cet après-midi-là, pendant notre trajet depuis l'aéroport de Corfou jusqu'au centre-ville, je ne savais pas du tout à quoi m'attendre. C'était le début de l'été, le soleil était éblouissant et les rues pleines de vacanciers. Monsieur Wilder prévoyait-il réellement de tourner une partie de son film ici ? Notre petit quatuor était silencieux. La directrice de production avait un classeur rempli de documents sur les genoux, qu'elle parcourait en essayant de prendre des notes, tandis que le taxi enchaînait les virages brusques et les arrêts brutaux aux intersections. Les deux autres regardaient par la fenêtre, impénétrables. J'aurais pu leur demander un milliard de choses mais les questions ne passaient pas mes lèvres.

Le taxi se gara devant un hôtel nommé le Cavalieri, qui se trouvait en face de la place Leonida Vlachou, aux abords de la vieille ville, à deux pas de la mer. C'était un bel immeuble ancien qui faisait l'angle et dont les cinq étages étaient ponctués de balcons élégants avec des balustrades en fer forgé. Je ne pus m'empêcher de m'imaginer séjourner dans l'un des étages supérieurs de l'hôtel pendant les quelques jours à venir, dans une petite chambre mansardée peut-être, sortant sur le balcon à la première heure pour contempler les toits de la vieille ville tandis que sonnaient les cloches de l'église et que les rues s'animaient peu à peu. À la rigueur, je n'avais même pas besoin d'avoir un balcon. Il me suffirait d'ouvrir grands les volets le matin et d'être accueillie par le bleu intense et pur du ciel, la fraîcheur salée de la brise marine. Nous étions bien loin du Bistro de Beverly Hills, mais en comparaison avec le brouillard de pollution gris d'Athènes et l'air miroitant de saleté de la rue Acharnon, j'avais l'impression d'avoir atterri dans un autre genre de paradis.

À notre descente du taxi, alors que nous nous retrouvions dans la rue, plantés devant l'entrée de l'hôtel, la directrice de production me tendit une feuille avec une adresse imprimée.

« Qu'est-ce que c'est ? demandai-je.

— C'est le nom de l'endroit où vous logerez, me répondit-elle.

— Ah, fis-je. Ce n'est pas ici ?

— Non. Il n'y a pas assez de place pour tout le monde. »

Il y en avait pour mes compagnons de route, apparemment, puisqu'ils disparurent tous à l'intérieur, traînant leurs valises derrière eux. De mon côté, je ne savais pas du tout où se trouvait la rue indiquée sur mon bout de papier et dus demander mon chemin. Quinze minutes de marche me conduisirent à un immeuble d'habitation moderne dans un quartier résidentiel tranquille, en périphérie de la ville. J'allais donc loger chez monsieur et madame Ploumidi, un couple de retraités dont l'appartement s'enorgueillissait d'une petite chambre d'amis donnant sur le jardin intérieur de la résidence. Ils étaient très sympathiques et très enthousiastes à l'idée de m'avoir chez eux, et voulaient tout savoir sur le film. Malheureusement, à ce stade, je n'avais pas grand-chose à leur raconter.

Avant de défaire mes bagages, je m'assis sur le lit simple pour examiner la feuille d'instructions qu'on m'avait donnée. La chambre était très silencieuse, et très sombre. Je dus allumer la lampe de chevet. Ma mission commençait apparemment à onze heures trente le lendemain matin. Monsieur Wilder allait donner deux courtes interviews à la presse locale et je devais lui servir d'interprète. Plus immédiatement, un dîner était prévu à l'hôtel pour les acteurs et l'équipe, à vingt heures trente le soir même. J'avais demandé à la directrice de production si j'étais invitée, et voici ce qu'elle m'avait dit : « Tes repas ne sont pas prévus au budget du film, mais tu es la bienvenue si tu veux te joindre à notre table. » Ce n'était pas tout à fait la réponse que j'espérais, mais c'était mieux que rien, me disais-je.

Me rappelant mon humiliation quand j'avais débarqué au Bistro en tee-shirt et short en jean, j'avais pris soin de glisser des vêtements habillés dans ma valise. J'allais dîner avec de célèbres metteurs en scène et stars de cinéma, pas question de commettre une seconde fois la même erreur. J'avais emporté une petite robe noire pour le soir et, à vingt heures, après m'être bagarrée avec la douche des Ploumidi qui m'avait aspergée d'eau tiédasse dans un fracas de pétarades dignes de la section percussions de l'Orchestre national d'Athènes au grand complet, je l'enfilai et ajoutai en guise de touche finale un petit collier en fausses perles. « Magnifique, magnifique ! » déclara madame Ploumidi, et elle insista pour prendre un Polaroid de moi, debout aux côtés de son mari, avant de m'expédier dans la rue avec ordre de ne pas revenir sans les autographes de deux ou trois lauréats des Oscars, minimum.

J'étais bien trop habillée pour les rues de Corfou et m'attirai de nombreux coups d'œil surpris sur le chemin de l'hôtel, si bien qu'au moment de gravir les trois marches qui menaient à l'entrée principale j'avais le cœur qui battait à tout rompre sous l'effet d'un mélange d'embarras et de stress. J'expliquai à l'homme au comptoir que j'étais avec l'équipe de *Fedora*, et il me lorgna à son tour de la tête aux pieds avant de désigner l'ascenseur du doigt et de m'indiquer le restaurant, sur le toit-terrasse. Je vérifiai mon reflet dans le miroir tout en montant – ma tenue était plutôt réussie, me dis-je ; il ne me manquait qu'un martini à la main pour compléter l'ensemble –, mais quand les portes s'ouvrirent et que je découvris la scène qui m'attendait dans l'éclat du soleil tardif, je faillis tourner les talons pour m'enfuir. Un groupe d'une trentaine de convives était attablé, tous plus débraillés que le plus débraillé des touristes. Jeans, tee-shirts, baskets, shorts... Des serveurs se pressaient entre les tables, versant du vin local à la carafe et portant haut des assiettes fumantes de *moussaka*, de *souvlaki* et de *kleftiko*. Tout le monde paraissait connaître tout le monde. Ils avaient tous l'air d'être comme à la maison, voire de s'ennuyer légèrement. Et me voilà, dans ma robe cocktail noire avec pochette assortie, en train d'hésiter à l'entrée de la terrasse, trop terrifiée pour faire un pas de plus et comprenant qu'une fois encore, j'avais commis une terrible erreur de jugement.

L'un des serveurs vint à mon secours en me guidant vers une place à table, sur un banc où je fus contrainte de me tasser entre deux inconnus. Ils étaient tellement occupés à manger qu'ils ne semblèrent pas me remarquer, ni moi ni ma tenue ridicule. Les plats sentaient délicieusement bon. J'avais une faim de loup mais, si j'avais bien compris la situation, je n'étais pas autorisée à commander quoi que ce soit. Néanmoins, puisque personne ne paraissait faire attention, je me servis en pain dans une corbeille et me gardai de protester quand un serveur me versa un verre de vin blanc.

Je jetai un coup d'œil alentour pour voir si monsieur Wilder était là. Il était assis à une table tout près, dans l'angle, avec plusieurs autres messieurs. Je constatai que l'un d'entre eux était monsieur Diamond. J'étais en train de me demander si j'allais oser m'approcher pour leur dire bonjour quand l'homme attablé face à moi, en diagonale, m'adressa la parole.

« Pas le droit de manger ? Moi non plus. »

Je dis « homme ». Ce n'était pas du tout un homme en réalité. Il paraissait plus jeune que moi, avec des cheveux un peu longs tirant sur le blond et une maigre tentative de barbe qui ne faisait qu'ajouter à son air extrêmement juvénile. Mais il avait un beau sourire et me regardait avec des yeux brillants, tout en buvant une gorgée de vin.

« Matthew, dit-il en me tendant la main.

— Calista, répondis-je en la serrant.

— Alors comme ça toi aussi t'es une incruste ? demanda-t-il.

— Une incruste ? »

Je croyais connaître la plupart des mots de la langue anglaise, mais pas celui-ci.

« Une pique-assiette. Pas vraiment censée être là.

— Non, je suis ici pour faire… de l'interprétariat, dis-je, regrettant d'avoir toujours l'air aussi hésitante et peu sûre de moi.

— Alors tu devrais absolument commander tout ce que tu veux, répondit-il. La question ne se pose même pas. De toute façon, personne ne vérifie jamais ces trucs-là. »

Quelque chose dans la manière dont il prononça ces mots me fit penser qu'il avait beaucoup plus d'expérience que moi dans ce genre de situation.

« Tu as déjà fait ça ?

— Suivre un tournage ? Une fois ou deux. Ma mère… – il désigna du menton une femme assise en bout de table – travaille dans le maquillage. Parfois je l'accompagne. »

Il avait un accent anglais, mais qui ne m'était pas familier, alors je lui demandai d'où il venait. Sa famille était originaire de Cornouailles, répondit-il. Puis nous nous mîmes à bavarder. Il était sympa : drôle, plein d'assurance, il me posait des tas de questions sur moi mais sans me mettre mal à l'aise, curieusement. L'intérêt qu'il me portait, franc et non dissimulé, était totalement nouveau pour moi. Ces dernières années en Grèce n'avaient pas franchement été une période de libération sexuelle ou affective. La situation du pays comme celle de ma famille avaient concouru à limiter toute expérience que j'aurais pu avoir avec le sexe opposé, alors je ne savais pas vraiment ce qui était un comportement normal ou non. Était-il normal, par exemple, que ce sympathique jeune homme ne cesse de me lorgner discrètement entre deux questions, voire entre deux mots, assimilant manifestement dans leurs moindres détails mes bras nus, mes cheveux, la forme de mon menton, ma poitrine ? Je n'étais pas sûre, mais j'en étais extrêmement consciente, et cette conscience me procurait un délicieux mélange de plaisir et de gêne. Je savais que le terme technique pour désigner le comportement de Matthew était « flirt », mais j'ignorais totalement comment m'y prendre pour y répondre. Tout ce que je parvins à faire fut de continuer à jacasser en lui racontant l'histoire de ma rencontre avec monsieur Wilder et monsieur Diamond à Beverly Hills. Entendant cela, et comprenant que je n'étais toujours pas allée les voir pour me représenter à eux alors qu'ils n'étaient qu'à quelques tables de là, il fut stupéfait.

« Vas-y, dit-il. Va leur dire bonjour. Ne sois pas timide.

— Tu crois que je devrais ? »

Après qu'il m'eut littéralement poussée dans leur direction, je m'approchai de la table qui faisait l'angle. Monsieur

Wilder y était installé avec monsieur Diamond et quatre autres messieurs que je ne connaissais pas. Je toussai doucement et dit :

« Monsieur Wilder ? »

Il se retourna, en pleine conversation, et leva les yeux vers moi. Il était vêtu exactement comme au Bistro lors de cette fameuse soirée, sauf qu'il portait aussi un chapeau de paille, comme une sorte de trilby miniature. Je découvrirais plus tard qu'il sortait rarement sans un chapeau de ce genre.

« Bonsoir », dit-il. Il ne me reconnaissait manifestement pas. « Qui êtes-vous ? Et pourquoi, si je peux me permettre, êtes-vous déguisée en Audrey Hepburn ?

— C'est moi, Calista. Vous vous souvenez ? L'inconnue grecque qui a passé la nuit chez vous.

— Ahhh... – un sourire ravi apparut sur son visage. L'interprète grecque ! Exactement comme dans Sherlock Holmes ! » Il se tourna vers monsieur Diamond : « Iz, tu te souviens de cette jeune dame ?

— Bien évidemment. » Celui-ci posa sa cigarette sur le rebord d'un cendrier, se leva et me serra la main. « Ravi que vous ayez pu venir. C'est formidable de vous avoir dans l'équipe. Je vous en prie, prenez un siège et joignez-vous à nous. »

Tout le monde se serra et on plaça une chaise entre monsieur Diamond et un autre homme, qui me fut présenté comme : « Monsieur Holden, la star de notre film.

— Oh », dis-je en lui serrant la main, et en m'efforçant désespérément de paraître naturelle. Allez savoir pourquoi, je crois que j'avais aussi commencé à adopter un accent anglais BCBG, si bien que je devais parler un peu comme Audrey Hepburn, en plus de lui ressembler. « Ravie de faire votre connaissance.

— Enchanté, répondit-il. Puis-je vous servir du vin ? Autant savourer ce plaisir par procuration, puisque je n'ai pas le droit d'y toucher moi-même.

— Pas le droit ? m'étonnai-je, tandis qu'il remplissait un verre supplémentaire pour moi.

— Ce sont les ordres du médecin. » Il leva son Perrier et trinqua avec mon verre de vin. « À la vôtre. Bienvenue dans cet asile de fous.

— C'est la quatrième fois que vous tournez ensemble, monsieur Wilder et vous », dis-je.

Dans la mesure où cela ne ressemblait ni à une affirmation, ni à une question, il ne sut pas vraiment comment répondre.

« Exact.

— La première fois, c'était pour *Boulevard du crépuscule.* 1950. » Après tout, ça ne servait à rien d'avoir appris par cœur l'*Encyclopédie Halliwell du cinéma* si ce n'était pas pour l'utiliser de temps à autre. Et quelle meilleure occasion que celle-ci ? « Un mélodrame pénétrant, poursuivis-je, avec des passages merveilleux mais une tendance à s'éterniser. »

Monsieur Holden me regardait avec curiosité.

« Ah, vraiment ? »

Je pris une nouvelle gorgée de vin. « Et puis bien sûr il y a eu *Stalag 17.*

— En effet, oui.

— Réalisé en 1953.

— Vous avez sûrement raison.

— Frasques, violence et énigme policière dans un mélange savamment dosé, lui dis-je. Une atmosphère bien différente de la sobriété des films britanniques sur le sujet.

— Impressionnant, fit monsieur Holden. Vous avez une opinion sur chacun de mes films ? Hé, Billy, l'interpella-t-il par-dessus la table, on tient là une encyclopédie vivante du cinéma. »

Au lieu de répondre, monsieur Wilder me demanda : « Quel est votre nom de famille, s'il vous plaît ?

— Frangopoulou, répondis-je.

— Ah oui. Mademoiselle Frangopoulou, allez-y doucement sur le *retsina*. Je n'ai pas envie que vous me refassiez le coup de l'évanouissement. Vous avez du travail demain matin. Quant à toi – il pointa un doigt sur monsieur Holden en signe d'avertissement – tu te couches tôt ce soir, s'il te plaît. Parce que tu ne m'as pas l'air en grande forme, et demain on va te faire *courir*. »

*

L'attachée de presse avait prévu que monsieur Wilder donne deux interviews aux journaux locaux en fin de matinée. Il était onze heures et quart quand j'arrivai dans le hall de l'hôtel. Cela faisait alors déjà plus de deux heures qu'il était sur le tournage, et il paraissait très content de lui.

« Voilà, nous avons filmé notre première scène, me dit-il. Nous avons commencé, maintenant il n'y a pas de retour en arrière possible. Monsieur Holden, en professionnel qu'il est, a joué son rôle à la perfection. Il est sorti par la porte de l'hôtel, il a traversé la rue, il s'est assis à une table sur la place, là-bas, et il a crié : "Serveur !" Il a fait tout ça en une seule prise, et contrairement à certains acteurs avec lesquels j'ai travaillé, il n'avait pas besoin d'avoir son professeur d'art dramatique avec lui sur le plateau pour lui tenir la main et lui indiquer comment creuser toujours plus la scène pour en extraire le sens profond. Ç'a donc été vite réglé, et maintenant, pendant qu'ils installent la prochaine scène, on a un moment à accorder aux journalistes. J'espère que ça ne prendra pas trop de temps. »

J'étais épatée de le voir si joyeux et plein d'énergie. Il paraissait dix ans de moins qu'à Beverly Hills, l'année précédente. Ses yeux pétillaient et il marchait d'un pas plus léger.

« Monsieur Wilder, dit l'attachée de presse. Le premier journaliste est là. »

C'était un jeune homme à l'air inquiet, barbu, les cheveux sombres, qui devait avoir dans les vingt-cinq ans. Il se jucha sur l'accoudoir d'un fauteuil tandis que monsieur Wilder s'installait dans un canapé, détendu et à l'aise, en fumant un de ses petits cigares. Je fus placée à côté de lui et me tins bien droite, le corps tendu et en alerte. C'était la première fois que je m'essayais à l'interprétation et j'étais déterminée à ce que ce soit une réussite.

« Première question, dit le journaliste. Dans votre film *L'Odyssée de Charles Lindbergh*, James Stewart joue le rôle du grand aviateur. Votre intention était-elle de livrer une analyse radicale des tendances fascistes de l'État américain ? »

Je traduisis aussi fidèlement que possible. Monsieur Wilder me jeta un bref regard interrogateur, comme pour demander confirmation que c'était réellement là la question, puis dit :

« Eh bien, pas vraiment, vous savez, je ne le considère pas tellement comme un film politique. Ce qui m'importait plutôt, c'était de montrer comment il avait réalisé ce voyage, ce vol transatlantique. »

Après ma traduction en grec, le jeune homme opina et inscrivit quelques mots sur son bloc-notes.

« Lindbergh lui-même est l'archétype du mâle américain dont la démonstration d'héroïsme n'est en réalité qu'un masque qui peine à dissimuler ses profonds complexes psychosexuels. Êtes-vous d'accord avec ça ? »

À nouveau, je fis de mon mieux pour traduire. Cette fois, le regard que me jeta monsieur Wilder ne fut pas si bref, et encore plus interrogateur.

« Eh bien, répondit-il en tirant sur son cigare plus énergiquement que jamais, tout ce que je peux dire c'est que monsieur Stewart a dû livrer une performance incroyable, si c'est là ce que vous retenez du film. Je ne l'ai clairement pas dirigé en ce sens. »

Dès que j'eus traduit sa réponse, le jeune homme se pencha sur son bloc-notes, plus longuement cette fois. Puis il reprit :

« Le symbolisme phallique de son avion, le *Spirit of Saint Louis*, est évident. Lindbergh est, de fait, pris au piège à l'intérieur d'un énorme pénis qui l'emporte vers une destination inéluctable, qu'on ne saurait changer. Est-ce là ce que vous ressentez en tant que réalisateur, être pris au piège de votre propre masculinité ? »

Je traduisis la question.

Monsieur Wilder se pencha vers moi. « Il est sérieux, ce type ? demanda-t-il.

— Je me contente de traduire du mieux que je peux », répondis-je.

Il tira encore quelques bouffées de son cigare, souffla un long panache de fumée, et déclara :

« Écoutez. Vous m'avez posé trois questions. Non seulement je ne les comprends pas – malgré l'excellente traduction de cette jeune femme – mais elles portent toutes sur un film que j'ai réalisé il y a vingt ans, qui n'a pas bien marché, que je n'aurais jamais dû faire, auquel je ne repense jamais et dont je n'ai jamais envie de parler, et tout ce que je peux en dire, en toute franchise, c'est que je brûlerais volontiers le négatif si on m'en donnait l'occasion. Puis-je me permettre de vous demander pourquoi vous êtes tellement obsédé par ce film en particulier ? »

Une fois la question traduite, le jeune journaliste répondit :

« C'est le seul film de vous que j'aie vu.

— Bien, fit monsieur Wilder en tendant la main pour serrer celle du journaliste. Dans ce cas, l'interview est terminée, et nous pouvons tous arrêter de perdre notre temps. Suivant ! »

La suivante était une femme d'âge mûr bien plus sûre d'elle – et même assez intimidante – en tailleur brun clair, qui ouvrit son carnet de notes d'un geste brusque avant de déclarer : « Monsieur Wilder, vous avez réalisé vingt-trois films. Vous êtes ici en Grèce pour tourner le vingt-quatrième. C'est un grand honneur pour nous. De *Certains l'aiment chaud* à *Spéciale Première*, ou encore *Assurance sur la mort* et *Boulevard du crépuscule*, vous avez couvert toute la gamme de la comédie à la tragédie, de la satire au mélodrame, vous imposant en maître dans tous les genres. Les performances inoubliables que vous avez su obtenir de Charles Laughton dans *Témoin à charge*, de Jack Lemmon dans *La Garçonnière*, d'Audrey Hepburn dans *Ariane* ont marqué les esprits. Ce matin je vous ai regardé diriger une scène de votre nouveau film. C'était un privilège et un plaisir d'observer un véritable génie du cinéma à l'œuvre.

« En dirigeant la scène, vous avez été contraint d'interrompre le tournage à certains moments à cause du bruit de la circulation. Voici la question que je souhaite vous poser : les embouteillages sont un véritable fléau à Corfou. Que peut-on y faire selon vous ? Approuvez-vous la proposition du maire Nikos Kandunia de fermer la rue Akadimias aux voitures et de rediriger la circulation sur Napoleontos Zampeli et Moustoxidi, en mettant en place un nouveau système de sens uniques ? »

Je traduisis la question. Monsieur Wilder opina d'un air pensif et tapota le bout de son cigare dans le cendrier posé devant lui pour en faire tomber la cendre. Je ne me souviens pas de sa réponse. Je me souviens seulement que pour la première fois, je commençais à avoir un peu de peine pour lui.

*

La scène que tournait monsieur Wilder cet après-midi-là était plus complexe. On avait installé un rail pour la caméra le long de la rue Nikiforou Theotoki – une artère commerçante animée, très fréquentée par les touristes – et une foule importante s'était massée pour assister à l'événement. L'un des acteurs, Gottfried John, avait revêtu un costume de chauffeur de maître et devait conduire une Rolls-Royce de collection dans la rue. La voiture elle-même était assez sensationnelle pour susciter beaucoup de curiosité. Tandis que monsieur Wilder était en train de discuter l'angle précis selon lequel elle s'engagerait dans la rue et l'endroit où elle s'arrêterait, monsieur Holden, dont le personnage devait poursuivre le véhicule à pied, patientait adossé à un mur, entouré de fans enthousiastes et de curieux. On m'avait dit de rester près de lui et de tenir ces gens à distance. « Désolée, pas d'autographes, ne cessais-je de répéter. Monsieur Holden se prépare pour sa scène. » Parfois un fan s'adressait à lui, il me demandait de quoi il retournait et je lui répondais des choses comme : « Il vous a vu dans *La Horde sauvage.*

— Dites-leur qu'il n'y aura pas d'autographes, m'ordonnait-il.

— Je le leur ai déjà dit », lui assurais-je, mais ils étaient sacrément tenaces.

Enfin, monsieur Wilder le convoqua près de la Rolls-Royce et ils se mirent à discuter du déroulement de la scène. Je n'entendais pas leur conversation mais ils semblaient échanger des plaisanteries et des rires de connivence.

« Regardez-moi ces deux-là, dit une voix dans mon dos. Ils sont comme pile et face. »

Je me retournai pour voir qui avait parlé. C'était monsieur Diamond.

« On dirait qu'ils n'ont jamais interrompu leur collaboration, poursuivit-il. Alors qu'en réalité la dernière fois c'était il y a... vingt ans ?

— Vingt-trois, me permis-je de le corriger. *Sabrina*, réalisé en 1954. Avec également Audrey Hepburn et Humphrey Bogart. "Une comédie de qualité supérieure, au choix d'acteurs assez maladroit."

— Je ne vous le fais pas dire, acquiesça monsieur Diamond. Au passage, est-ce que ce sont vos propres opinions que vous n'arrêtez pas de nous sortir, ou est-ce que vous les avez piquées quelque part ?

— J'ai essayé d'en apprendre autant que je pouvais sur vous et monsieur Wilder, me contentai-je de répondre.

— Pas étonnant, fit-il en riant. Avouez-le, la première fois que nous nous sommes rencontrés, quand nous sommes allés au Bistro avec votre amie, vous n'aviez pas la moindre idée de qui il était, n'est-ce pas ? »

Je secouai la tête.

« Ça se voyait tant que ça ?

— Ne vous inquiétez pas. Il a trouvé ça drôle. Billy est

plein de contradictions – parfois son ego est horriblement fragile, d'autres fois il s'en fiche totalement.

— Il a l'air très heureux de refaire un film, dis-je, l'observant alors qu'il s'adressait à une rangée de spectateurs qui jouaient des coudes pour leur dire de reculer, avec l'aide de l'assistant réalisateur.

— Il est dans son élément. Il adore tout ça. Le chaos, l'adrénaline.

— Et vous ?

— Moi ? Je préfère mener une vie tranquille. Mais ce n'est pas moi qui choisis. Il aime m'avoir auprès de lui. »

Sur un plateau de tournage, devais-je comprendre plus tard, quatre-vingt-quinze pour cent du temps consiste à rester là les bras ballants, en attendant qu'il se passe quelque chose. Plus de quinze minutes s'écoulèrent, et monsieur Diamond commençait visiblement à s'impatienter. Il avait eu le temps de venir à bout de trois cigarettes. « Où est passée Marthe, bon sang ? » finit-il par dire. Je ne savais pas de qui il parlait, et j'étais sur le point de lui demander de m'expliquer quand presque immédiatement il poussa un soupir de soulagement et dit : « Ah, la voilà. »

Une femme arriva sur le plateau. Elle portait un tailleur-pantalon d'un blanc éclatant, un grand chapeau de paille qui dissimulait l'essentiel de son visage, et une paire de lunettes de soleil à large monture qui la rendaient encore plus méconnaissable. Néanmoins, je la reconnus. Elle entraînait dans son sillage une modeste suite : deux femmes marchaient derrière (maquilleuse et habilleuse, devinai-je – en fait l'une d'entre elles était la mère de Matthew), tandis qu'un sous-fifre de l'équipe la précédait, lui dégageant le passage en intimant aux badauds l'ordre de reculer et en les poussant de la main si nécessaire.

« Oh ! m'écriai-je. C'est la jeune femme suisse !

— C'est exact, dit monsieur Diamond. La jeune femme suisse. Vous l'avez déjà rencontrée ?

— Elle était au restaurant ce soir-là, lui rappelai-je, elle dînait avec son petit ami. Al Pacino.

— Vous avez raison. » Il hocha la tête pour lui-même, ayant apparemment oublié ce détail. « Mais oui, c'est à ce moment-là que Billy l'a rencontrée pour la première fois.

— Et maintenant elle joue dans son film.

— Eh oui. » Ça n'avait pas franchement l'air de l'enthousiasmer.

Il ajouta : « Ce que Billy veut, Billy l'obtient. »

Maintenant que mademoiselle Keller était arrivée, ils étaient prêts pour commencer à tourner la scène. Je ne lâchai pas monsieur Diamond d'une semelle, me disant que des gens pourraient vouloir lui parler ou lui demander un autographe, mais personne ne le reconnaissait. C'était un homme très grand, et la seule personne qui lui adressa la parole fut un commerçant grossier qui lui demanda de dégager pour qu'il puisse mieux voir le tournage. « Taisez-vous, lui ordonnai-je. Cet homme est l'un des auteurs du film. Un peu de respect, je vous prie », à quoi il répondit par un grognement et me gratifia d'un regard méprisant.

Cela me fit néanmoins réfléchir. Je me disais que ça devait faire tout drôle, peut-être même être assez gênant, d'assister au tournage d'une scène qu'on avait soi-même écrite. Quand je composais un morceau de musique, une version idéale de ce dernier existait toujours dans ma tête, et puis au moment de l'enregistrer, seule ou avec Chrysoula au violon, il y avait toujours un truc qui semblait aller de travers, toujours une forme de décalage entre la version parfaite que j'avais à l'esprit et celle qui existait finalement sur la bande. Je me disais que c'était sûrement la même chose pour monsieur Diamond avec ses scénarios, mais en pire. Et en effet, il ne paraissait pas prendre le moindre plaisir à assister au tournage de la scène. La plupart des boutiques de cette rue s'ouvraient sur une galerie surélevée qu'on gagnait en grimpant quelques marches de pierre. Mademoiselle Keller devait les monter en courant puis se hâter jusqu'à l'un des magasins en suivant cette galerie bondée ; monsieur Holden était censé la suivre au niveau de la rue, s'efforçant désespérément de ne pas la perdre de vue tandis qu'elle fendait la foule. Pendant ce temps-là, de nombreux figurants – des gens du coin engagés pour la journée – s'affairaient en tous sens, ajoutant à l'impression générale de précipitation et de confusion produite par la scène. À chaque fois, quelque chose n'allait pas : mademoiselle Keller trébuchait dans l'escalier, ou monsieur Holden faisait tomber ses lunettes de soleil, ou un spectateur sur le côté criait quelque chose qui perturbait la scène.

Monsieur Diamond soupira et me dit : « Voilà une de ces scènes qui paraissent tellement simples quand on les couche sur le papier. Mais en réalité on allait au-devant des ennuis. Il y a tellement de choses qui peuvent mal se passer. » À la quatrième ou cinquième tentative, juste au moment où tout semblait se dérouler parfaitement, un figurant se mit en travers du chemin de monsieur Holden qui était en train de courir, ils se télescopèrent et j'entendis un gémissement sonore – un gémissement de douleur – dans mon dos. On aurait dit que ces difficultés logistiques provoquaient une véritable souffrance physique chez monsieur Diamond.

« Est-ce que ça va ? lui demandai-je.

— Non, répondit-il.

— Ça vous fait mal à ce point, de voir les choses aller de travers comme ça ?

— Ça n'a rien à voir avec ça, dit-il, posant les mains sur ses hanches et s'étirant en grimaçant. C'est mon dos. J'ai un mal de dos atroce. »

Je ne savais pas quoi dire. « On devrait peut-être aller trouver un endroit où vous pourrez vous asseoir, tentai-je, et à ma grande surprise il acquiesça.

— Oui, on y va ? Ça ne vous dérange pas ? Ma présence n'est pas vraiment nécessaire. Il n'y a pas de dialogues dans cette scène. »

Nous nous frayâmes un passage parmi la foule pour rejoindre une ruelle bien plus tranquille où il y avait un café, avec quelques tables en terrasse. Nous nous installâmes et je commandai un café pour moi et un Perrier pour monsieur Diamond.

« Ça a commencé à Munich il y a quelques semaines, me raconta-t-il. Je me réveillais au beau milieu de la nuit avec ce mal de dos horrible. Je suis allé voir un médecin, et il a dit que c'était un zona. Il m'a dit de prendre de la vitamine B et d'éviter de m'exposer au soleil – pas facile, quand vous devez aller en Grèce en plein été –, mais il ne m'a rien prescrit. Alors Barbara est allée voir notre médecin à Beverly Hills et il lui a dit d'acheter du Demerol ou du Séconal.

— Vous en avez trouvé ?

— J'ai essayé les pharmacies ici, mais ils ne comprenaient pas un mot de ce que je disais.

— Je m'en occupe », dis-je. Je lui demandai de m'écrire le nom des médicaments dont il avait besoin, et lui promis que je ferais de mon mieux pour les trouver. Une ou deux heures plus tard, ma mission accomplie, je les déposai pour lui à la réception de l'hôtel.

Le lendemain, à la même heure que la veille, monsieur Wilder devait donner d'autres interviews et je devais traduire à nouveau. Avant de commencer, il me tendit un mot de la part de monsieur Diamond :

J'ai passé une bien meilleure nuit grâce à ces comprimés. Merci infiniment. Vous engager était décidément l'une des meilleures idées qu'ait eues Billy.

J'étais si fière et reconnaissante que les larmes me montèrent aux yeux.

*

Trois jours plus tard, j'étais sur le balcon de ma chambre dans un autre immeuble résidentiel, un bâtiment sur le front de mer d'un village baptisé Nydri, sur l'île de Leucade. Je commençais à assimiler la réalité de ma situation. En l'espace de quelques jours, j'avais troqué les cours de langue particuliers à temps partiel (très partiel) pour le statut de membre estimé d'une équipe de tournage, travaillant sur un film réalisé par l'un des plus grands cinéastes d'Hollywood. J'avais pénétré dans un monde qu'encore tout récemment je n'aurais même pas pu imaginer. Ce monde-là ne semblait pas obéir aux règles normales de la vie humaine. Par exemple, il n'existe pas de moyen simple pour se rendre de Corfou à Leucade – pour les gens ordinaires. Mais la production de *Fedora* avait affrété un avion spécial, ils avaient convaincu les autorités d'ouvrir l'aéroport militaire d'Actium, et à notre atterrissage nous avions trouvé un convoi de voitures qui nous attendaient pour aller prendre le ferry jusqu'à l'île. Les vols que j'avais empruntés entre Athènes et Londres avec ma mère étaient toujours complets – tout comme mon avion pour New York et celui du retour – et ce fut donc une expérience étrange et miraculeuse de monter à bord de cet appareil avec à peine une trentaine de personnes, chacun disposant d'une rangée de sièges, voire deux pour lui tout seul. Et pourtant, même dans un avion aussi vide, il se trouva Dieu sait comment que Matthew était dans la rangée voisine de la mienne, et juste avant le décollage il se rapprocha encore davantage pour bavarder avec moi.

Je surinterprétais peut-être le fait qu'il soit venu s'asseoir aussi près. Cela contribuait à renforcer ma conviction – ou du moins mon soupçon tremblant et jusqu'alors un peu incrédule – que Matthew et moi étions en train d'entamer ce processus, cette danse subtile et instinctive que deux personnes exécutent en présence l'une de l'autre, parfois pendant plusieurs jours, quand elles sont sous l'emprise d'une attirance mutuelle qu'aucune des deux n'ose encore exprimer. Et pourtant, si notre amitié naissante devait mener quelque part, nous avions encore un long chemin à parcourir. Cette fois-là, nous bavardâmes de tout et de rien pendant cinq ou dix minutes, puis il se mit à lire. Il lisait en fait le scénario de *Fedora*. L'exemplaire de sa mère, je suppose. Il était en train de parcourir les dernières pages et, quand il eut terminé, il le referma d'un geste en poussant un soupir.

« Tu n'as pas aimé ? » demandai-je, comme il le balançait sur le siège entre nous.

Au lieu de répondre à ma question, il rétorqua : « T'en penses quoi ?

— Je ne l'ai pas encore lu, avouai-je. Personne ne m'a donné d'exemplaire.

— Hmm », dit-il sur un ton que j'étais incapable de déchiffrer. Puis, au lieu de proposer une critique comme je m'y attendais, il déclara : « Eh bien, ce n'est pas le genre de film que *moi* j'aurais envie de réaliser. »

Ces paroles excitèrent ma curiosité.

« Tu as envie de faire des films ?

— Bien sûr. Comme tout le monde, non ? »

À ce stade j'avais presque honte de l'admettre, mais il le fallait bien :

« Pas moi.

— Non ?

— Non.

— Mais si tu sens que tu as quelque chose à dire au monde, reprit-il, comment l'exprimer autrement de nos jours ? La poésie ? Personne n'écoute. Les livres ? Personne ne les lit. Pourquoi écrire un roman pour deux cents personnes quand on peut toucher des millions de spectateurs ?

— Mais c'est justement ça, répondis-je. Je n'ai rien à dire au monde, moi. Comme la plupart des gens.

— Tout le monde a une part de créativité, dit Matthew. J'en suis fermement convaincu.

— Eh bien… – J'avais l'impression d'être sur le point de lui confier un énorme secret – c'est vrai que j'écris de la musique.

— Tu vois ! lança-t-il, triomphant. Tu es une musicienne qui n'ose pas se l'avouer. J'en étais sûr. Tu joues d'un instrument, c'est bien ça ?

— Du piano, avouai-je.

— Quel genre de musique ?

— Eh bien, je joue des trucs classiques, du jazz… Mais surtout ma propre musique. Juste des petites mélodies que j'écris moi-même.

— Ce qui montre que j'ai raison.

— Oui, mais… Ça ne signifie pas que j'ai quelque chose à *dire au monde.*

— D'accord, admit-il. Peut-être que ce n'était pas la bonne manière de le formuler. Imagine que l'art – n'importe quelle œuvre d'art – c'est plutôt comme… tendre un miroir, et regarder ce qu'il reflète. Donc un film, c'est comme un miroir, d'accord, un miroir présenté au monde ? Et l'idée, c'est que le miroir doit être neutre, simple et clair comme de l'eau de roche. Leur miroir à eux – il fit un geste pour désigner le scénario – est tellement poussiéreux, tellement chichiteux… C'est comme s'ils lui avaient collé un gros cadre tarabiscoté et plein de dorures, et ça empêche tellement de se concentrer qu'on ne parvient même plus à distinguer ce qui s'y reflète. »

Je n'étais pas certaine que ça rende justice à monsieur Wilder et monsieur Diamond, mais je trouvai ce qu'il disait d'une intelligence immense. Je regardai Matthew avec admiration, et m'aperçus que je savais exactement ce qu'il était.

« Tu es un de ces jeunes barbus, dis-je.

— Quoi ?

— C'est comme ça que monsieur Diamond les appelle. La nouvelle génération, plus jeune, de cinéastes. Ils ont tous une barbe, mais ce sont encore des gamins. »

Il m'adressa un sourire ironique et interrogateur qui fit battre mon cœur plus vite. « Est-ce que tu te moques de ma barbe ? » demanda-t-il.

Je craignais de l'avoir vexé : « Non non non. Ça n'a rien à voir avec ça.

— Bon, je sais qu'elle est assez pathétique. Et ça fait trois semaines que je la laisse pousser.

— Il ne s'agit pas de ta barbe, insistai-je. Et de toute façon – Sur un ton plus enjôleur : je commençais à comprendre comment flirter – elle me plaît beaucoup. Ça te va bien. »

Il sourit de nouveau, un sourire de gratitude cette fois, et se toucha la barbe, la caressant doucement. « Tu crois ? »

Je ne répondis rien – je hochai simplement la tête –, et alors il me tendit le scénario.

« Tu devrais le lire, dit-il. J'aimerais en parler avec toi… J'ai l'impression… »

Il sembla sur le point de dire quelque chose d'important, de décisif même.

« … que tu as un esprit intéressant. »

Ce n'était pas tout à fait le compliment que j'espérais. Mais ça ferait l'affaire pour le moment.

Peut-être ne me suis-je pas remémoré notre conversation avec exactitude, mais c'était le genre de choses dont nous avons parlé. C'étaient là les premiers pas de notre danse. J'étais assez certaine que cette danse allait nous mener quelque part, tôt ou tard, mais en même temps je n'avais aucune envie de précipiter les choses, et apparemment Matthew non plus. Nous nous satisfaisions, pour le moment, de répéter ces pas préliminaires et de laisser cette drôle d'aventure que nous nous retrouvions à partager – et l'île de Leucade elle-même, peut-être – exercer son charme singulier et irrésistible.

L'immeuble résidentiel dans lequel nous étions tous hébergés présentait une caractéristique frappante : sa construction n'était pas encore achevée. En 1977, le tourisme de masse n'en était qu'à ses balbutiements en Grèce et peu de vacanciers venaient au village de Nydri, parce qu'il n'était pas facile à atteindre en voiture, en train, en avion, ou par quelque autre moyen que ce soit. Mais cela commençait doucement à changer, et comme les touristes devenaient plus aventureux et que les témoignages sur ce coin magnifique et peu visité de la Grèce commençaient à se répandre, les promoteurs réagissaient en construisant de nouveaux bâtiments le plus rapidement possible. Dans le cas présent, ils avaient garanti aux producteurs du film, avec sans nul doute la main sur le cœur et des trémolos de sincérité dans la voix, que les logements seraient achevés pour l'arrivée de l'équipe à Nydri, début juin. Mais, inévitablement, ils n'avaient pas tenu parole, et à notre arrivée tout le monde découvrit qu'on allait vivre dans des appartements qui n'avaient pas de vitres aux fenêtres. Je n'étais guère inquiète, car je considérais simplement cela comme une forme de climatisation naturelle, mais plusieurs membres de l'équipe de tournage se plaignirent amèrement, notamment parce que cela signifiait qu'il n'y avait rien pour les protéger des moustiques la nuit. C'était particulièrement dur, je crois, pour monsieur Diamond, qui avait l'appartement voisin du mien et que les moustiques empêchaient désormais de dormir, en plus de son zona. Je l'entendais parfois en pleine nuit, qui jurait bruyamment et cognait sur les murs et les meubles avec sa chaussure pour tenter de faire un sort aux insectes importuns, lesquels semblaient le trouver particulièrement à leur goût.

Les producteurs avaient engagé au moins une dizaine de chauffeurs parmi les gens du cru, et très peu d'entre eux parlaient anglais, alors je passais une grande partie de mon temps à leur servir d'interprète ainsi qu'à leurs passagers. Monsieur Wilder avait son propre chauffeur, monsieur Diamond avait son propre chauffeur, et c'était le cas aussi de monsieur Holden, de mademoiselle Keller et de l'autre star féminine du film, une dame allemande nommée Hildegarde Knef. (En fait, des deux femmes, je n'ai jamais vraiment compris laquelle était censée être la véritable star, et comme je devais le découvrir au fil du temps, cela resta toujours entre elles le sujet d'un féroce conflit larvé.) Cette organisation me parut tout à fait extravagante, puisque le seul trajet que chacun pouvait avoir à faire était celui qui menait à la jetée, sur le littoral, à environ trois cents mètres des appartements. De cette jetée, on embarquait tout le monde jusqu'au lieu de tournage principal, une belle villa du dix-neuvième siècle sur la petite île de Madouri, accessible uniquement en bateau moyennant un trajet d'environ dix minutes depuis Nydri.

L'homme qui nous faisait tous traverser était un personnage sympathique nommé Filippos, propriétaire d'un petit bateau, le *Soula*, et qui se lia rapidement d'amitié avec toute l'équipe. Le deuxième matin de notre séjour à Nydri, monsieur Wilder décida de lui donner un rôle dans le film. Dans cette scène, le personnage de monsieur Holden se rendait pour la première fois, clandestinement, à la villa de Fedora, et avait engagé un marin pour l'y conduire. Filippos était fou de joie, bien sûr, et ne semblait pas perturbé le moins du monde par les caméras braquées sur lui, le matériel de prise de son qui enregistrait le moindre de ses gestes, ou l'importante foule de badauds du village, dont la plupart étaient ses amis et qui lui criaient des mots d'encouragement ou des instructions facétieuses. Il laissa même l'une des maquilleuses, quand elle en eut fini avec monsieur Holden, lui mettre quelques touches de poudre sur le front, suscitant des railleries et des rires sonores de la part de ses amis restés à quai.

Le paysage de Leucade est assez accidenté, et la lumière évoluait très vite d'une heure à l'autre, réduisant quelque peu la fenêtre de tir pour tourner les scènes. Monsieur

Wilder s'en tint donc au minimum de mise en scène et indiqua promptement sa place à chacun. Il s'agissait toutefois d'une scène toute simple. Monsieur Holden devait arriver sur la jetée, Filippos lui tendre la main pour l'aider à monter à bord, démarrer le moteur, et puis ils partiraient.

Pourtant, juste avant que monsieur Wilder ne lance « Action ! », Filippos lui fit signe depuis le bateau, comme s'il avait une question avant de commencer. L'assistant réalisateur alla lui parler avant de revenir faire son rapport : « Il veut savoir quelque chose.

— Tu peux t'en occuper ?

— Il dit qu'il faut que ce soit vous. »

Billy échangea un regard avec Iz, qui se tenait debout à ses côtés pour observer le déroulement de la scène, un exemplaire du script à la main, aussi impassible qu'à son habitude. Iz haussa les épaules. En réalité, il savait quelle question Filippos allait poser, parce que dix minutes plus tôt il lui avait demandé de la poser. Et moi aussi je savais, parce que c'était moi qui l'avais traduite en grec pour lui.

Billy soupira, puis se tourna vers moi : « Vous feriez mieux de venir me donner un coup de main. » Je le suivis tandis qu'il s'approchait du bateau en faisant des moulinets avec la canne dont il se munissait souvent quand il dirigeait une scène. Pendant les deux minutes qui suivirent, Filippos et lui eurent une conversation très animée, que je traduisis dans les deux sens. Quand ce fut terminé, Billy retourna à sa place à côté de la caméra en secouant la tête, soupirant plus bruyamment que jamais et bouillant d'exaspération.

« De quoi s'agissait-il ? demanda Iz.

— Tu ne devineras jamais ce que vient de me demander ce type. Il veut savoir : "Monsieur Wilder, quelle est ma motivation dans cette scène ?"

— Pas possible, répondit Iz, toujours de marbre.

— Il veut savoir quelle est sa motivation, nom de Dieu. Je l'engage une demi-heure pour faire traverser un bateau et voilà que d'un coup il a fait l'Actors Studio, et qu'il a besoin que Lee Strasberg vienne ici lui dire comment jouer la scène.

— Tu te fous de moi.

— Alors je lui réponds : “T'es pas un acteur, t'es un marin. Ta motivation, c'est de faire traverser cet homme. Ta motivation, c'est les cinquante drachmes qu'il va te donner pour ça.” Mon Dieu, je peux m'attendre à ce genre de conneries de la part d'une grande star de cinéma, mais… »

Et soudain il s'interrompit devant le si rare phénomène qui s'étalait sur le visage d'Iz : un sourire involontaire. La vérité se fit jour. « Oh, j'ai pigé. C'était toi, n'est-ce pas ? Tu lui as dit de dire ça ? Toi et la petite interprète grecque ici présente, vous êtes tous les deux dans le coup ? »

Iz riait presque à présent : un spectacle tout à fait extraordinaire.

« Eh bien, c'est très drôle, je dois dire. » Il se tourna vers moi : « C'était drôle, hein ? Je refuse de laisser monsieur Diamond mettre la moindre scène marrante dans le scénario, parce qu'on tourne un film sérieux, alors il se débrouille pour m'en faire une à moi. C'est mignon, hein ? Vous ne trouvez pas ça mignon ? »

Je ne répondis rien. Quelque temps plus tard, monsieur Diamond me confierait qu'il regrettait d'avoir fait cette blague parce que cela avait retardé la production de quelques minutes, et que ce n'était pas du tout professionnel. Mais je me souvenais que le regard de Billy étincelait à nouveau quand il avait pris place à côté de la caméra, et je certifiai à monsieur Diamond qu'il avait fait ce qu'il fallait.

*

En 1951, Billy Wilder réalisa un film intitulé *Le Gouffre aux chimères*, l'histoire d'un journaliste qui prolonge avec cynisme les souffrances d'un homme pour pouvoir exploiter au maximum le reportage qu'il est en train d'en tirer. « Un drame incisif et captivant qui porte un regard acide sur le contexte américain », selon l'*Encyclopédie Halliwell du cinéma*. Le film s'attaquait non seulement à la presse à sensation mais, tout aussi important, au public qui aime la consommer, ce qui poussait ce critique notoirement avare en compliments à ajouter qu'il s'agissait d'« un des chefs-d'œuvre du réalisateur ». Ce fut également le premier véritable échec commercial de Billy car, allez savoir pourquoi, les gens n'aiment pas payer pour se voir renvoyer leur laideur au visage.

Ce journaliste était interprété par Kirk Douglas, et quelques jours plus tard à Nydri, je rencontrai son équivalent grec. Le type était tout de même plus jeune, mais il collait aux basques de l'équipe depuis notre arrivée et, comme Chuck Tatum dans *Le Gouffre aux chimères*, il voyait tout cela comme une vache à lait potentielle, l'occasion rêvée pour lui de dénicher une histoire croustillante et de percer dans le milieu. Il avait pour ambition de vendre un reportage à un journal d'Athènes : ses desseins n'allaient guère plus loin car il ne parlait pas d'autre langue que le grec, raison pour laquelle il me harcelait continuellement pour que je l'aide à comprendre ce qui se passait sur le tournage du film.

Quelques jours après l'épisode avec Filippos, nous étions tous rassemblés sur la terrasse de la villa sur l'île de Madouri, assez tard dans l'après-midi. Quand je dis « tous » rassemblés, je veux dire qu'il y avait vraiment foule. C'est ainsi que monsieur Wilder aimait travailler. Il aimait que le plateau soit animé, convivial, avec des tas de gens postés sur le côté pour regarder : reporters, photographes, badauds et passants. C'était l'une des sources de son énergie. Mais c'était aussi assez dur pour les acteurs, à ce qu'il me semblait.

Il y avait un autre point qui compliquait également la vie des acteurs : monsieur Wilder était convaincu que le scénario qu'il avait écrit avec monsieur Diamond devait être traité, ainsi que la Bible, comme un texte sacré. Après avoir travaillé sur ce script de nombreux mois – après s'être tourmenté, imaginais-je, sur le moindre temps rythmant les dialogues, le moindre choix de mots –, il refusait de laisser les acteurs en dévier ne serait-ce que d'un pouce. C'est pour cette raison que monsieur Diamond était présent sur le tournage de chaque scène, dans un fauteuil en toile auprès du réalisateur, serrant dans sa main un exemplaire roulé du scénario qu'il n'avait pas besoin de consulter parce qu'il le connaissait par cœur. Pendant que monsieur Wilder observait l'action, s'assurant que les acteurs bougeaient comme il convenait, que la mise en place fonctionnait, que la composition était bonne, monsieur Diamond écoutait les dialogues parlés et si l'un des acteurs ne prononçait pas les mots exactement comme ils étaient écrits, il jetait un coup d'œil à monsieur Wilder une fois la prise terminée, secouait la tête, et tout le monde devait reprendre depuis le début.

Cet après-midi-là, on tournait une scène sur la terrasse impliquant tous les membres de la maisonnée de Fedora. Quatre acteurs, en d'autres termes : mademoiselle Keller (dans le rôle de Fedora), mademoiselle Knef (dans le rôle de la comtesse), Frances Sternhagen (la dame de compagnie de la comtesse) et José Ferrer (le mystérieux Dr Vando). La mise en place prenait énormément de temps. Le directeur de la photographie n'était pas content. Les ombres ne tombaient pas au bon endroit, et tout le monde allait devoir attendre jusqu'à ce que ce soit le cas. On passait beaucoup de temps à se tourner les pouces, à se tracasser et à papoter.

Tasos, le journaliste local, se faufila jusqu'à moi et dit (en grec) : « Vous êtes la traductrice, n'est-ce pas ?

— Oui.

— Vous pouvez venir traduire pour moi pendant que j'échange quelques mots avec monsieur Ferrer ? »

Monsieur Ferrer était assis près du parapet de la terrasse, dos à la mer, et il était en train de s'éventer, le visage presque entièrement dissimulé par son chapeau de paille.

« Il a accepté de vous donner une interview ? demandai-je.

— Ce ne serait pas vraiment une interview. Je veux juste lui demander quelques trucs.

— Pas question. Vous devez obtenir l'autorisation de l'attachée de presse de l'équipe. »

Mais cette rebuffade plutôt sèche ne suffit pas à le décourager. Quelques instants plus tard, il me demanda :

« Alors le tournage ne se passe pas bien ?

— Qu'est-ce que vous voulez dire ?

— C'est ce que j'ai entendu. Les deux femmes ne s'apprécient pas. Il y a une terrible rivalité entre elles.

— Je n'en sais rien.

— Et ni l'une ni l'autre n'apprécie monsieur Wilder. »

J'avais envie de le chasser d'un geste impatient de la main, mais voilà que l'assistant réalisateur invitait enfin tout le monde à faire silence, et que le tournage était sur le point de commencer.

Ça ne se passa pas bien. Mademoiselle Keller devait réciter des répliques tirées d'un vieux film de Fedora, tout en exécutant une sorte de danse sensuelle et aguicheuse devant monsieur Vando. Il y avait notamment les mots suivants : « Que le vin et le vice coulent à flots. À l'est de Suez, il n'y a pas les Dix Commandements. » Mais elle ne parvenait pas à les sortir correctement.

Lors des deux premières prises, elle dit : « Que le vice et le vin coulent à flots. » La seconde fois, il y eut des rires de la part de certains spectateurs.

Puis, après quelques prises supplémentaires où les mots furent prononcés correctement, mais monsieur Wilder n'était toujours pas satisfait de sa manière de se trémousser, tout sembla se dérouler à la perfection. L'ambiance générale était au soulagement et au relâchement de la tension, jusqu'à ce que monsieur Diamond se lève de son fauteuil, s'approche de monsieur Wilder et lui murmure quelque chose à l'oreille.

Monsieur Wilder hocha la tête et dit à mademoiselle Keller : « Je suis désolé, Marthe, on va devoir la refaire.

— Pourquoi ? Qu'est-ce que j'ai fait de travers ? »

Elle n'avait pas prononcé la réplique telle qu'elle était écrite, expliqua-t-il. Au lieu de dire : « À l'est de Suez, il n'y a pas les Dix Commandements », elle avait dit « À l'est de Suez, ils n'ont pas les Dix Commandements ».

Elle le regarda fixement, comme si elle se demandait s'il était sérieux. Apparemment oui. Elle acquiesça avec obéissance : « Ok », et une fois que tout le monde eut repris sa place, ils refirent la scène, et sa danse se passa bien – peut-être pas autant que la première fois –, mais en arrivant à la même réplique elle dit : « À l'est de Suez, il n'y a pas de Dix Commandements », et une fois de plus monsieur Diamond se leva de son fauteuil, alla trouver monsieur Wilder pour chuchoter à son oreille, et une fois de plus monsieur Wilder dut aller s'entretenir avec son actrice, dont la détresse était de plus en plus manifeste.

Tasos, toujours en observation à mes côtés, me donna un coup de coude et murmura : « Voilà le genre de choses dont je parlais. Qu'est-ce qui se passe ? Pourquoi est-il aussi méchant avec elle ?

— Il n'est pas méchant, répondis-je. On doit souvent faire des tas de prises de la même scène. »

J'avais parlé avec une grande autorité. Récemment, j'étais devenue parfaitement experte en matière de cinéma.

« Regardez le visage de l'Allemande, dit-il. (En parlant de mademoiselle Knef, qui contemplait toute la scène depuis le fauteuil roulant auquel son personnage était cantonné.) Elle est furieuse. Si je vais lui parler, vous voulez bien traduire pour moi ?

— Hors de question », répondis-je sèchement.

Cela devenait trop douloureux de continuer à regarder le tournage. Les spectateurs percevaient la tension et guettaient le moment où tout ça finirait par exploser... une attente presque jubilatoire. L'ambiance sur le plateau était en train de tourner au vinaigre. J'étais vraiment navrée pour mademoiselle Keller, obligée d'exécuter ces gestes compliqués et de prononcer ces mots compliqués devant tout ce monde. Bon, c'était son boulot je suppose.

Pour m'éloigner de tout ça, je tournai les talons, me faufilai à travers la foule puis commençai à grimper le sentier qui s'éloignait de la villa et menait à un flanc de colline boisé, au cœur de cette petite île. Il y faisait frais, il y avait de l'ombre, et les seuls bruits étaient le craquement des brindilles sous mes pieds au fil de mon ascension. J'atteignis bientôt le sommet de l'île et, arrivée là, je restai debout un moment sous l'ombre dense des pins, savourant le silence et la fraîcheur de l'air de la fin d'après-midi dans ce coin isolé cerné par les eaux, si loin de la frénésie moite de la rue Acharnon. Mais en un rien de temps ma solitude avait commencé à m'oppresser. Matthew était l'un des spectateurs qui se trouvaient sur la terrasse : nos regards s'étaient croisés brièvement alors que je m'éloignais seule de la villa, et il aurait été si simple de lui dire quelque chose, de lui demander s'il voulait m'accompagner dans cette courte promenade. Pourquoi cela m'avait-il paru impossible ? Pourquoi étais-je si timide avec lui, si peu sûre de moi ? Telles étaient les questions qui me préoccupaient tandis que je descendais la pente sur l'autre versant de l'île, crapahutant en direction d'une crique rocheuse qui offrait une vue dégagée sur Skorpios, une île privée à quelques centaines de mètres au-delà de la mer, qui n'était autre que celle où Aristote Onassis avait élu domicile. Je m'y assis et fermai les yeux, le visage renversé sous le soleil, à écouter le doux clapotis des eaux bleues contre les rochers. Peut-être que c'était mon destin, en fin de compte, d'être seule à jamais : voilà la pensée tragique et pleine d'apitoiement sur moi-même qui me vint, et paradoxalement m'apporta aussi un certain réconfort, me réconciliant avec ce qui me paraissait être, à cet instant précis, ma nature profonde : introvertie, mélancolique et solitaire.

*

À cet égard, après tout, je n'étais pas si différente de monsieur Diamond lui-même. Bien sûr il avait trouvé quelqu'un à épouser, et son mariage paraissait très heureux. Il avait également un fils et une fille dont il parlait souvent, et qu'il adorait manifestement. Mais ici, en Grèce, il était à des milliers de kilomètres d'eux, son grand ami monsieur Wilder avait l'esprit occupé par le tournage de son film, et pendant ce temps-là monsieur Diamond se repliait sur lui-même, sous le poids – me semblait-il – d'angoisses et d'appréhensions secrètes, des sentiments qu'il avait du mal à partager avec les autres membres de l'équipe.

Et c'est ainsi que je le trouvai, ce même soir, attablé à la terrasse d'un bar qui s'appelait l'Alexandros, terrasse qui se fondait dans la plage donnant sur Madouri, de sorte qu'il était impossible de dire exactement où s'achevait le sable et où commençaient les tommettes en terre cuite. Il avait l'endroit pour lui seul et s'était installé à une table au bord de l'eau, où il fumait une cigarette en soufflant régulièrement la fumée en l'air, dessinant une ligne droite quasi verticale. Je marchais vers la plage sans but précis (sauf peut-être voir si Matthew s'y trouvait) et fus surprise quand il me dit « Bonsoir ». Je lui rendis son « bonsoir » et ajoutai, sur le ton d'excuses dont j'étais coutumière :

« Pardon… je ne veux pas vous déranger.

— C'est vrai, répondit-il, je suis venu ici pour échapper aux gens. Mais vous n'en faites pas partie. » Je baissai les yeux, peut-être même que je rougis un peu. « Tout le monde aime la petite interprète grecque, vous ne le saviez pas ? Vous êtes la coqueluche de l'équipe. »

Je ne suis pas en train d'inventer ça pour me mettre en valeur. C'est vraiment ce qu'il a dit. Bien sûr, je le rejoignis à sa table.

« Ça vous dit de prendre un cocktail avec moi ? demanda-t-il.

— Oui, merci », dis-je, et il commanda deux vodkas martinis avant d'ajouter : « Ne prenez pas cet air désapprobateur.

— Ce n'était pas mon intention. Il paraît que c'est mon expression habituelle. Mais je croyais que votre médecin allemand vous avait dit de ne pas boire.

— Mon médecin allemand n'a jamais mis les pieds sur un plateau de cinéma. En tout cas pas comme celui-ci. »

Le serveur apporta nos verres et je pris une gorgée. Je n'avais encore jamais goûté de martini, et j'adorai son âpreté acidulée : comme une gentille claque sur le visage pour vous ranimer, après un évanouissement.

« Vous étiez là pour la scène sur la terrasse, cet après-midi ? demanda-t-il en allumant une nouvelle cigarette.

— Au début. Je suis partie à la moitié et je suis allée faire un tour.

— C'était si douloureux que ça à regarder, alors ?

— Je suis sûre que ça en valait la peine, au bout du compte. »

Monsieur Diamond secoua la tête. « Nous n'avons obtenu aucune prise utilisable. Nous n'avions plus de lumière et il a fallu tout arrêter. Marthe s'était déjà effondrée à ce moment-là de toute façon.

— Oh. » J'étais désolée de l'entendre. Ça ne présageait rien de bon. « Qu'est-ce que vous allez faire ? Vous allez réessayer demain ?

— Billy pense qu'on peut réécrire la scène et la filmer en intérieur. On peut la faire en Allemagne le mois prochain.

— Vous êtes d'accord ? »

Monsieur Diamond haussa les épaules et dit : « Peut-être que ça pourrait marcher comme ça, je ne sais pas. » Je me demandai s'il existait quelqu'un qui puisse faire une suggestion sur ce film capable de lui arracher un « Pourquoi pas ? ». Ça n'en avait pas l'air.

« Donc, quand vous aurez terminé ici, dis-je, vous rentrez en Allemagne ? »

Il acquiesça. « La belle ville de Munich. Celle qui vous file des douleurs dans le dos. La capitale du zona – ils devraient mettre ça sur les affiches touristiques.

— Vous n'aimez pas cet endroit ?

— Pas tellement. »

J'avais encore bien du mal à comprendre les modalités pratiques d'un tournage, et ce que je dis alors était plein de naïveté :

« J'imagine que monsieur Wilder a choisi de faire ce film en Allemagne parce que ce n'est pas trop loin de la Grèce ? Pour que ce ne soit pas trop difficile, si jamais il a besoin de faire revenir tout le monde ici ?

— Ce n'est pas comme ça que ça marche, dit monsieur Diamond, souriant presque de mon innocence, tandis qu'il se penchait en avant pour tapoter ses cendres dans le cendrier posé sur notre table. Ce serait beaucoup plus facile de tourner le reste du film à Hollywood. En fait, ça me conviendrait parfaitement. Je pourrais travailler de neuf heures à dix-sept heures et retrouver ma femme à la maison tous les soirs, déjà.

— Alors pourquoi… ?

— On ne peut pas tourner le film dans un studio à Hollywood, expliqua-t-il, parce que aucun studio n'en a voulu. Croyez-moi, on a essayé. »

Cela me semblait n'avoir aucun sens.

« Mais c'est un film de Billy Wilder. C'est un génie… C'est l'un des meilleurs… Qui n'aurait pas envie de faire un film avec Billy Wilder ? »

Il secoua la tête. « Les temps ont changé. À vrai dire, je ne sais pas s'ils ont vraiment changé. Mais ils sont clairement en train de changer.

— Pourquoi ils n'en ont pas voulu ? demandai-je.

— Parce qu'ils pensaient qu'ils allaient perdre de l'argent. »

Je fus surprise de cette réponse, et dus le montrer en fronçant les sourcils car monsieur Diamond reprit : « Revoilà cet air désapprobateur. Écoutez, en Amérique, le cinéma est un business. Rien de plus, rien de moins. Une attitude tout à fait saine, selon moi. Pour être parfaitement honnête, ça me va très bien ainsi. Tout le reste, ce n'est rien que… des paillettes aux yeux, comme on dit. Bon, en fait, je ne sais pas s'il y a vraiment des gens qui disent ça, mais moi oui.

— Mais quand même…

— Billy et moi n'avons pas vraiment le vent en poupe ces derniers temps, reprit-il sans me laisser finir. Notre dernier gros succès date d'il y a quatorze ans. Et ces dernières années, il y a eu deux ou trois films qui ont perdu beaucoup d'argent. *Beaucoup* d'argent. À Hollywood, les gens remarquent ce genre de choses. On ne commence pas sa matinée en lisant les *Cahiers du cinéma* avant d'aller au travail. On consulte le box-office. Quand on s'est rencontrés l'été dernier, on était dans une sorte de moment de crise, avec ce scénario. Si je me souviens bien, vous êtes passée à notre bureau un après-midi pour rapporter le livre de Billy, n'est-ce pas ?

— C'est vrai. Mais vous étiez en réunion.

— Eh bien, c'était celle-là. C'était LA réunion. »

Je lui demandai ce qu'il voulait dire.

« C'était l'après-midi où nous sommes allés voir Universal, parce que le matin ils nous avaient envoyé un courrier pour dire qu'ils faisaient l'impasse sur le scénario.

— L'impasse ?

— Ils l'ont refusé. Ils ne voulaient pas mettre l'argent.

— Oh ? Vous voulez dire que ça ne leur a pas plu ?

— Vous ne comprenez toujours pas, dit-il patiemment. Que ça leur ait plu ou non n'est pas la question. Ils auraient pu être les mieux placés au monde pour juger de la qualité d'une histoire, et on aurait pu leur écrire *Madame Bovary* ou *Moby Dick* qu'ils n'en auraient rien eu à cirer. Peu importe que ça plaise. Ils ont jeté un seul coup d'œil à *Fedora*, et ont décidé qu'il n'y avait aucune chance de faire le moindre bénéfice avec ce projet-là. »

Je réfléchis à cela tout en buvant un peu de mon cocktail. « Mais ils ont tort », dis-je.

C'était à mi-chemin entre l'affirmation et la question. Mais bon, que ce soit une affirmation ou une question, monsieur Diamond n'y répondit pas. Il se contentait de contempler la mer en tirant toujours sur sa cigarette.

« Bref, finit-il par dire. D'où l'Allemagne.

— Donc une société de production *allemande* finance le film, dis-je, toujours aussi longue à la détente.

— Ce n'est pas vraiment une société de production cinématographique. Ils sont spécialisés dans les niches fiscales. Ce n'est pas rien, pour Billy, de fricoter avec des gens comme ça. C'est un sacré pas pour lui. » Il ne prononça pas les mots « pas en arrière », mais j'imagine que c'est ce qu'il voulait dire. « Il m'a raconté une histoire marrante, d'ailleurs. Quand il est allé au premier rendez-vous avec ces types à Munich, ils lui ont demandé : “Monsieur Wilder, pourquoi voulez-vous faire ce film en Allemagne ?” et il a répondu : “Cela revient à demander à un braqueur de banques pourquoi il braque des banques. La réponse est évidente… parce que c'est là que se trouve l'argent.” » La plaisanterie de son ami parvint à lui tirer un sourire, mais il ne dura pas. « Évidemment ils n'ont pas compris. Ils ont pris un air très sérieux pour répondre : "Vous avez l'intention de nous braquer ?" Ces Allemands. Aucun sens de l'humour, vous voyez. » Je commençais à remarquer – et cela deviendrait encore plus évident au fil des semaines suivantes – que monsieur Diamond n'était pas un grand fan de l'Allemagne ni de la culture allemande. En attendant, il paraissait réfléchir à quelque chose. Il écrasa sa cigarette et finit par lâcher d'une voix basse et songeuse : « Billy doit *vraiment* avoir envie de faire ce film. »

Sa remarque semblait s'adresser davantage à lui-même qu'à moi, mais je choisis néanmoins d'y répondre :

« Bien sûr que oui, dis-je. Il est réalisateur de cinéma. Écrire des films ne lui suffit pas. Il faut qu'il les réalise.

— C'est vrai, dit monsieur Diamond. Ce qui pour moi ressemble au purgatoire est pour lui un plaisir. Et puis, ce qu'il faut que vous gardiez en tête au sujet de Billy, c'est qu'en réalité, tout au fond de lui, il adore être ici.

— Ici ?

— Ici. » Il fit un geste pour désigner les alentours. « En Europe. Le berceau de la civilisation. Billy est un Européen.

— Vous aussi, dis-je. Enfin, vous venez de Roumanie, non ?

— C'est différent. Je suis arrivé aux États-Unis quand j'avais environ huit ans. Je n'ai aucun souvenir de l'endroit où je suis né. »

Il marqua une pause, comme pour vérifier si c'était la vérité en s'efforçant brièvement de fouiller le passé pour faire remonter des images.

« Rien du tout ? dis-je en guise d'encouragement.

— Oh, vous savez comment c'est. On se souvient de petites choses arbitraires. » Il sortit une nouvelle cigarette et l'alluma avec son élégant briquet plaqué or. Je ne l'avais encore jamais vu autant fumer. « Il y avait une petite chaise en bois – même pas une chaise, c'était plutôt une sorte de repose-pied avec un dossier – et elle était minuscule, juste assez grande pour un petit enfant, et je m'asseyais là-dessus, près du feu. Je me souviens d'une mélodie que mon père aimait siffler. Je me souviens d'un garçon à l'école – il s'appelait Darius – qui m'avait tordu le bras un jour dans la cour, pour m'extorquer des sous. Des choses comme ça. Mais tout le reste a disparu. Mes premiers souvenirs tangibles remontent tous à New York, et je me suis toujours senti américain jusqu'au bout des ongles. Mais Billy avait presque trente ans quand il est arrivé à Hollywood. Il avait passé tout ce temps à Vienne d'abord, puis à Berlin, puis à Paris. Ce genre de choses, ça vous marque, vous voyez ?

— Vous voulez dire qu'il ne s'est jamais senti chez lui en Amérique ?

— Il adore l'Amérique. Enfin bon, il la déteste et l'adore à la fois. Mais il adore aussi l'Europe. Et la déteste également. Il est bourré de contradictions. Je suppose que c'est pour ça qu'il a besoin de raconter des histoires. Et il en raconte de très bonnes. Vous savez, il y a des aspects chez lui qui… se réveillent en Europe, et qu'on ne voit pas autant quand il est à Hollywood. Je m'en suis aperçu il y a quelques années, quand nous tournions un film en Italie avec Lemmon. Billy n'arrêtait pas de l'emmener au restaurant, de l'emmener au musée, il lui apprenait à comprendre la cuisine, à apprécier l'art…

— Et avant ça ? demandai-je. (Car je connaissais désormais par cœur les sujets et les titres de tous les films de monsieur Wilder, ainsi que leur chronologie.) Quand vous êtes allés en Angleterre, pour faire ce film sur Sherlock Holmes ?

— Ce n'était pas tout à fait pareil, répondit monsieur Diamond. Enfin, nous avons apprécié notre séjour là-bas, mais l'Angleterre ce n'est pas l'Europe. Je sais que techniquement, l'Angleterre appartient à l'Europe, mais... l'Angleterre est à part, vous voyez ?

— Oui, je comprends », dis-je. Et c'était vrai : quand j'allais à Londres avec ma mère, j'avais toujours ce sentiment de visiter non seulement un autre pays, mais aussi un autre continent. Un continent qui me fascinait, comme la plupart de mes compatriotes, mais dont beaucoup de coutumes nous paraissaient mystérieuses, excentriques et tout à fait incompréhensibles.

« C'était un film difficile, de toute façon, continua monsieur Diamond. Beaucoup de choses ne se sont pas passées comme prévu. » Il bascula de nouveau dans une rêverie, contemplant l'eau. Je commençais à soupçonner que tout ce qu'il pouvait traverser en ce moment, et tout ce qu'il avait pu traverser avec Billy ces dernières années, le poussait à reconsidérer les choses, à peut-être mieux comprendre son ami qu'il ne le comprenait autrefois. « Vous savez, en réalité il n'est pas du tout sûr de lui, reprit-il. Il est très vif, cent fois plus intelligent que n'importe qui d'autre, et il a cet esprit incroyable, mais tout ça... Enfin bon, tout ça ce sont les apparences, pas vrai ? Ce qui s'est passé avec *Holmes* m'a vraiment choqué. Nous avons consacré des années à préparer ce film. Il était tellement important pour lui, probablement ce qu'il a fait de plus important. Mais quand les producteurs l'ont vu et ont commencé à lui dire qu'il était trop long, il a perdu foi dans ce film. Complètement. Il croyait tout ce qu'ils lui disaient à son sujet, et une fois qu'il a commencé à faire des coupes, il n'y avait plus moyen de l'arrêter. Il a coupé, coupé, coupé. À la fin, c'est *moi* qui ai dû essayer d'y mettre un terme. Vous savez, si je l'avais laissé supprimer toutes les scènes qu'il avait envie de supprimer, au bout du compte, on se serait retrouvés avec un film de dix minutes. Et c'était censé être son chef-d'œuvre. C'était son propre bébé qu'il était en train de sabrer, son propre… fils préféré. Juste parce que ces connards lui disaient de le faire. *Allez vous faire foutre*, voilà ce qu'il aurait dû leur dire. *Allez vous faire foutre.* Bien sûr – une petite gorgée de martini, un long panache de fumée – ce n'est pas facile de dire *Allez vous faire foutre* aux types qui ont tout l'argent.

— Quelles sortes de problèmes vous avez rencontrés, demandai-je, en faisant ce film ?

— Toutes sortes. Mais je suppose que le pire a été la fois où on a dû arrêter toute la production.

— Pourquoi est-ce que vous avez dû faire ça ?

— Parce que la star du film a tenté de se suicider.

— Oh. » J'étais sincèrement choquée. Ça arrivait vraiment, ce genre de choses ?

« C'était vraiment… une sacrée pagaille, toute cette affaire, continua monsieur Diamond, à moitié pour lui-même. C'était son mariage, surtout… Ce qui se passait dans son mariage. Mais il y avait aussi la pression de jouer dans cet énorme film. Le plus gros qu'il ait jamais tourné. Et Billy peut se montrer dur. Dur avec les acteurs. Il leur met beaucoup la pression. Pas aussi forte que celle qu'il subit lui-même, bien sûr… »

Je songeai à l'expression qu'il avait utilisée plus tôt, quand il avait dit que le tournage de cet après-midi avait poussé mademoiselle Keller à « s'effondrer ». Je pris conscience qu'elle était très jeune et qu'elle devait aussi avoir ressenti une énorme pression. Je demandai à monsieur Diamond s'il savait où elle était, et comment elle digérait les péripéties du jour.

« Aux dernières nouvelles, elle était rentrée à son appartement, dit-il. Et oui, elle était assez retournée. À l'heure actuelle elle déteste Billy, mais ça passera. Il peut être tout à fait charmant. Et très gentil, parfois. Le truc, c'est qu'il faut s'habituer à son humour. Il faut comprendre la manière dont il s'en sert, et dans quel but. Il plaisantait avec elle, cet après-midi, pour essayer de maintenir une certaine légèreté, mais elle n'a pas compris.

« Le type qui jouait le Dr Watson dans notre film sur Sherlock Holmes – il y avait une scène où il fallait qu'il danse. Il était dans cette grande scène de danse avec toute une troupe de danseurs de ballet, et il fallait qu'il suive le rythme, mais en même temps il devait continuer à jouer, vous voyez ? Il se passait quelque chose d'important dans cette scène, une émotion qu'il fallait parvenir à rendre. Alors Billy lui dit : "Colin, dans cette scène je veux que tu joues comme Laughton et que tu danses comme Nijinsky." On a fait une prise et ensuite Colin a accouru pour lui demander : "C'était comment ? Comment je m'en suis sorti ?" Et Billy a répondu : "Eh bien, tu n'étais pas loin – tu as joué comme Nijinsky et dansé comme Laughton." Et ça a marché, vous voyez, parce qu'il a tourné ça à la plaisanterie, alors Colin l'a bien pris et tout s'est bien passé. »

Je hochai solennellement la tête. Pour être honnête, je ne comprenais pas vraiment la blague. J'avais l'impression de manquer d'humour autant que les Allemands qui déplaisaient tant à monsieur Diamond.

« Charles Laughton était un célèbre acteur anglais, clarifia-t-il à mon intention.

— Oui, je sais.

— Et Nijinsky était un célèbre danseur classique. »

Ça, je ne le savais pas.

« Vous ne connaissez pas l'histoire de Nijinsky ? reprit-il. C'était un grand danseur, mais il est devenu dingue. Il a terminé en asile psychiatrique, en proie à un terrible délire. Il y a une anecdote amusante à ce sujet, aussi. »

Cela paraissait peu probable, mais monsieur Diamond était bien décidé à la raconter quand même.

« Billy avait rendez-vous, un jour, avec un producteur. Et il lui a dit qu'il voulait faire un film sur Nijinsky. Alors il a raconté toute l'histoire de la vie de Nijinsky au producteur, et ce type l'a regardé, horrifié, en disant : "Vous êtes sérieux ? Vous voulez faire un film sur un danseur classique ukrainien qui finit par devenir fou et passe trente ans en hôpital psychiatrique, convaincu d'être un cheval ?" Et Billy répond : "Ah, mais dans notre version de l'histoire, ça se termine bien. Il finit par gagner le Kentucky Derby." »

Et cette fois je ris, en partie parce que je trouvais l'anecdote amusante, et en partie parce que j'aimais la manière dont monsieur Diamond l'avait racontée, la manière dont ses yeux brillaient au moment où il atteignait la chute, la façon dont, pendant un court instant, raconter cette plaisanterie suscitait chez lui un éclair de joie étrange et de lucidité sur le monde. Et je pris conscience que pour un homme comme lui, un homme fondamentalement mélancolique, un homme pour qui la marche du monde ne serait jamais qu'une source de regrets et de déceptions, l'humour n'était pas seulement beau mais nécessaire, que raconter une bonne blague pouvait faire naître un moment, fugace mais délicieux, où la vie prenait un sens particulier et ne semblait plus arbitraire, chaotique ni inexplicable. J'étais heureuse de penser que malgré toutes les inextricables difficultés du monde, il disposait encore de cette source de consolation.

Et à ce moment-là, comme s'il lisait dans mes pensées, il dit : « Vous savez, je sentirais mille fois mieux ce film s'il était juste un tout petit peu plus drôle. Quand on écrivait le scénario avec Billy, j'essayais constamment d'y mettre quelques petites trouvailles, une réplique par-ci par-là, une blague de temps à autre. Mais il refusait systématiquement. Il n'arrêtait pas de me dire que ce serait un film sérieux. Un film sérieux. Eh bien j'écris des comédies. Mon truc c'est le comique. C'est pour ça qu'il m'a contacté au départ, il y a toutes ces années, parce qu'il avait vu quelques sketchs de moi qui l'avaient fait rire. Et il n'y a pas grand-chose qui fasse rire Billy. Et depuis, dans tout ce qu'on a écrit ensemble, même quand il y avait un message sérieux à faire passer, on a toujours essayé de mettre une bonne dose de rires. Mais cette fois il n'en voulait pas. Et moi qui pensais qu'on était censés faire un film satirique… C'est ce qu'on se disait depuis toujours. Un film sur le Nouvel Hollywood. Les jeunes barbus : “Ils n'ont pas besoin de scénario, donnez-leur simplement une caméra à l'épaule et un objectif zoom.” Mais à la place il a décidé de se coltiner ce bouquin minable avec cette histoire de fou sur une vieille dame qui ne fait jamais son âge et qui semble avoir trouvé Dieu sait comment le secret de l'éternelle jeunesse, et je me dis : “Pourquoi, Billy ? Pourquoi tu as envie de faire un film avec cette histoire ? Qu'est-ce que ça t'apporte ?” »

Il voulut boire, mais il n'y avait plus rien à boire. Il contempla son verre vide d'un air perplexe, sans pour autant sembler d'humeur à en commander un autre.

« Bon, il doit y avoir un truc, dit-il. Il y a forcément quelque chose dans cette histoire qui importe vraiment pour lui. Quelque chose là-dedans qu'il a envie d'évacuer. Mais que je sois damné si je sais de quoi il s'agit. » Il tourna son regard vers la vieille villa sur l'île de Madouri, à présent rougeoyante et dorée dans le soleil couchant, comme si elle pouvait détenir la clé de l'énigme.

« Et si *moi* je ne parviens pas à tirer ça au clair, finit-il par ajouter, qui diable le pourrait ? »

*

Le dernier jour de tournage arriva si vite. Paradoxalement (mais c'est assez classique, je le crains), j'avais tant redouté ce moment que j'avais été totalement incapable de profiter des derniers jours de travail. L'idée de retrouver Athènes, mes cours particuliers, la rue Acharnon et les plaisirs ordinaires de la vie avec mes parents m'était assez insupportable. Le reste de l'équipe allait continuer vers Munich pour filmer le gros des scènes d'intérieur. Les dieux poursuivaient leur route, en d'autres termes ; et moi, simple mortelle, je restais sur le carreau, oubliée.

Les scènes extérieures grecques de *Fedora* étaient terminées, mais même si elles ne représentaient qu'une petite partie du film, il n'aurait pas été correct de la part d'une équipe hollywoodienne de quitter un endroit sans organiser une fête. C'est ainsi que le dernier soir, à partir de vingt et une heures, le bar Alexandros avait été entièrement réservé. Les tables débordaient de nourriture. Les réserves de *retsina* et de *demestica* semblaient inépuisables. Les gens étaient d'excellente humeur. La veille, dans l'après-midi, monsieur Wilder et son équipe avaient tourné une scène magnifique. Le président de l'Académie des Oscars y faisait le voyage jusqu'en Grèce pour remettre à Fedora un prix consacrant l'ensemble de sa carrière. Le président était joué par Henry Fonda. Il était arrivé d'Athènes avec un cortège de voitures, à la tête duquel se trouvait le plus important des producteurs allemands responsables du film. Monsieur Fonda avait joué sa scène à la perfection, avec le strict minimum de répétitions. Monsieur Diamond n'avait pas eu besoin une seule fois d'adresser un regard à monsieur Wilder ni de secouer la tête pour une réplique mal lue ou un mot du scénario placé au mauvais endroit. Quand il n'était pas en train de répéter ou de jouer, monsieur Fonda s'asseyait tranquillement à l'ombre d'un pin, un carnet à dessin ouvert sur les genoux, et réalisait de merveilleux croquis au crayon du paysage qui l'entourait. Le soir, il avait dîné à la terrasse de l'Alexandros avec monsieur Wilder, monsieur Diamond et monsieur Holden ; et à mes yeux, depuis la table voisine où j'étais installée, ces trois-là n'avaient jamais paru aussi heureux ni aussi satisfaits de leur journée de travail. La présence à Nydri de cet homme discret, courtois et distingué nimbait tout le monde d'un éclat chatoyant, et même s'il était reparti pour Athènes ce matin-là, un peu de cet éclat subsistait et continuait à nous réchauffer.

La fête dura longtemps. Au début, la musique était assurée par un musicien local. On avait déniché je ne sais où un piano électrique Fender Rhodes, qu'on avait installé sur la terrasse. Ce brave vieux martelait ce qui me semblait être des interprétations très approximatives de célèbres thèmes de comédies musicales et autres chansons sentimentales. Vraiment, sa prestation n'apportait rien à l'ambiance festive. J'aurais pu jouer bien mieux moi-même la plupart de ces chansons, à l'oreille ou de mémoire, et l'envie de me lever pour rehausser le niveau me démangeait. Quelques personnes tentaient vaillamment de danser : en fait, Matthew en personne vint me proposer de danser avec lui, et nous nous traînâmes maladroitement sur la piste une minute ou deux, tandis que notre pianiste assassinait brutalement *My Funny Valentine*. Mais son jeu était si discordant et dépourvu de rythme qu'il nous fallut abandonner, et il ne me resta que le bref souvenir de la main de Matthew au creux de mes reins, la pression de ses doigts à travers le tissu fin de ma robe. Après cela nous fûmes séparés je ne sais comment, sans parvenir à nous retrouver dans la cohue durant un bon moment.

Pendant ce temps-là, quelqu'un prit des mesures drastiques concernant l'animation musicale. Le pianiste fut poliment prié de partir (après avoir été grassement rémunéré pour ses atrocités, je crois) et, à la surprise générale, l'un des producteurs vint garer sa voiture, une coccinelle Volkswagen, directement sur la plage à côté du bar. On ouvrit grand les portes et on glissa une cassette dans l'autoradio, et soudain les Rolling Stones retentirent dans l'air nocturne.

Ce fut le signe d'un changement d'ambiance immédiat. Les gens se levèrent et se mirent à danser, on poussa les tables pour faire plus de place, ce qui s'accompagna de force vaisselle brisée selon la tradition grecque. L'atmosphère devint très tapageuse. Je ne me sentais pas à ma place et restais sur le côté, appuyée au parapet de la terrasse pour contempler la mer, un verre à la main. Nous étions un certain nombre à ne pas participer activement aux festivités, principalement les plus âgés parmi les acteurs et l'équipe. J'étais déchirée entre deux émotions contradictoires : la joie de me dire que j'avais partagé cette incroyable expérience, et une immense tristesse à l'idée que c'était presque fini. Ces émotions étaient en train de se bagarrer pour savoir laquelle prendrait le dessus précisément au moment où monsieur Diamond vint me parler.

« Je voulais juste vous dire merci, dit-il, élevant la voix pour dominer le bruit de la musique. C'était formidable de vous voir. Une petite oasis de bon sens au milieu de toute cette folie. »

Dans l'atmosphère survoltée de la soirée, avec ses émotions exacerbées, il faut croire que ce compliment me bouleversa car les larmes me montèrent aux yeux. Je détournai le regard, préférant qu'Iz ne les voie pas.

« Hé, qu'est-ce qui vous arrive ? demanda-t-il, anéantissant plus ou moins mes espoirs sur ce point.

— Rien. C'est juste que… ça a été un moment tellement fantastique pour moi. Et tout est déjà si vite terminé.

— Vous n'avez pas envie de rentrer à Athènes et de voir vos parents ?

— Bien sûr, mais… »

Je me dégageai de cette conversation et m'éloignai sur la plage, furieuse contre moi-même d'avoir ainsi perdu mon sang-froid devant lui. Je fis plusieurs allers-retours le long de la plage, m'efforçant de me ressaisir. Je rejoignis la fête environ quinze minutes plus tard, me sentant un peu plus maîtresse de moi-même, ou du moins déterminée à ne plus me ridiculiser.

« Mademoiselle Frangopoulou ? » fit dans mon dos une voix familière à l'accent autrichien.

Je me retournai, et voilà monsieur Wilder qui me souriait sous son petit chapeau de paille. Je me demandai s'il le gardait jusque dans son lit.

« Nous apprécions ce que vous avez fait pour nous ces derniers jours, dit-il en me serrant la main.

— Ça a été un plaisir, dis-je. Et un honneur, vraiment.

— Et vous avez été payée pour cela, ne l'oubliez pas, dit-il. C'est un élément qui a son importance. »

Je ris et acquiesçai.

« Mon ami monsieur Diamond me dit que vous ne vous sentiez pas très bien, à l'instant. Est-ce que ça va ? Vous avez besoin de quelque chose ?

— Ça va, répondis-je. Un peu trop d'alcool. Vous savez comme je suis. Vous vous souvenez du Bistro ?

— C'est vrai, fit-il. Vous devriez peut-être surveiller votre consommation de *demestica*. Je pense que cette petite fête va durer encore un moment.

— Je le pense aussi.

— Eh bien, l'époque où je dansais jusqu'à l'aube est révolue, j'ai le regret de l'admettre. Je crois donc que je vais filer au lit maintenant.

— Ça me semble très sage », dis-je, et il m'embrassa poliment sur la joue, et un instant plus tard il était parti.

*

Je ne suivis pas le conseil de monsieur Wilder. C'est-à-dire que je ne surveillai pas ma consommation de *demestica*. Je dansai un peu avec des gens, je discutai un peu avec d'autres, et quand j'eus fait le tour des personnes avec qui danser ou discuter et qu'on eut fait le tour des cassettes des Rolling Stones à passer sur l'autoradio de la Volkswagen, je m'assis au piano électrique et me mis à jouer. Je jouais pour moi en réalité – je déroulai quelques-unes de mes mélodies favorites, certaines très connues, d'autres pas, essayai de nouvelles dispositions des accords, me lançai dans des improvisations et digressions à partir de la version originale –, mais chaque fois que je m'interrompais, un nombre gratifiant de convives m'adressait une petite salve d'applaudissements. Cependant les fêtards commençaient à se disperser. Au bout du compte il ne devait pas rester plus d'une demi-douzaine de personnes pour m'écouter, et au moment d'achever *All The Things You Are*, dont je conclus mon interprétation par un étrange et inattendu accord en *la* mineur avec sixte ajoutée, je levai les yeux pour constater que Matthew se trouvait parmi elles.

« Waouh ! fit-il. Tu m'avais dit que tu jouais du piano, mais tu ne m'avais pas dit que tu jouais comme ça. »

Je souris et sentis une chaleur, une tendresse et un picotement d'excitation me traverser le corps.

Il tira une chaise et s'assit près de moi.

« Joue-moi un truc que tu as composé, dit-il.

— Quoi ?

— Tu m'as dit que tu composais de la musique. Joue-moi un truc. »

Je le regardai dans les yeux pendant un moment, et un délicieux frisson de nervosité me parcourut. Puis je dis : « D'accord », baissai la tête sur le clavier et mis mes mains en place, je pris une profonde inspiration et lui jouai ce petit air que j'appelais *Malibu*.

Je ne sais pas vraiment à quel commentaire de sa part je m'attendais quand ce fut terminé. Le dernier accord continua à planer dans l'air un certain nombre de secondes sans qu'il ne prononce le moindre mot. Puis il me dit : « C'est vraiment joli. On dirait un peu de la musique de film. »

Les gens disent souvent ça, je l'ai remarqué, à propos de n'importe quelle musique contemporaine tonale qui s'efforce d'exprimer une émotion dans un langage simple et direct. Je ne sais jamais si pour eux c'est un compliment ou une insulte. Je ressentis la même incertitude en entendant Matthew.

« Cela ferait un super thème musical pour le film, ajouta-t-il.

— *Fedora* ? Oh, bien sûr, dis-je. Je n'ai qu'à aller le jouer à monsieur Wilder, je suis sûre qu'il m'engagera sur-le-champ.

— Peut-être que tu devrais. Qui ne tente rien, tout ça. »

Je souris. « Je pense qu'il a peut-être déjà un compositeur en tête. »

Il y eut un long silence entre nous et nous nous levâmes tous les deux en même temps. Cet échange et ma déception devant sa réponse avaient créé un bref moment de gêne, mais celle-ci se dissipa très vite. Nous nous dirigeâmes vers la plage, avant de descendre jusqu'à la mer. Nos mains se trouvèrent et s'étreignirent doucement.

« C'est tellement beau ici », dit-il.

Le soleil commençait à se lever, l'eau passait du noir au magenta et bientôt les contours de la villa sur Madouri seraient visibles. Mais je regardais Matthew, pas la vue.

« Quoi ? demanda-t-il.

— Comment ça, "quoi" ? fis-je.

— Pourquoi tu me regardes comme ça ?

— Je regardais ta barbe. Elle a fait de sacrés progrès, ces derniers jours. »

Je levai la main pour lui toucher la barbe. Bien sûr, c'était seulement une excuse pour lui toucher le visage. Bientôt mon doigt caressait sa joue, et c'est alors qu'il prit ma main, l'écarta, puis se pencha pour m'embrasser : un court et doux baiser sur les lèvres. C'était la première fois de toute ma vie qu'on m'embrassait ainsi. J'eus immédiatement soif d'un deuxième baiser, alors je posai ma main sur sa nuque et l'attirai vers moi, et cette fois le baiser fut plus long et plus profond, mais encore un peu hésitant.

Nous restâmes un moment dans les bras l'un de l'autre à contempler l'île. J'aimais la manière dont la courbe de son corps semblait épouser la mienne. Je posai ma tête contre son épaule et sentis sa main commencer à me caresser les cheveux. J'étais très, très heureuse mais il y avait un nuage à l'horizon. Je repris la parole :

« Je suppose… je suppose que tu pars avec eux à Munich demain ? »

Matthew secoua la tête. « Je rentre à Londres. Ce qui veut dire que je dois d'abord rejoindre Athènes, d'une manière ou d'une autre. »

Je levai les yeux vers lui. « Moi aussi.

— Tu comptais y aller comment ?

— Je ne sais pas. » C'était vrai, je n'y avais pas du tout réfléchi.

« Je me disais que ça pourrait être sympa de faire du stop. – Il m'embrassa à nouveau. – Pourquoi tu ne viendrais pas avec moi ?

— Ce serait possible ?

— On pourrait faire ça en deux ou trois jours. S'arrêter dans des hôtels en chemin. »

Je pris conscience de ce qu'il suggérait. L'idée m'excitait, beaucoup, mais m'alarmait en même temps. Et puis les mains de Matthew commençaient à s'activer sur mon corps, plus librement que je ne m'y attendais. Une appréhension soudaine me saisit, et je me raidis.

« Laisse-moi le temps d'y réfléchir », dis-je en battant en retraite.

Il retira sa main et me regarda : un regard plein de curiosité, associé à un sourire plein de curiosité. J'avais l'impression que je l'amusais autant que je l'attirais.

« D'accord, dit-il. Je te laisse réfléchir. C'est comme tu veux. »

De retour dans ma chambre, à peine quelques minutes plus tard, je m'allongeai seule sur mon lit dans la chaleur estivale et je sus que oui, j'avais envie d'y aller. Toute trace de doute s'était évanouie de mon esprit. J'étais contrariée contre moi-même, à présent, de ne pas l'avoir invité, mais en même temps ça n'avait pas vraiment d'importance car je savais que ce que je voulais voir se produire entre nous allait assurément se produire d'ici un ou deux jours, et ce serait peut-être encore plus délicieux ainsi, le plaisir intensifié par l'attente et l'anticipation. Sur ces pensées confuses et endormies, je roulai sur moi-même en glissant la main entre mes jambes, et bientôt je rêvais de lui, des rêves brûlants, délirants et perturbants dont je me souviens encore à ce jour.

*

Quelques heures plus tard, je fus réveillée d'un profond sommeil par des coups sonores frappés à ma porte. Je regardai la montre posée sur ma table de chevet, et il était plus tard que je ne le croyais. Un soleil radieux inondait ma chambre à travers la fenêtre sans vitre.

J'allai ouvrir la porte. À ma grande surprise, c'était la directrice de production qui se tenait là.

« Oui ? dis-je.

— C'est pour vous. »

Elle me tendit un dossier plein de papiers, et un porte-badge à passer autour de mon cou.

« Qu'est-ce que c'est ? demandai-je bêtement.

— On dirait que vous avez un nouveau boulot », répondit-elle.

Je regardai le badge et vis que mon nom y était inscrit, avec dessous les mots « ASSISTANTE DE M. DIAMOND » en capitales.

Je la dévisageai.

« Qu'est-ce que ça veut dire ? demandai-je.

— Ça veut dire que monsieur Wilder et monsieur Diamond souhaitent que vous veniez avec eux à Munich pour continuer à travailler sur le film. »

Je ne savais pas quoi dire. Heureusement, elle si.

« Vous feriez mieux de vous habiller, m'ordonna-t-elle. Les voitures attendent et elles partent dans dix minutes.

— Où est-ce qu'on va ?

— À l'aéroport d'Actium, puis directement à Munich. »

Munich. S'agissait-il d'une erreur, ou d'une blague ? Étais-je désormais censée me considérer comme faisant partie des dieux ?

« Eh bien ? fit-elle avec impatience. Vous venez ? Ou est-ce que je dois leur dire que vous ne voulez pas du poste ?

— Non, répondis-je précipitamment. Bien sûr. Bien sûr que je le veux. Je suis juste tellement… »

Ma voix se perdit et elle conclut : « Bien. Dix minutes, comme je vous l'ai dit. Ne soyez pas en retard ou ils devront partir sans vous, point final. »

Je m'habillai et préparai frénétiquement mes bagages. En descendant l'escalier, je m'arrêtai devant l'appartement de la mère de Matthew et frappai, mais il n'y eut pas de réponse. Je frappai à nouveau mais il ne se passa rien, et je ne pouvais pas courir le risque d'être en retard. Il devait dormir très profondément. Sa mère faisait partie des gens en train de monter dans les voitures devant l'immeuble, et quand je lui demandai où était son fils, elle répondit simplement : « Encore au lit, bien sûr. » Je grimpai à l'arrière d'une des voitures, à ses côtés, et quand le convoi démarra quelques minutes plus tard, la seule chose qui empêchait mon bonheur soudain et ahuri d'être total, c'était l'idée que je ne savais pas du tout quand je le reverrais.

Munich

Le matin suivant le départ d'Ariane pour Sydney, je me suis préparé du pain grillé et du café, et j'étais sur le point de planter mes dents dans le premier toast quand, dans un moment de faiblesse, je suis allée au frigo sortir le brie de supermarché que j'y conservais. Brie et toasts ne font pas particulièrement bon ménage selon moi, mais je n'étais pas d'humeur à faire la difficile. J'ai consommé ce petit-déjeuner roboratif en solitaire puis, le cœur lourd, j'ai monté l'escalier jusqu'à la chambre d'amis : ma salle de travail, comme on l'appelait. Geoffrey donnait à nouveau des cours à Beaconsfield et Fran était quelque part dans la maison, j'ignorais où, gardant ses distances et m'évitant soigneusement. Tout était si calme. Je me suis laissée tomber dans mon fauteuil, près de la fenêtre, j'ai démarré l'ordinateur d'un geste mécanique et allumé le clavier maître MIDI, même si je savais déjà avec certitude que je ne ferais pas de musique ce jour-là.

J'ai parcouru le dossier « Musique » qui contenait deux sous-dossiers, le premier intitulé « Musique de film » et le second « Autres ». Il y avait dans « Musique de film » un sous-dossier intitulé « Travail en cours », mais pour le moment il était vide. Dans « Autres », il y avait un sous-dossier intitulé « Billy » et c'est celui-ci que j'ai ouvert. J'ai cliqué sur un fichier nommé « Conférence de presse » qui s'est ouvert dans Pro Tools.

À l'écran, de vieilles images d'archives se sont animées en tremblotant. J'avais trouvé la séquence sur Internet quelques semaines plus tôt. C'était un film en couleurs de la conférence de presse donnée aux studios Bavaria juste avant le démarrage de la préproduction de *Fedora*, environ un mois avant que je ne rejoigne l'équipe en Grèce. Le style et la mode de la fin des années 1970 – parfaitement illustrés par la couleur orange terne des dossiers des chaises en plastique sur lesquelles étaient assis les journalistes, et les vilaines robes fleuries portées par deux ou trois femmes parmi eux – me replongeaient littéralement dans cette époque, et plus généralement dans celle de mes vingt ans. Billy lui-même portait comme toujours une tenue décontractée mais très élégante : un pull bleu marine à col en V sur un polo blanc boutonné jusqu'en haut. Ses cheveux gris étaient impeccablement peignés et ses lunettes à monture noire lui donnaient l'allure d'un intellectuel distingué.

J'avais demandé à Geoffrey de retravailler la vidéo pour moi. Elle commençait par un plan de Billy qui entrait dans la pièce et se dirigeait vers l'estrade. Cette séquence durait environ vingt secondes, mais Geoffrey l'avait ralentie considérablement de sorte qu'elle s'étirait à présent sur près de trois minutes et demie. Ainsi, elle donnait au spectateur une chance de comprendre Billy un peu plus en profondeur, en observant de près sa démarche, la façon dont il se tenait, le processus de réflexion qui accompagnait son pas tranquille et mesuré, cette expression d'anticipation amusée et quelque peu arrogante fondée (sans aucun doute) sur le fait qu'il avait déjà en réserve toute une série de réponses bien senties. Le public était allemand, et il allait s'adresser à lui dans sa langue pour lui parler, entre autres, de ce que ça lui faisait de revenir en Allemagne. Il savait qu'il allait faire grincer quelques dents, et il attendait ça avec impatience.

Ralentir la séquence avait aussi pour effet de donner au parcours de Billy jusqu'à l'estrade l'allure d'un ballet : on aurait dit qu'il marchait sur la lune ou qu'il plongeait en eaux profondes, progressant sur le plancher océanique avec une lenteur infinie. En m'inspirant du rythme lent et majestueux de ses pas, j'étais en train de composer une musique sombre pour l'accompagner, une petite pièce pour orchestre de chambre en mode mineur, dans laquelle les violoncelles et les contrebasses jouaient en continu les notes fondamentales d'une progression d'accords descendante tandis que le timbre subtil des cordes et des bois était ponctué, une mesure sur deux, par la voix d'une soprano qui chantait la même note, répétée, sans aucun vibrato. L'effet produit transformait la séquence d'archives, figeant cet instant dans le temps, presque comme un moment historique. Cela donnait à cette marche banale jusqu'au-devant d'une estrade toute la gravité d'une procession impériale, et à Billy lui-même l'air d'être à la fois le bouffon et le martyr : car cette occasion, après tout, marquait son retour dans un pays qui trente ans plus tôt avait détruit sa famille, et maintenant voilà qu'il était là, lui accordant la faveur suprême de sa présence tout en s'en remettant à sa miséricorde : triomphant autant qu'humilié.

Mon intention était de composer quatre mouvements supplémentaires pour la suite *Billy*, mais celui-ci était le seul pratiquement terminé. Je n'avais même pas encore commencé à réfléchir à ce que je pourrais faire de ces morceaux une fois qu'ils seraient tous écrits. Une chose était sûre, personne ne voudrait jamais les jouer ni les enregistrer. Comme tout le reste de ma vie à ce moment-là, la composition musicale me semblait désormais chimérique et futile, et même cette séquence de la « Conférence de presse » dont j'étais, jusqu'à il y a peu, assez fière, m'agaçait soudain. J'ai donc cliqué sur le bouton Mute de Pro Tools, et dans le silence qui a suivi j'ai pris conscience d'une voix qui venait du jardin. C'était celle de Fran, et elle parlait à quelqu'un sur son portable. L'urgence de son ton indiquait clairement qu'il ne s'agissait pas d'une conversation anodine. Je présumais qu'elle discutait avec l'une de ses amies proches, mais impossible de distinguer les mots. Ce problème a été vite réglé : j'ai ouvert la fenêtre de quelques centimètres pour pouvoir écouter ce qui se passait.

Bien sûr je n'entendais de la conversation que ce que disait Fran :

« Non. Rien. Il veut rien savoir.

— …

— J'en sais rien, putain.

— …

— Je suis censée faire ça comment ?

— …

— Je sais. Je sais ça. C'est complètement à moi de décider.

— …

— Non ! Non, j'y arrive pas, c'est tout. Ça me rend dingue.

— …

— Personne. Absolument personne. Et puis bon, c'est pas le genre de truc qu'on peut décider comme ça.

— …

— Mais c'est justement ça. Je peux pas. Je *sais pas*, Julie, je sais vraiment pas. »

Et à ces mots, elle a éclaté en sanglots. Mon instinct maternel a instantanément pris le dessus et j'ai dévalé l'escalier au galop. Nous avons failli nous rentrer dedans à l'entrée de la cuisine – moi venant de l'escalier, Fran du jardin. Son coup de fil était terminé et elle avait le visage rouge.

« Qu'est-ce qu'il y a, ma puce ? » ai-je dit.

Elle n'a pas répondu mais m'a fixée un petit moment, les yeux débordant de haine.

« Qu'est-ce qu'il y a ? a-t-elle fini par dire. À ton avis, qu'est-ce qu'il y a ? Mais tout, putain ! »

Elle a balancé son téléphone sur la table de la cuisine, si fort que j'ai eu peur qu'elle ait cassé l'écran.

« Peu importe ce qui se passe, ai-je commencé, je suis sûre qu'on peut...

— Ne me parle pas, dit-elle. Et ne m'approche pas. (Je lui tendais les bras.) Je veux pas de mots, je veux pas de câlins. Laisse-moi tranquille pour une fois, c'est tout. »

Quelques secondes plus tard, elle avait quitté la maison et descendait la rue, le portable oublié gisant toujours sur la table.

Je suis restée une minute ou deux dans la cuisine vide de ma maison vide, à écouter ce qui aurait été le silence s'il n'y avait pas eu les premiers coups de marteau-piqueur en provenance des travaux de rénovation qui duraient depuis des mois, à trois maisons de chez nous. J'étais en état de choc : le choc de voir Fran en larmes, suivi du choc de l'entendre me parler ainsi. Je me suis assise à la table, tremblante. J'aurais pu lui courir après avec le téléphone, mais à la place je n'ai rien fait, je me suis contentée de me prendre la tête entre les mains et de rester là, à attendre que cette sensation d'engourdissement se dissipe et que mon sang-froid revienne. Les intervalles de silence absolu étaient interrompus par des épisodes de marteau-piqueur à faire trembler les os. Un couvert oublié produisait un bruit de cliquetis sur l'un des plans de travail.

Les minutes se sont égrenées. Je crois que j'ai dû rester là près d'une demi-heure, à retourner les paroles de Fran et à m'efforcer d'accepter ce qu'elles signifiaient : à savoir qu'elle refusait mes tentatives pour l'aider.

Au-delà de ça, mes pensées ne me menaient nulle part. Apparemment, il n'y avait rien que je puisse faire.

J'ai soupiré et fini par me lever au prix d'un effort colossal, avant de remonter lentement et péniblement l'escalier.

Je me suis de nouveau installée à mon bureau. Sur l'écran d'ordinateur m'attendait une image : celle du visage de Billy. La vidéo de lui en train de marcher jusqu'à l'estrade lors de la conférence de presse était arrivée au bout, et le plan s'était figé : figé sur son visage surpris dans un moment d'inattention. Il regardait droit devant lui, mais pas la caméra ni les journalistes présents, ni rien du tout en fait. Il était perdu dans ses pensées, mais je ne crois pas qu'à ce stade il s'agissait encore de répéter silencieusement ses répliques. Car après tout, c'était lors de cette conférence de presse qu'il avait fait cette fameuse réponse à la question d'une journaliste. La réponse qui avait réduit une salle entière au silence. Mais l'image que je contemplais ne montrait pas le visage d'un homme en train d'aiguiser secrètement une saillie meurtrière. Elle montrait le visage d'un homme qui régnait peut-être temporairement sur l'assemblée, mais nourrissait en son for intérieur une déception profonde, intime et inextinguible. Et étrangement, cette déception était la même que celle que je nourrissais moi. Cela faisait sans doute déjà des mois pour Billy, à cet instant-là, alors que je venais juste de commencer à l'appréhender, mais nous en étions tous deux venus à la même prise de conscience : ce que nous avions à offrir, plus personne n'en voulait vraiment.

*

Deux mois après cette conférence de presse, nous étions douze attablés pour le dîner. Le décor était tout à fait grandiose, et tout à fait solennel. Nous nous trouvions dans une salle à manger privée de l'hôtel Bayerischer Hof, dans le centre de Munich. Il y avait des murs lambrissés de chêne sombre, une énorme table du même bois, et des serveurs qui étouffaient en habit de pingouin alors qu'on était en juillet et que Munich profitait d'un été chaud et lourd – ou plutôt le subissait.

Je ne me rappelle pas les noms de toutes les personnes présentes, mais je me souviens de la plupart.

Il y avait Billy, bien sûr, et à sa droite était assis le Dr Rózsa, l'invité d'honneur. J'étais entre le Dr Rózsa et Iz, et monsieur Holden était à la gauche de Billy. Mademoiselle Keller était là, en face de Billy à la diagonale, et à côté d'elle se trouvait son petit ami, Al Pacino, venu en visite depuis l'Amérique. Je ne me rappelle pas exactement qui étaient les six autres, mais il y avait plusieurs Allemands représentant Geria, la société spécialisée dans les niches fiscales qui contribuait à financer le film. Ils portaient des costumes-cravates et ne participaient pas beaucoup à la conversation de la tablée, principalement je suppose parce que certains d'entre eux ne parlaient pas très bien l'anglais.

Le Dr Rózsa – qui était hongrois, et dont le prénom était Miklós – allait composer la musique du film. Bien qu'ayant sa résidence principale à Los Angeles, il possédait apparemment une villa quelque part en Italie où il passait l'essentiel de l'été, et il avait fait le voyage jusqu'à Munich tout spécialement pour voir quelques rushes et commencer à réfléchir à la bande originale. Son arrivée était considérée comme un événement majeur, et ce dîner avait été organisé pour fêter ça.

C'était un vieil ami de Billy, qui avait travaillé avec lui de nombreuses fois auparavant, notamment pour *Assurance sur la mort.* Il était également connu pour avoir composé la musique d'un tas de péplums bibliques, tels que *Ben-Hur* et *Quo vadis.* Il avait des Oscars plein ses étagères et était sans aucun doute l'un des compositeurs les plus célèbres d'Hollywood. Il va sans dire que je n'avais jamais entendu parler de lui.

Comment se fait-il, alors, que je me sois retrouvée invitée à ce dîner, pour commencer, et de surcroît assise aux côtés de l'invité d'honneur ?

*

Iz et moi nous étions rapprochés au cours de ces dernières semaines. Bien sûr, nous étions voués à devenir plus intimes si je devais lui servir d'assistante personnelle, mais en réalité c'était juste un titre honorifique, et il n'avait pas tellement besoin d'être assisté, et surtout pas par quelqu'un comme moi. Pour commencer, il parlait déjà l'allemand, pas parfaitement mais assez bien pour se débrouiller dans les boutiques et les restaurants de la ville. Mon rôle, dirais-je, était davantage celui d'une conseillère et d'une psy que d'une assistante personnelle.

Une grande partie de l'équipe de *Fedora* était logée dans un bâtiment nommé Hôtel Résidence, sur Artur-Kutscher-Platz à Schwabing, un quartier branché au nord du centre-ville. De là, une courte promenade conduisait au très agréable Englischer Garten, et un assez long trajet en voiture permettait de rejoindre les studios de cinéma, situés à une quinzaine de kilomètres au sud, à Geiselgasteig. La principale exception, c'était Billy lui-même : il disposait d'un penthouse meublé à proximité, sur Leopoldstrasse. Audrey était venue d'Amérique et préparait chaque jour avec dévouement un somptueux dîner qui l'attendait quand il rentrait de sa journée de tournage. Ensuite, Iz passait parfois pour retravailler l'écriture des scènes du lendemain, car le scénario, je ne pouvais m'empêcher de le remarquer, ne semblait jamais tout à fait achevé.

La plupart du temps, j'accompagnais Iz aux studios dans sa voiture et ne restais que s'il avait une mission spéciale pour moi à Schwabing. Quelquefois, par exemple, il voulait que j'aille faire les magasins pour lui acheter des provisions de base. L'Hôtel Résidence était une bâtisse en béton de style brutaliste composée d'appartements avec cuisine et, avant sa sortie en milieu de soirée pour aller écrire chez Billy, sans épouse à disposition pour lui faire à dîner, Iz se débrouillait de son mieux pour se concocter un petit repas – ou, plus souvent, me demandait de le faire. Je n'étais pas très experte en cuisine mais peu importait en réalité, car malgré les habitudes que je lui prêtais dans des restaurants de luxe, Iz paraissait avoir des goûts somme toute assez simples. Je pense que l'une des soirées les plus joyeuses que nous ayons passées fut celle où nous avions mitonné quelques sardines en boîte avec du riz et une conserve de tomates : je le revois encore aujourd'hui, penché sur la casserole en train de remuer le mélange – sans sourire, bien sûr (cela aurait été trop pour lui), mais avec une expression satisfaite et captivée. Et quand je trouvai un bocal d'olives noires dans son placard et proposai « Et si on ajoutait ça aussi ? », je fus récompensée par la plus précieuse des réponses : ses yeux s'illuminèrent, il se frotta les mains et dit « D'accord, *pourquoi pas* ? ». Le résultat fut délicieux – selon nous, en tout cas.

Partager ces repas nous permit d'apprendre à bien nous connaître. Son zona était revenu en force, et je crois qu'il souffrait souvent énormément. C'est ainsi que davantage pour le distraire que pour l'amuser, je pris l'habitude de parler de moi : la vie tranquille que je menais avec ma mère et mon père dans l'animation et la pollution de la rue Acharnon, mes premiers pas de prof de langues, mon amour du piano et des disques que j'écoutais. Il découvrit alors que j'aimais écrire de la musique, et que je rêvais de devenir une véritable compositrice ; et plus précisément, rêve qui prenait forme depuis ces dernières semaines, de devenir compositrice pour le cinéma.

« Le Dr Rózsa arrive demain, me dit-il un soir. Billy organise un dîner le soir même en son honneur.

— Qui ça ? demandai-je inévitablement.

— Miklós Rózsa, répondit-il. Le célèbre compositeur. Un vieil ami de Billy. Tu ne connais vraiment *rien du tout* au cinéma, Cal ?

— J'essaie d'apprendre, me justifiai-je en rougissant.

— Bon. Eh bien c'est une excellente occasion. Si tu veux te mettre à composer pour le cinéma, c'est à ce type-là qu'il faut t'adresser. Tu taperas directement au sommet. Je vais te faire inviter au dîner, et tu pourras t'asseoir juste à côté de lui. »

*

Bien sûr, je ne l'avais pas cru. Ma place était si bas dans la hiérarchie des gens qui travaillaient sur ce film que le chef machiniste ou le second électricien avaient plus de chances de se faire inviter. Mais j'avais compté sans l'influence d'Iz sur Billy. Même dans des circonstances ordinaires, Billy faisait de son mieux pour le satisfaire ; mais à présent, sachant que la production de ce film était en train de tourner au calvaire pour son ami et collègue, il était prêt à faire tout son possible pour lui remonter le moral. Alors d'accord : il voulait que la drôle de petite Grecque vienne à ce dîner distingué ? Bien sûr. Pas de problème. Et l'installer à la place la plus prisée de la table, juste à côté de l'invité d'honneur ? C'est comme si c'était fait.

Et voilà, j'y étais. Nous y étions. Mais je ne suis pas sûre que cela ait tellement plu au Dr Rózsa.

Aujourd'hui, je pense que je dois avoir un enregistrement de chacune des bandes originales de films de Miklós Rózsa – les quatre-vingt-dix et quelques, sans exception –, sans parler de la plupart de ses œuvres pour concerts. Je ne connais donc que trop bien la douceur et le lyrisme dont il était capable. Les magnifiques chansons d'amour qu'il écrivit pour *Lady Hamilton* et *Le Voleur de Bagdad.* La somptueuse mélancolie de l'adagio de son concerto pour violon, qui inspira Billy pour *La Vie privée de Sherlock Holmes.* Mais je dois dire qu'être assise à côté de lui au dîner ce soir-là n'eut rien d'une expérience confortable. Je pense, avec le recul, que c'était sans doute un homme réservé, peut-être même assez timide, mais à l'époque je pris cette timidité pour de l'impolitesse. Et de toute façon, ce soir-là à Munich, il avait dans les soixante-dix ans et une longue et éminente carrière derrière lui. Il y aurait encore quatre ou cinq bandes originales de films. Il n'avait rien à prouver, et certainement pas à une aspirante musicienne d'à peine plus de vingt ans originaire d'Athènes.

« C'est la première fois que vous venez à Munich, Dr Rózsa ? fut, je crois, mon entrée en matière.

— Je suis venu ici à maintes reprises, répondit-il avec solennité. La dernière fois c'était l'an passé. À cette occasion, l'Orchestre philharmonique de Munich donnait une série de concerts en mon honneur.

— Super, dis-je. Ils ont joué votre musique de film ou bien votre musique sérieuse ? »

Excellente question, me disais-je. Mais je fus désarçonnée par sa réponse.

« Vous ne considérez pas la musique de film comme sérieuse ?

— Eh bien, bien sûr… Bien sûr que si, bredouillai-je, ou bafouillai-je, ou les deux. Je voulais seulement dire…

— Quand je suis arrivé à Paris en 1934, dit le Dr Rózsa, j'ai fait la connaissance du compositeur suisse Arthur Honegger. J'imagine que vous n'êtes pas familière de son travail ?

— À vrai dire, si », répondis-je. Et c'était vrai, car j'avais effectivement déjà entendu deux ou trois morceaux de Honegger, qui figuraient sur des disques que ma mère avait rapportés de Londres.

Il sembla agréablement surpris. « Vraiment ? Peu de gens écoutent sa musique de nos jours. Il était très célèbre, au temps où je l'ai connu. Un soir, nous dînions ensemble et je lui ai demandé comment il gagnait sa vie en tant que compositeur "sérieux", comme vous dites. Il m'a répondu qu'il vivait principalement de l'écriture de musique de films. J'étais stupéfait ! Je pensais qu'il parlait de fox-trot et de two-step, le genre de choses que jouerait l'orchestre maison d'un café populaire. Le lendemain, je suis allé au cinéma voir le film de Raymond Bernard, *Les Misérables*, et j'ai écouté la bande originale de Honegger avec émerveillement. C'était de la musique de très grande qualité. Une révélation pour moi. J'ai compris qu'il n'y avait pas de honte à écrire pour le cinéma. Bien sûr, ça ne veut pas dire qu'il ne faut pas faire de compromis. À Hollywood, on se retrouve souvent à travailler pour des imbéciles. Ça fait partie du jeu.

— Mais monsieur Wilder n'est pas un imbécile.

— Bien sûr que non. J'ai pour lui le plus profond respect et la plus grande affection. C'est pour ça que je suis ici ce soir. C'est pour ça que j'ai accepté de travailler sur ce film, bien que je ne sois pas convaincu – il jeta un coup d'œil à la ronde en prononçant ces mots – que ce sera l'une de ses plus grandes réussites. Non, je pensais aux autres cinéastes. Des réalisateurs au prestige considérable, dont les qualités personnelles ne sont pas toujours à la hauteur de leur réputation publique.

— Je vois.

— Monsieur Hitchcock, par exemple.

— Alfred Hitchcock ? – Même moi j'avais entendu parler de *lui*.

— Bien sûr. Connaissez-vous d'autres monsieur Hitchcock ? En 1945, j'ai composé une bande originale pour son film *La Maison du docteur Edwardes*. C'est un film médiocre, en l'occurrence…

— Eh bien, intervins-je, m'appuyant comme d'habitude sur les opinions de Halliwell que j'avais mémorisées au mot près, “les étoiles sont certes au firmament, mais l’intrigue aurait mérité un peu plus de considération”.

— En effet », fit le Dr Rózsa. Il m’étudia attentivement, les sourcils légèrement froncés, puis poursuivit : « Il n’empêche que j’ai composé une bande originale de qualité. On doit toujours donner le meilleur de soi-même. C’est pour cette musique que j’ai remporté mon premier Oscar. Et vous savez quoi ? Monsieur Hitchcock n’a jamais rien dit à ce sujet. Pas de carte de remerciements, pas de lettre de félicitations, pas un mot. Nous n’avons plus jamais travaillé ensemble après ça.

— Ça craint », fis-je.

Il sirota son eau avant de répéter : « Craint ?

— C’est nul, je veux dire. Comme la fois où j’ai rendu un devoir important avec deux jours d’avance à la fin du semestre, et mon prof n’a jamais dit bravo ni rien, et il ne m’a quand même mis qu’un C.

— Eh bien, ça… “craint” aussi », admit-il sur un ton qui semblait curieusement plus chaleureux qu’auparavant. Il m’étudia d’encore plus près, par-dessus ses lunettes. « Monsieur Diamond me dit que vous êtes compositrice, vous aussi. Une musicienne non dénuée de mérite, m’a-t-il assuré.

— Il disait ça pour être gentil, dis-je en lorgnant Iz du coin de l’œil avec un mélange d’embarras et d’indicible fierté.

— Je suppose que vous avez étudié au Conservatoire d’Athènes ? » demanda le Dr Rózsa.

Je secouai la tête. « Non, je suis autodidacte. Je ne compose pas vraiment, je… j’invente juste des trucs et je les enregistre. »

Il soupira. « Eh bien, c’est la tendance de nos jours. Il n’y a plus de vrais musiciens. Seulement des amateurs enthousiastes qui manquent totalement de formation digne de ce nom, convaincus que tout ce qu'il faut pour réussir, c'est du génie spontané. Et tout ça c'est grâce au "rock and roll". »

Il prononça ces trois mots comme s'il venait de trouver un cheveu dans sa soupe et se voyait contraint de le saisir entre ses doigts pour s'en débarrasser. À la suite de quoi, avec un « Excusez-moi » poli, il s'écarta pour adresser une remarque à Billy.

Pendant que le Dr Rózsa me tournait le dos, je réfléchis à ce qu'il venait de dire. Franchement, pour quelqu'un qui avait connu une si éminente carrière et avait reçu tous ces prix et ces éloges, cela faisait un peu mesquin de ressasser encore la fois où Alfred Hitchcock avait été désobligeant à son égard, plus de trente ans auparavant. Mais je commençais à remarquer que beaucoup de gens du cinéma, malgré tout le pouvoir, les privilèges et le glamour que cela apportait à leur vie, étaient les premiers à se vexer et les premiers à se plaindre quand les choses ne se passaient pas exactement comme ils le voulaient. Même Iz était susceptible. Même lui entretenait en sourdine une attitude ronchonne permanente, à propos des hôtels où on le logeait, des transports prévus pour lui, des restaurants où on l'emmenait. La seule personne, en fait, qui ne semblait pas faire ça, c'était Billy. Je crois sincèrement que la seule chose qui comptait vraiment à ses yeux, c'était de faire des films. Tout le reste – les conditions de leur réalisation, le confort (ou le manque de confort) du cadre, les petites impolitesses des chauffeurs, des serveurs ou des grooms – n'avait absolument aucune prise sur lui. Il était au-dessus de tout ça et conservait sa bonne humeur face à toutes les petites épreuves de la vie. Mais bon, je suppose que quand celle-ci vous a infligé le plus grand malheur qu'on puisse imaginer, peu importe que vos œufs ne soient pas préparés comme vous les aimez au petit-déjeuner.

Cela ne signifie pas qu'il n'était pas capable de se montrer grossier ou agressif quand l'envie lui en prenait. Ce qui arriva, par exemple, au moment de passer commande ce soir-là. Pour une fois, je ne me sentais pas particulièrement larguée puisque la plupart des invités semblaient s'y connaître aussi peu en cuisine bavaroise que moi. Tout le monde prit donc exemple sur Billy, qui commanda du *Schweinshaxe* et des *Semmelknödel*, et donna au serveur des instructions très précises sur la manière de les préparer. « La même chose pour moi », dit Iz, tandis que monsieur Holden refermait son menu d'un geste sec : « Si c'est bon pour le boss, c'est bon pour moi », et que le Dr Rózsa déclarait : « Cela me paraît un excellent choix. » Les deux seuls dissidents furent mademoiselle Keller et monsieur Pacino. Mademoiselle Keller déclara, d'un ton légèrement acerbe : « Eh bien, puisque le scénario de Billy et Iz exige que j'expose mon corps nu devant la caméra d'ici quelques jours, je ferais sans doute mieux de prendre une salade », et monsieur Pacino ajouta : « Je prendrai un cheeseburger, s'il vous plaît. À point, avec des frites et du coleslaw. »

De l'autre côté de la table, Billy le fixa du regard.

« Un cheeseburger, vraiment ? Vous vous croyez au McDonald's ?

— Non, je sais qu'on n'est pas au McDonald's, répondit Pacino, mais j'ai envie d'un cheeseburger, c'est tout. Où est le problème ? N'importe quel resto dans le monde peut vous servir un cheeseburger, non ?

— Certes, mais ce restaurant n'est pas *n'importe quel* restaurant. Nous sommes dans la salle de restaurant du

Bayerischer Hof. Le chef est le meilleur d'Allemagne. Et sa spécialité, c'est le *Schweinshaxe.*

— Eh bien je suis ravi de l'apprendre. Mais ma spécialité à moi, ce sont les cheeseburgers. Et je compte sur lui pour m'en préparer un du tonnerre.

— Vous devriez peut-être commander un milkshake au chocolat avec. Ou un diabolo fraise. Cela s'accordera sans doute mieux avec votre plat qu'un riesling millésimé.

— Billy, implora mademoiselle Keller. Ne sois pas méchant avec Al.

— Je ne suis pas méchant. En fait, je compatis à sa situation. Venir en Allemagne et se voir imposer de manger allemand… c'est le pire cauchemar de tout Américain.

— Je n'ai aucun problème avec la cuisine allemande, dit monsieur Pacino. C'est juste que je préfère la cuisine américaine.

— Qui justement n'est pas au menu.

— Effectivement. C'est pourquoi je commande hors menu.

— Exactement comme vous l'avez fait au Bistro, vous vous rappelez ?

— Tout à fait. Donc ça ne pose pas de problème ? »

L'auditoire était devenu étrangement silencieux. Notre serveur fut le premier à prendre la parole :

« Bien sûr, ça ne pose pas de problème, monsieur. Nous pouvons vous préparer tout ce que vous voulez.

— Dans ce cas, dit Billy, vous pourriez également apporter du ketchup et de la mayo, et enlever les couverts de monsieur Pacino pour qu'il puisse manger avec ses doigts, et peut-être régler vos horloges sur l'heure d'été du Pacifique, pour qu'il ait toujours l'impression d'être chez lui à Los Angeles.

— Oh, Billy, dit mademoiselle Keller. Voyons…

— Ignorez-le, Al, intervint monsieur Holden. Il fait juste son enfoiré de salopard de fils de pute. Ce qui se trouve être sa spécialité à lui.

— Apportez son cheeseburger à monsieur Pacino, dit Billy, expédiant le serveur. Et ne changez rien au reste. » Il leva les mains. « *Mein Gott…* tout le monde me traite comme si j'étais le diable en personne. Alors qu'en réalité je suis le plus gentil, le plus poli des hommes… Demandez à n'importe qui. Demandez au Dr Rózsa, ici présent. Miklós, ai-je déjà été méchant avec toi ?

— Bien souvent, répondit le Dr Rózsa.

— Donne-moi un exemple.

— Il y en a trop pour les citer.

— Vous voyez : il n'a pas d'exemple. »

Billy tartina du beurre sur son pain. Il ne souriait pas mais semblait assez satisfait de la tournure qu'avait prise la conversation ces dernières minutes.

« D'accord, dit le Dr Rózsa. J'en ai un. »

Billy ne pipa mot. Il mordit dans son pain.

« Ce n'est pas envers *moi* que tu t'es montré cruel. Mais j'étais dans la pièce. J'en ai été témoin.

— Très bien, fit Billy, mastiquant son pain. J'attends.

— On travaillait sur *Le Poison*, reprit le Dr Rózsa. Tu te souviens ?

— C'était il y a trente ans. Comment veux-tu que je me souvienne ?

— J'étais dans ton bureau. J'étais venu te présenter mes idées pour la bande originale. Tu te rappelles ?

— Eh bien je me rappelle un tas de réunions de ce genre. Rien d'inhabituel là-dedans.

— Ta secrétaire venait d'apporter ton courrier, et tu étais

en train de l'ouvrir. Une des lettres venait d'une fille. Une de tes nombreuses conquêtes de l'époque. Tu te rappelles ?

— Non, je ne me rappelle pas. Pas du tout.

— Le papier à lettres était de couleur gris pâle.

— Et cela a un intérêt quelconque dans l'histoire ? La couleur du papier à lettres ?

— Elle avait le cœur brisé. Elle écrivait pour te dire que tu l'avais traitée avec cruauté. Que tu avais profité d'elle. Tu te souviens de ce que tu as fait de sa lettre ?

— Non.

— Tu l'as déchirée en mille morceaux et tu les as jetés à la corbeille.

— Peut-être que j'ai fait ça. Je ne m'en souviens pas.

— Et *ensuite*… ensuite, réflexion faite, tu es allé récupérer un bout de papier dans la corbeille, et tu l'as mis dans ton portefeuille. Et je t'ai demandé pourquoi tu avais fait ça. Tu te souviens de ce que tu m'as répondu ?

— Vas-y », dit Billy. Je pense qu'il avait vraiment oublié et qu'il était sincèrement curieux d'entendre la fin de l'histoire.

« Tu m'as dit que ta femme était en train de refaire la décoration de la maison familiale, et que tu allais lui montrer ce bout de papier, parce qu'il était exactement de la nuance de gris que tu voulais pour le papier peint du séjour. »

Il y eut une vague de rires autour de la table – des rires dans lesquels une pointe d'indignation se mêlait à une admiration scandalisée, pleine de réticence – tandis que Billy continuait à mâcher son pain, le regard fixé droit devant lui. Une lueur de fierté était perceptible dans ses yeux et les plis de sa bouche.

« Oui, c'est vrai, ça je m'en souviens, déclara-t-il. Mais elle a ignoré ma requête et le papier peint qu'elle a choisi était rose. » Il secoua la tête et ajouta : « Pas étonnant qu'on ait divorcé peu de temps après. »

Il but un peu de vin et adressa un regard de défi à toute la tablée. Personne ne dit mot, excepté monsieur Holden qui lança : « Billy, je l'ai déjà dit un tas de fois, et je le redirai un tas de fois. Tu es un enfoiré de salopard de fils de pute. »

*

Je ne crois pas un seul instant que Billy n'aimait pas monsieur Pacino. Il avait vu plusieurs de ses films et admirait son travail. Il ne cessa de l'asticoter au sujet de sa préférence pour la cuisine américaine, bien sûr. Il ne lâcha pas le sujet de toute la soirée. Il s'enquit avec une sollicitude ironique de la qualité et de la cuisson du cheeseburger quand celui-ci arriva, et mit un point d'honneur à demander au serveur une longue liste de desserts américains – du cheesecake new-yorkais, un sundae, de la tarte aux myrtilles – pour le compte du malheureux acteur, alors même que monsieur Pacino insistait tout à fait catégoriquement sur son envie de goûter l'*Apfelstrudel*. Ces moqueries étaient impitoyables, mais elles avaient, fondamentalement, quelque chose d'affectueux, voire même de respectueux. Billy était comme ça. Mais très rarement – dans d'autres circonstances et avec d'autres gens – il ne vous faisait pas l'honneur de se moquer de vous. En fait, c'était là qu'il fallait vraiment se méfier : quand il cessait de plaisanter avec vous, quand il prenait ce que vous disiez on ne peut plus au sérieux et vous répondait de même.

Il m'est facile de donner un exemple, car un incident de ce genre se produisit lors de ce même dîner.

À côté de monsieur Pacino était assis un jeune Allemand. Je dirais qu'il avait plus ou moins la trentaine. Je suppose qu'il était lié d'une manière ou d'une autre à l'entreprise qui finançait le film, même si, plus tard, personne ne semblerait savoir précisément quel rôle était le sien. Au début, il ne participa pas beaucoup à la conversation : pas avant que nous ayons tous terminé nos desserts et que certains invités aient ouvert la carte des digestifs, attendant que Billy les conseille.

Le Dr Rózsa était en train d'évoquer les transformations que Munich semblait avoir subies les années précédentes. Apparemment, depuis que la ville avait accueilli les jeux Olympiques en 1972, l'argent coulait à flots. En plus du Stade olympique ultramoderne aux aménagements dernier cri, on avait construit tout un nouveau réseau de métro. Autour du stade lui-même, un parc olympique flambant neuf était sorti de terre, attirant des millions de Deutschmarks de la part des investisseurs.

« On ne peut s'empêcher de spéculer, dit le Dr Rózsa, sur l'origine de tout cet argent.

— Eh bien, fit Iz avec un petit rire jaune et sinistre, mieux vaut éviter d'y regarder de trop près.

— Que voulez-vous dire ? » demanda le jeune Allemand.

Iz ne répondit pas tout de suite. Quand il le fit, ce fut sur un ton qui parvenait à exprimer à la fois la réserve et la véhémence : « Je soupçonne qu'une grande partie des fonds sont rapatriés en secret depuis la Suisse, dit-il. Il s'agit d'argent nazi, à l'origine. »

L'un des financiers allemands les plus âgés poussa un soupir et dit : « Oh, je vous en prie… »

Le silence gêné qui suivit fut rompu par Billy :

« Monsieur Diamond est d'une nature bien plus cynique

que la mienne. En fait, je pense que c'est la personne la plus cynique que j'aie jamais rencontrée. Alors que moi, je considère la nature humaine avec une totale bienveillance. Je crois de tout mon cœur à la gentillesse et à la bonté du genre humain. » Tout le monde attendit la chute, qui n'allait manifestement pas tarder. « Pourtant, poursuivit-il sur le même registre, je suis toujours stupéfait, à chaque fois que je reviens en Allemagne, de la manière dont tous les nazis ont simplement disparu à la fin de la guerre, en un claquement de doigts.

— Ça ne s'est évidemment pas passé comme ça, répondit quelqu'un. Il y a eu des procès, des poursuites pour crimes de guerre, des peines de prison…

— Oh, je ne parle pas des grandes figures, des meneurs. Bien sûr qu'ils ont eu ce qu'ils méritaient. Je parle des autres, vous voyez. Les gens ordinaires. Ceux qui ont laissé tout ça arriver. Peut-être que vous ne vous en rendez pas trop compte parce que vous vivez ici, mais quand on arrive dans une ville comme Munich, de l'extérieur, on regarde les vieux, vous voyez, et on se dit : Bon, et vous faisiez quoi en 1942, en 1943, quand tout ça était en train de se produire, toutes ces choses affreuses ?

— En général ils répondent qu'ils étaient dans la Résistance, dit Iz.

— Comme le type dans votre film », intervint le plus âgé des financiers.

Billy lui jeta un regard en coin.

« Mon film ?

— L'assistant de James Cagney. Le film à Berlin.

— Ah oui. » Son regard s'illumina. *Un, deux, trois.* C'était un bon souvenir pour lui. Un film qui avait marché.

Le vieil Allemand poursuivit : « Vous savez, ce type qui est tout le temps en train de claquer des talons, et Cagney lui demande "Que faisiez-vous durant la guerre ?" et il répond qu'il opérait en souterrain, et Cagney dit "Dans la Résistance ?", et il répond "Non, comme conducteur de métro. J'étais sous terre, j'ignorais ce qui se passait à la surface", alors Cagney dit "Et vous n'avez jamais aimé Adolf ?" et il répond : "Adolf qui ?" ».

Il y eut des rires autour de la table. Billy approuva d'un air satisfait. C'était une bonne scène. Les gens s'en souvenaient. Mais le jeune homme, remarquai-je, ne semblait pas se joindre aux rires.

« Peut-être faut-il quelqu'un d'extérieur, dit le vieil homme d'affaires sur un ton légèrement obséquieux, pour nous révéler sous notre véritable jour. C'est pour ça qu'on a besoin de l'art, après tout. C'est pour ça qu'on a besoin du cinéma.

— Oui, c'est peut-être vrai, dit Billy. La secrétaire qui travaille pour moi pendant mon séjour ici, je lui ai demandé où elle vivait – parce que je savais qu'elle n'était pas de Munich – et elle m'a répondu "Dachau". Vous savez, sur un ton tout à fait détaché. Pour elle, c'est l'endroit où elle vit, c'est juste un nom parmi d'autres, une ville allemande parmi d'autres. Pour moi – ou à vrai dire pour n'importe qui d'extérieur –, c'est un nom qui fait froid dans le dos. Des milliers de gens sont morts là-bas. Pour ma secrétaire, c'est chez elle. Rien de plus. »

Tous les convives méditèrent silencieusement la vérité de cette observation. Tous, sauf le jeune homme qui, après quelques instants, déclara : « En fait, il y a eu des études intéressantes, récemment... »

Tous les regards furent soudain braqués sur lui ; aucun n'était plus pénétrant ni plus flamboyant que celui de Billy.

« … dont beaucoup viennent d'Amérique, d'ailleurs… selon lesquelles ces chiffres ont été exagérés. Et sont complètement disproportionnés.

— Des études ? fit le Dr Rózsa, le premier à rompre le silence. De quel genre d'études parlez-vous ?

— Des études universitaires, principalement. Ces gens ne sont pas des néonazis. Ce sont des chercheurs américains réputés, d'universités comme la Northwestern.

— Oui, j'ai entendu parler de ce mouvement qui cherche à nier la réalité historique, dit Billy en se versant un peu de brandy dont une bouteille venait d'arriver sur la table. Mais je crains fort que ça ne colle pas avec ce que j'ai moi-même observé. Ni avec ce que j'ai moi-même vécu, d'ailleurs.

— J'ai lu un des livres consacrés à ce sujet l'année dernière, reprit le jeune homme. Je l'ai lu en Amérique, bien sûr – on ne peut pas se le procurer ici. Je l'ai trouvé assez convaincant. »

Billy allumait maintenant un cigare.

« Puis-je vous raconter une histoire, reprit-il entre deux bouffées, que vous pourriez également trouver *convaincante* ? » Le jeune homme ne répondant pas, il poursuivit : « Et ensuite, quand je vous aurai raconté cette histoire, me permettrez-vous de vous poser une question ? Une question à laquelle j'aimerais que vous répondiez. »

Prudemment, le jeune homme hocha la tête, puis tandis que l'on remplissait des verres et qu'on allumait d'autres cigares et cigarettes autour de la table, nous nous préparâmes tous à écouter ce que Billy avait à dire.

*

Je vais tâcher de me souvenir du mieux que je peux. Et ce qu'il ne nous raconta pas, ou ce que je ne me rappelle pas, je m'efforcerai de l'imaginer.

L'histoire commence, me semble-t-il, à peu près comme ça :

INT. CAFÉ. JOUR.

UN SOUS-TITRE s'affiche : « BERLIN, 1933 ».

La caméra embrasse l'intérieur du café tout entier – les serveurs en smoking qui se fraient un chemin entre les tables animées, les vieux qui jouent aux échecs, les hommes d'affaires qui lisent leur journal, les amis qui bavardent et les jeunes couples captivés l'un par l'autre – avant de zoomer sur une table près de la fenêtre, où un groupe de jeunes hommes tapageurs est plongé dans une conversation bruyante. L'air est encombré par les nuages de fumée de cigarette et la vapeur des innombrables tasses de café.

BILLIE (voix off)

Bon, nous y voilà, au centre névralgique de l'industrie cinématographique allemande de l'entre-deux-guerres. Ce qui veut dire aussi que c'est le centre névralgique de tout le cinéma européen. Le Romanisches Café, dans le quartier de Charlottenburg, à Berlin. Regardez donc tous les talents réunis autour de cette table. Vous avez là Robert Siodmak, Edgar Ulmer, Fred Zinnemann – avant que tous ne partent pour Hollywood. Certains des meilleurs films américains que vous avez vus ont été réalisés par ces Allemands. Oh, et regardez – me voici…

Le jeune BILLIE WILDER *est également assis à cette table mais il se tient à l'écart de la conversation, passant l'essentiel de son temps à regarder par la fenêtre. Sur la table devant lui, il y a un bouquet de fleurs. Il est maigre, nerveux, athlétique, pas vraiment beau, mais dégage une vivacité d'esprit et une énergie qui le rendent séduisant.*

BILLIE (voix off) (suite)

En temps ordinaire, je me joindrais à la gaieté générale, mais aujourd'hui c'est différent. Je guette quelqu'un, voyez-vous, et je ne suis pas sûr qu'elle va venir et… ah, mais attendez une minute, la voilà !

Une belle jeune femme, les cheveux noirs coupés au carré sous son chapeau cloche, tapote à la fenêtre et fait signe à Billie. Il lui répond, se lève, attrape les fleurs. Alors qu'il quitte la table, ses amis l'embarrassent avec leurs taquineries.

AMI 1

Hé, Billie, tu ne nous aimes plus ?

AMI 2

Qu'est-ce qu'il y a, je ne suis pas aussi mignon qu'elle ?

AMI 3

Ça veut dire que les putains de Bülowbogen vont bientôt se retrouver au chômage ?

BILLIE

Très drôle, les gars. À plus tard, bande de vauriens. Et amusez-vous bien avec votre main droite quand vous rentrerez dans vos chambres d'hôtel minables.

...

EXT. RUE. JOUR.

*Une fois dans la rue, il embrasse poliment sa petite amie (*HELLA*) sur la joue, lui offre les fleurs, et ils s'en vont bras dessus bras dessous.*

EXT. PARC. JOUR.

Montage de BILLIE *et* HELLA *en train de savourer une matinée idéale au Tiergarten : promenade dans les jardins, tour en barque sur le lac, et enfin simplement allongés côte à côte sur la pelouse.*

BILLIE (voix off)

C'est ainsi que les choses ont commencé avec Hella. En toute innocence. Elle venait d'une famille riche, ce qui ne me décourageait pas le moins du monde, mais la première chose qui m'a attiré chez elle c'est sa beauté, bien sûr, et aussi son incroyable joie de vivre. Et puis il y avait une forme de naïveté en elle que j'adorais et qui me faisait un bien fou, après avoir traîné avec tous ces messieurs-je-sais-tout au café. D'accord, c'étaient mes amis, mais ils étaient tellement braillards, tellement fanfarons. Et j'étais le pire de tous la plupart du temps. Le seul gars que je connaissais dans le cinéma qui n'était pas comme ça, c'était Emeric.

INT. BUREAU. JOUR.

Le bureau de la Dramaturgie *aux studios Ufa. Un lieu de travail exigu mais animé, dynamique. Des secrétaires qui vont et viennent à pas pressés avec des liasses de manuscrits et, au bureau qui fait l'angle, un jeune homme aux cheveux clairsemés, l'air légèrement stressé. C'est* EMERIC PRESSBURGER, *dont le travail consiste à servir d'intermédiaire entre les auteurs et la maison de production.*

BILLIE (voix off)

Tout le monde aimait Emeric, et on avait tous du respect pour ce gars. C'était vraiment un taiseux – l'une de ces personnes rares qui ne parlent que quand elles ont quelque chose d'intéressant à dire. C'était peut-être ses origines hongroises. Il travaillait au service des scénarios chez Ufa, ce qui faisait de lui la personne à aller trouver quand vous vouliez savoir si votre idée avait la moindre chance de finir à l'écran.

BILLIE *pénètre dans le bureau et* EMERIC *lève les yeux et lui sourit, sincèrement ravi de le voir.*

EMERIC

Salut Billie, quoi de neuf ?

BILLIE

Pas grand-chose. Dis, est-ce qu'il y a du nouveau pour mon scénario sur l'ivrogne ? Il en pense quoi Correll ?

EMERIC

Le scénario est encore sur mon bureau.

BILLIE

Tu ne peux pas accélérer un peu les choses ?

EMERIC

Je n'arrête pas de le remettre au sommet de la pile. C'est tout ce que je peux faire. Il est très pris en ce moment, il fait cette comédie avec Krauss.

BILLIE

Krauss ? Cet enfoiré de nazi ? Comment ça se fait qu'un type comme lui ait du boulot, d'abord ?

EMERIC

Bientôt les types comme lui seront les *seuls* à avoir du boulot.

BILLIE

En tout cas je l'ai à l'œil, ce salopard. Si la situation dégénère, je ne suis pas près d'oublier les gens de son espèce qui y seront pour quelque chose.

EMERIC

Bon, en tout cas, j'ai entendu dire que ça se passe très bien entre Hella et toi.

BILLIE

Oh, alors comme ça tu l'as entendu dire ?

EMERIC

Les gars ne parlent que de ça.

BILLIE

On va à Davos dans une quinzaine de jours. Notre première escapade ensemble. On va skier.

EMERIC

Rien que vous deux ? Super.

BILLIE

Dis, j'ai faim. Ça te dit de sortir déjeuner ? J'allais me chercher un sandwich chez Steingold.

EMERIC

Steingold ? C'est fermé. Ils s'en sont pris à eux hier. Ils ont cassé les fenêtres et écrit *Judengeschäft* partout sur les murs.

BILLIE (*horrifié*)

Quels salopards.

Il rumine cette nouvelle, sincèrement bouleversé.

EMERIC

Je sais. Ça ne sent pas bon, Billie. Je n'aime pas du tout la tournure que tout ça est en train de prendre. Mais écoute, que ça ne perturbe pas tes projets avec Hella. C'est une fille bien que tu t'es trouvée là. Je te souhaite un bon voyage. Profite de ton séjour.

BILLIE *acquiesce, sourit et lui donne une tape sur l'épaule.*

EXT. MONTAGNE. JOUR.

Une piste de ski à Davos, en Suisse. BILLIE *et* HELLA *sont en train de dévaler la montagne. La scène est tournée dans le style artificiel de l'époque, manifestement sur fond rétroprojeté. Nous les voyons échanger des sourires amoureux tandis que la piste se déroule derrière eux.*

Ils parviennent à un chalet, freinent de façon experte devant la porte, déchaussent leurs skis et entrent.

INT. CHALET. JOUR.

Le chalet est rempli de skieurs qui se sont arrêtés pour prendre une boisson chaude ou manger un morceau. BILLIE *et* HELLA *sont assis à une table en bois, ils mangent des saucisses accompagnées d'une salade chaude de pommes de terre, et sirotent un vin chaud. Il y a une superbe vue sur les montagnes depuis la fenêtre située derrière eux.*

Près de leur table se trouve un poste de radio qui diffuse les dernières nouvelles d'Allemagne. BILLIE *écoute attentivement tandis que* HELLA *admire la vue.*

VOIX À LA RADIO

On annonce aujourd'hui que le Reichspräsident von Hindenburg a nommé Herr Aldolf Hitler nouveau Reichskanzler.

BILLIE *secoue la tête de chagrin et de stupéfaction.*

BILLIE

Hella, ma chérie, je crois qu'il va falloir qu'on parte d'ici le plus vite possible.

HELLA

Vraiment ? Mais la vue est tellement belle.

BILLIE

Je ne parle pas de ce chalet. Je veux dire qu'il faut quitter l'Allemagne.

Fondu sur :

EXT. RUE. JOUR.

BILLIE (voix off)

Quelques jours plus tard, alors que nous étions de retour à Berlin…

Se promenant bras dessus bras dessous, BILLIE *et* HELLA *tournent au coin d'une rue et voient un homme en train d'être brutalement passé à tabac.*

BILLIE (voix off) (suite)

… on les a regardés rouer de coups un vieux Juif sur Tauentzienstrasse, en plein jour. Près d'une trentaine de SS. Des costauds. Des bouchers. Ils avaient repéré ce vieil homme avec son chapeau, sa longue barbe et son manteau. Ils l'ont tabassé sans pitié. Et je suis resté planté là, complètement impuissant, les larmes aux yeux et les poings serrés au fond de mes poches.

BILLIE *jette un coup d'œil à* HELLA. *Elle contemple l'agression, horrifiée, elle aussi en larmes. Ils baissent la tête et pressent le pas.*

BILLIE (voix off) (suite)

Le lendemain, c'était l'incendie du Reichstag. Après ça j'ai su qu'il fallait que je nous sorte de là tous les deux. Nous avons préparé nos valises et acheté deux billets pour Paris. En prenant le train de nuit à la gare d'Anhalt de Berlin, un peu plus tard cette semaine-là, je ne savais absolument pas quand je reverrais cette ville. En fin de compte, il allait s'écouler plus de dix ans.

INT. TRAIN. NUIT.

Le train est bondé. BILLIE *et* HELLA *sont dans un compartiment de seconde classe, ils essaient de dormir en s'appuyant l'un contre l'autre.* BILLIE *porte un de ces petits chapeaux qui sont sa marque de fabrique. Mal à son aise, il l'enlève mais le garde bien serré dans sa main.*

BILLIE (voix off)

On ne pouvait pas se payer un wagon-lit, alors on a veillé toute la nuit dans un compartiment avec quatre autres personnes. J'avais trop peur de lâcher mon chapeau. Il y avait mille Reichsmarks cousus dans la doublure.

Il retourne le chapeau et passe nerveusement son doigt sur l'intérieur du bord.

EXT. GARE. JOUR.

Paris, Gare Saint-Lazare. Le train vient juste de s'arrêter à quai. Au milieu des nuages de vapeur, les passagers débarquent – parmi lesquels BILLIE *et* HELLA. *Il y a beaucoup de vent, et à un moment le chapeau de* BILLIE *s'envole. Paniqué, il court après et parvient de justesse à le récupérer.*

Une fois passé le contrôle des billets, ils regardent autour d'eux, désorientés et épuisés par leur long voyage. BILLIE *attrape un bout de papier dans sa poche et y jette un coup d'œil.*

EXT. RUE. JOUR.

BILLIE (voix off)

On m'avait donné l'adresse d'un hôtel rue de Saïgon, près de l'Arc de triomphe. C'était là que logeaient tous les réfugiés allemands.

Ils marchent vers l'hôtel, dans une rue résidentielle morne et sans âme. L'hôtel lui-même est miteux et peu engageant. Au-dessus de l'entrée on peut lire : « HÔTEL ANSONIA ». *Ils entrent.*

INT. CHAMBRE D'HÔTEL. JOUR.

Une chambre au troisième étage, chichement meublée. Elle donne, par-delà l'étroite ruelle, directement sur le bâtiment d'en face. BILLIE *et* HELLA *pénètrent dans la chambre, font le tour sans enthousiasme et posent leurs valises.* HELLA *se jette sur le lit, avant de se relever avec un cri de douleur. Elle tire les draps et constate qu'un des ressorts a traversé le matelas.*

BILLIE

Bon, ça ira pour le moment. On trouvera quelque chose de mieux d'ici un jour ou deux.

Fondu de fermeture. Puis fondu d'ouverture :

INT. CHAMBRE D'HÔTEL. JOUR.

SOUS-TITRE : « Un an plus tard ».

HELLA *est couchée sur le même lit, dans la même chambre, en train de fumer et de faire une réussite, elle a l'air de s'ennuyer à mourir.* BILLIE *est assis à la petite table près de la fenêtre, il tape un scénario à la machine. Au bout de quelques instants il pousse un juron, arrache la feuille du cylindre, la froisse et la jette par-dessus son épaule sans regarder. Il vise la corbeille, mais la boulette de papier heurte en fait la tête de* HELLA. *Elle la lui renvoie d'un geste violent.*

HELLA

Faut pas te gêner !

BILLIE

Désolé. Je suis navré de t'interrompre alors que tu es en train de faire quelque chose d'aussi important.

HELLA

Aussi important que d'écrire un de tes scénarios minables.

BILLIE

Ce « scénario minable », comme tu dis, va nous rendre…

La porte s'ouvre et un jeune homme passe la tête. (Il s'agit du compositeur FRANZ WAXMAN. *Un jour, dans un avenir lointain, il écrira la bande originale de* Boulevard du crépuscule.*)*

FRANZ

Salut Billie, ça te dit d'aller au Strasbourg ?

BILLIE

Il y aura qui ?

FRANZ

Les mêmes que d'habitude – Peter, Friedrich…

HELLA (*elle se lève*)

D'accord, pourquoi pas ?

FRANZ (*après avoir marqué un temps*)

Tu peux venir aussi si tu veux.

INT. CAFÉ. JOUR.

Le Strasbourg est une brasserie parisienne typique. **BILLIE** *et ses compatriotes exilés allemands se pressent autour d'une table et jouent aux dominos – mais ils distinguent à peine leurs pièces à travers le nuage de fumée de cigarette.*

BILLIE (voix off)

Alors, si vous reconnaissez certains visages, c'est parce que ce sont en gros les mêmes gars avec qui je traînais au Romanisches, quand on était à Berlin. Et nous voici tous, avec les mêmes discussions, les mêmes métiers… nous avons simplement changé de ville. Voyez, là, ce type de petite taille aux cheveux sombres ? Peter Lorre. Vous l'avez probablement vu dans *Le Faucon maltais*. Vous voyez l'autre type, avec cette bouche pleine de sensibilité et ce nez en forme de cornichon ? Vous ne le reconnaîtrez pas, mais vous avez tous entendu ses chansons – *Falling in Love Again*, *Illusions*. (*Il en chante un bout.*) D'ailleurs celle-ci c'est ma préférée. Il se peut même qu'un jour je l'utilise dans un film.

La partie de dominos s'échauffe. Il s'agit désormais essentiellement d'un duel entre BILLIE *et* PETER LORRE, *attablés face à face.* HELLA *s'est ostensiblement assise aux côtés de* PETER LORRE, *un bras passé autour du sien, pour regarder ses dominos et le conseiller.*

À la table voisine, un jeune COMPOSITEUR *à la mine sérieuse essaie de travailler sa partition, quelques feuilles de papier à musique étalées devant lui. Le vacarme des Allemands le déconcentre, et il ne cesse de leur lancer des regards furieux.*

BILLIE (voix off) (suite)

Alors lui, je ne le reconnais pas. Manifestement un compositeur à fleur de peau qui s'efforce d'écrire sa deuxième symphonie et regarde de haut ces Allemands vulgaires qui veulent travailler dans le cinéma et passent leur temps à crier à tue-tête.

RÓZSA (voix off)

Comment ça, tu ne le reconnais pas ? Billy, c'était moi.

BILLIE (voix off)

Vraiment ? Tu étais à Paris à ce moment-là ?

RÓZSA (voix off)

Bien sûr. Quel meilleur endroit pour un compositeur ? Pendant un moment, j'allais au Strasbourg presque tous les jours pour travailler. À vrai dire, la seule raison pour laquelle j'ai arrêté, c'est parce que, bon sang, ce que vous pouviez être *bruyants.*

Le bruit de la partie de dominos va crescendo. Furieux, RÓZSA *ramasse brusquement son papier à musique et ses crayons pour sortir en trombe. En chemin, il foudroie une dernière fois* BILLIE *du regard. Celui-ci lui rend son regard noir et, dès qu'il est certain que* RÓZSA *a le dos tourné, il lui fait un pied de nez.*

Puis il reporte son attention sur la partie, pile au moment où HELLA *ramasse quelques-unes des pièces de* PETER LORRE *et les place sur la table pour un ultime coup, celui de la victoire. Les spectateurs applaudissent comme des fous.* BILLIE *fixe la table, incrédule.* HELLA *lui adresse un regard triomphant.* BILLIE *renverse les pièces qui lui restent et se lève de table, enfilant son manteau.*

BILLIE

Très bien, je me tire d'ici.

EXT. RUE. JOUR.

BILLIE *marche dans les rues de Paris, chacune le menant à un quartier plus sordide que le précédent. Comme il passe devant un hôtel particulièrement modeste, une silhouette familière franchit le seuil et les deux personnages manquent de se rentrer dedans.*

BILLIE

Emeric !

EMERIC

Salut Billie. Comment ça va ?

BILLIE

Pas trop mal.

EMERIC

Tu fais un petit tour ? Ça fait du bien de sortir de sa chambre d'hôtel de temps en temps, hein ?

BILLIE

Ça fait plaisir de te voir. Pourquoi tu ne viens jamais au Strasbourg, retrouver les vieux copains ?

EMERIC

Oh, tu sais… je préfère les endroits plus tranquilles. Dis, j'ai appris la nouvelle : tu as vendu un scénario à Hollywood ! C'est fantastique.

BILLIE

Tu es déjà au courant ?

EMERIC

Bien sûr, tout le monde ne parle que de ça. Est-ce que ça veut dire que tu vas partir aux États-Unis ?

BILLIE

Oui, ils m'ont envoyé un billet. Je fais la traversée sur l'*Aquitania*. En première classe.

EMERIC

Tu pars quand ?

BILLIE

Le bateau appareille dans dix jours, de Southampton. Je quitte Paris la semaine prochaine. Je vais d'abord passer quelques jours à Londres.

EMERIC

Eh bien, ça n'aurait pas pu tomber sur un homme… plus talentueux.

BILLIE

Tu as failli dire « meilleur ».

EMERIC (*il rit*)

Failli. Tu vas dans quelle direction, au fait ? On peut peut-être faire un bout de chemin ensemble ?

BILLIE

J'allais vers la rue Saint-Denis.

EMERIC

Vraiment ? Tu es sûr d'avoir envie d'aller là-bas ? (*Il baisse la voix.*) C'est là que traînent toutes les prostituées.

BILLIE *ne répond rien. L'information fait son chemin.*

EMERIC (suite)

Oh, je vois.

Ils se mettent en marche de concert.

EMERIC (suite)

Mais dis, il faut que je te demande – pourquoi est-ce que tu t'embêtes avec ces… femmes, alors que tu as quelqu'un comme Hella ? C'est vraiment une perle, Billie. Tous les gars que je connais en sont dingues.

BILLIE

Que veux-tu que je te dise ? La cuisine maison, c'est très bien, mais c'est agréable de manger au restaurant une fois de temps en temps.

EMERIC *digère cette remarque, puis s'arrête brusquement et fixe* BILLIE *avec le plus grand sérieux.*

EMERIC

Tu l'emmènes bien avec toi à Hollywood ?

BILLIE

Ils ne m'ont envoyé qu'un billet.

EMERIC

Combien de temps est-ce que tu pars ?

BILLIE (*il se remet à marcher*)

C'est un aller simple.

EMERIC

Mais elle est au courant au moins ? Billie, tu lui as dit que tu partais ?

BILLIE

Il faut trouver le bon moment pour ce genre de choses. Il faut que ce soit le bon moment et le bon endroit.

EMERIC

Eh bien, je ne pense pas que cet endroit soit la rue Saint-Denis.

Déçu par son ami, il tourne les talons et s'en va. BILLIE *le regarde s'éloigner.*

EXT. RUE SAINT-DENIS. JOUR.

BILLIE *parcourt la rue en roulant des mécaniques, chaque pas de porte est occupé par une prostituée. Toutes semblent le connaître. Il finit par en prendre une par le bras et ils disparaissent dans l'entrée d'un hôtel sordide. La scène paraît tout droit sortie de son film* Irma la Douce.

BILLIE (voix off)

Je sais, je sais. J'étais un sale con à l'époque. Jeune, débordant d'appétit et trop stupide pour mesurer la valeur de ce que j'avais déjà, juste sous mon nez. Quant à trouver le bon moment et le bon endroit, effectivement, je l'ai trouvé... cinq minutes avant mon départ pour l'Angleterre.

INT. CHAMBRE D'HÔTEL. JOUR.

BILLIE se tient dans l'entrée avec sa valise. HELLA est allongée sur le lit, elle lui tourne le dos. Il s'approche d'elle et essaie de lui donner un baiser d'adieu. Mais elle ne bouge pas. Il l'embrasse tendrement sur la nuque mais elle se contente de regarder fixement par la fenêtre, les yeux pleins de larmes, que BILLIE ne voit pas.

N'obtenant aucune réaction, il tourne les talons et s'en va, refermant la porte derrière lui. Quelques secondes plus tard la porte s'ouvre et HELLA le rattrape dans le couloir.

HELLA

Tu as oublié ça.

Elle lui tend son petit chapeau. Il le lui prend des mains, ils se regardent dans les yeux, et puis, pendant un instant suspendu, ils s'embrassent passionnément. Enfin ils se séparent.

INT. PENSION, LONDRES. JOUR.

C'est une chambre mansardée, petite mais confortable, avec une minuscule fenêtre donnant sur Hyde Park et le Royal Albert Hall. BILLIE *se tient à la fenêtre et contemple la vue.*

BILLIE (voix off)

Je ne suis pas resté longtemps à Londres, cette fois-là. Trois ou quatre jours, quelque chose comme ça. Quand je suis revenu, à la fin de la guerre, j'y ai séjourné plusieurs semaines. Et quand je suis revenu encore une fois dans les années 1960, pour tourner *La Vie privée de Sherlock Holmes*, j'y suis resté presque un an. Mais ces trois ou quatre jours, mes derniers en Europe avant le départ pour Hollywood, m'ont vraiment marqué.

Il enfile ses chaussures, son manteau, attrape son chapeau.

BILLIE (voix off) (suite)

Londres n'avait rien à voir avec Berlin, rien à voir avec Paris. J'y ressentais un sentiment de sécurité inattendu. Peut-être à cause de cette mentalité insulaire, vous savez ? Ces drôles de gens, avec leur drôle de manière de prononcer les mots, leur drôle d'étiquette et leur drôle de système de classes… Je sentais qu'on pouvait compter sur eux. Qu'ils ne feraient jamais rien de stupide. Qu'ils vous soutiendraient dans les moments de crise. Jamais je n'avais eu ce sentiment à Paris.

Il quitte la chambre et descend l'escalier jusqu'à la rue. Il y a beaucoup, beaucoup d'étages. À mesure qu'il descend, la pension est de moins en moins miteuse.

BILLIE (voix off) (suite)

Je ne connaissais pas un traître mot d'anglais, et je n'ai pratiquement parlé à personne pendant mon séjour. J'ai acheté quelques romans à lire pendant la traversée, en me disant que je pourrais peut-être commencer à apprendre de cette manière. À de nombreux égards, je me sentirai toujours davantage chez moi en Amérique qu'à Londres. Malgré cela, j'avais l'impression que si la Grande-Bretagne restait forte, alors il y avait encore une chance que l'Europe puisse être sauvée, et…

EXT. RUE, KENSINGTON, LONDRES. JOUR.

BILLIE *sort de la pension sur Queen's Gate. Debout sur le perron, il met son chapeau. Il n'est pas comme d'habitude. Il l'ôte à nouveau, le retourne et regarde à l'intérieur. Il y a quelque chose dans la doublure. Il glisse un doigt dessous et sort une liasse pliée de billets en francs – plusieurs centaines. Il y a aussi un mot qui dit : « Billie, prends soin de toi – Je t'embrasse, H. »*

BILLIE (voix off)

… et que le monde s'en sorte.

Il range l'argent dans la poche de son manteau, remet son chapeau et se frotte les yeux.

Puis un plan d'ensemble nous le montre en train de s'éloigner de l'entrée de la pension, vers le nord et Hyde Park. Enfin, sa silhouette sort du cadre. La caméra s'attarde un moment sur la pension, vénérable bâtiment georgien de six étages, dont les contours se détachent bien haut sur le ciel bleu, immuable et imperturbable.

EXT. RUE, KENSINGTON, LONDRES. JOUR.

SOUS-TITRE : « *Onze ans plus tard* ».

BILLY *(son nom est désormais américanisé) se tient dans la même rue, en face de la pension. Ou plutôt en face de l'endroit où se trouvait autrefois la pension. Aujourd'hui, il n'y a plus qu'un énorme tas de décombres. Tout autour de lui les bâtiments sont éventrés, à moitié détruits. Un gang de jeunes garçons erre dans ce terrain de jeux improvisé, escaladant les montagnes de briques, les pièces de charpente et poutrelles métalliques qui pointent grotesquement, tels des os brisés.*

BILLY (*il se parle à lui-même*)
Mon Dieu… Que s'est-il passé ici ?

BILLY *a changé. Il a perdu la désinvolture de sa jeunesse, remplacée par une forme d'arrogance plus discrète. Il a l'allure d'un homme qui a atteint – ou qui est sur le point d'atteindre – une place éminente dans son domaine. Il porte des vêtements coûteux (à part son chapeau, d'allure plus ou moins identique à celui qu'il avait il y a tant d'années). L'étui dont il sort maintenant une cigarette paraît également luxueux – de l'argent massif, peut-être ?*

Il consacre encore quelques instants de sidération à contempler le cratère de bombe qui était autrefois sa pension, puis poursuit son chemin.

INT. HÔTEL CONNAUGHT, MAYFAIR, LONDRES. NUIT.

BILLY, *l'air épuisé, entre d'un pas lourd, une ou deux heures plus tard. Le* CONCIERGE *lui fait un signe de tête.*

CONCIERGE
Bonsoir, Colonel Wilder.

BILLY
Bonsoir.

INT. CHAMBRE D'HÔTEL. NUIT.

BILLY *est allongé sur le lit, il contemple le plafond en fumant.*

BILLY (voix off)
Eh oui, c'est bien ça – vous avez bien entendu. « Colonel Wilder », de l'armée américaine, ou, pour m'attribuer mon titre complet, Colonel Billy Wilder, Chef de production pour le Département de contrôle du cinéma, du théâtre et de la musique appartenant à la Division de la guerre psychologique, au sein du Quartier général des forces alliées. On en a plein la bouche. Permettez-moi donc de vous expliquer comment *tout ça* est arrivé.

Cela faisait plus de dix ans que j'étais à Hollywood. Au début j'écrivais des scénarios, et puis quand j'en ai eu marre de voir les réalisateurs gâcher mes idées, j'ai commencé à les réaliser moi-même. J'avais tourné quatre films à ce stade. Le troisième, *Assurance sur la mort*, était assez bon, et il a plutôt bien marché. Et puis Brackett et moi – c'était le nom du type avec qui j'écrivais les scénarios, Charles Brackett, un brave homme, même s'il votait républicain – avons décidé d'adapter au cinéma le roman *Le Poison*. C'était une histoire dure, celle d'un homme qui a un sérieux problème d'alcoolisme. Pas vraiment le genre qui plaît au public. Le film était alors terminé, nous venions d'organiser quelques projections en avant-première, et elles avaient été catastrophiques. Le public n'avait pas supporté. Ils n'avaient jamais rien vu de tel, apparemment certains avaient même cru que c'était une comédie, ça les avait fait rire. Le studio menaçait de ne pas sortir le film du tout. Ma carrière, si brève soit-elle, était donc probablement terminée. À ce moment précis, faire ce film ressemblait à l'une des pires décisions que j'aie prises dans ma vie.

À Hollywood, la guerre avait paru si loin. Bien sûr, j'avais suivi l'actualité, et je savais ce qui s'était passé. Suffisamment pour comprendre que j'avais pris la bonne décision en quittant l'Europe au moment où je l'avais fait. Certains me traitaient de pessimiste à l'époque. Eh bien, comme je le leur dirais plus tard, ce sont les pessimistes qui ont atterri à Beverly Hills avec une piscine dans leur jardin, et ce sont les optimistes qui ont fini en camp de concentration. Alors oui, j'avais sauvé ma peau. Mais qu'en était-il du reste de ma famille ? C'était ça qui m'empêchait de dormir depuis quelques années – ou me donnait des cauchemars, quand je parvenais à dormir. Et je parle de véritables cauchemars. Le genre qui vous réveille en sursaut, couvert de sueur. Mon père était mort il y avait déjà un certain temps, à l'époque où je vivais à Berlin. Ma mère, en revanche... pourquoi n'avais-je aucune nouvelle de ma mère ? Était-elle toujours à Vienne ? Elle était censée y être. Mais je n'avais plus de ses nouvelles depuis des années. Rien. Je lui avais écrit, mais personne ne répondait jamais à mes lettres. Je lui avais téléphoné, mais personne ne décrochait jamais.

La vérité, je suppose, c'est que tout au fond de moi je savais déjà ce qui avait dû lui arriver.

Un jour, vers la fin de la guerre, j'ai reçu un appel de quelqu'un dont je n'avais jamais entendu parler, un journaliste radio nommé Davis, Elmer Davis, qui travaillait désormais pour le Bureau de l'information de guerre. Il avait lu un article sur Brackett et moi dans le journal, et il en avait retenu que non seulement j'étais dans le cinéma, mais je parlais allemand, j'avais vécu quelques années à Berlin et je connaissais à peu près tout ce qu'il y avait à connaître sur le milieu du cinéma allemand. En particulier les gens qui en faisaient partie avant la guerre. Et il a dit qu'il avait un projet pour moi. Il a dit qu'ils avaient besoin de quelqu'un sur le terrain, là-bas en Allemagne. Ils avaient besoin de quelqu'un pour aider les Allemands à remettre leur industrie cinématographique sur pied, et surtout pour s'assurer qu'ils ne donnent pas de travail aux nazis. Et peut-être aussi pour faire un petit film, un court-métrage, sur les camps. Afin que les Allemands ordinaires sachent ce qui s'était passé, ce à quoi ils avaient participé.

Eh bien j'ai sauté sur l'idée. En fait, elle n'aurait pas pu tomber à un meilleur moment pour moi. À cause de ce film minable sur cet ivrogne, les patrons des studios ne m'adressaient plus la parole. J'avais l'impression d'avoir fichu toutes mes chances en l'air à Hollywood, et il était temps de prendre un peu le large. Peut-être que Brackett et moi avions aussi besoin de faire une petite pause dans notre collaboration. Nous commencions à nous taper sur le système. Mais plus encore, c'était l'occasion de retourner en Europe. J'avais besoin de faire ça à ce moment-là. J'avais besoin de savoir ce qui était arrivé à ma famille. J'avais besoin de découvrir la vérité sur ma mère. Et peut-être que c'était le moyen d'y parvenir.

Enfin bref, ils voulaient d'abord que j'aille à Londres. J'allais y rester deux semaines et faire tout ce que me demanderaient les Anglais. Tout ça était un peu clandestin, un peu top secret. Je n'étais pas sûr de ce qui se passerait ensuite. Je me disais que j'en apprendrais davantage le lendemain matin.

Voilà, vous savez l'essentiel. Désolé pour cette longue explication. C'est vrai que les critiques ont toujours dit qu'il y avait trop de voix off dans mes films.

EXT. HÔTEL, MAYFAIR, LONDRES. JOUR.

Le lendemain matin. BILLY *descend le perron de l'hôtel, élégamment vêtu. Une voiture l'attend. Un* CHAUFFEUR *lui ouvre la portière arrière et le fait monter.*

INT. VOITURE. JOUR.

Ils roulent sur l'Embankment. Dehors, à travers la fenêtre, on voit des bâtiments à moitié détruits, des décombres et des cratères de bombes partout.

LE CHAUFFEUR (*accent cockney*)

Alors comme ça vous venez d'Amérique, monsieur ?

BILLY

C'est exact. Je n'avais pas revu Londres depuis plus de dix ans.

LE CHAUFFEUR

Vous allez remarquer un ou deux changements, si j'ose dire.

BILLY

Ces destructions… C'est incroyable.

LE CHAUFFEUR

Oh oui. Jerry nous en a mis plein la figure, certains soirs.

BILLY

On savait que c'était terrible. Mais le voir de ses propres yeux… ça vous fait prendre conscience de la situation.

LE CHAUFFEUR

Bon, on a fini par s'en sortir. Bien obligés de se défendre, hein ? Sinon on parlerait tous allemand aujourd'hui. Sauf votre respect.

BILLY

Il n'y a pas de mal.

LE CHAUFFEUR

Vous faites des films, c'est bien ça, monsieur ?

BILLY

Exact.

LE CHAUFFEUR

Il y en a que j'aurais pu voir ?

BILLY

Le dernier s'appelait *Assurance sur la mort.*

LE CHAUFFEUR

J'ai bien peur d'être passé à côté. Personnellement, j'apprécie un bon vieux Will Hay ou un George Formby. Un truc pour rire un bon coup le samedi soir. Pour se changer les idées. Vous devriez leur demander de jouer dans un de vos films.

BILLY

Je tâcherai de m'en souvenir.

La voiture se gare devant d'imposants bureaux sur Bloomsbury. Un panneau au mur annonce : « MINISTÈRE DE L'INFORMATION ».

LE CHAUFFEUR

Nous y voilà, monsieur.

INT. SALLE D'ATTENTE. JOUR

BILLY *est assis sur un banc dans une antichambre impersonnelle, qui appartient à un bâtiment victorien un peu délabré. Il tambourine nerveusement avec ses doigts. Il n'est pas dans son élément naturel.*

Une porte s'ouvre et une SECRÉTAIRE *passe la tête.*

SECRÉTAIRE

Colonel Wilder ? Monsieur Woodcock va vous recevoir tout de suite.

INT. BUREAU. JOUR

Monsieur Woodcock a à peu près le même âge que BILLY *mais la ressemblance s'arrête là. Ce n'est pas le plus intelligent des hommes. Son accent suggère qu'il est sûrement le produit de plusieurs générations de consanguinité au sein de la haute société.*

WOODCOCK

Je suis affreusement navré, mais il se trouve que monsieur Trubshaw, qui devait vous rencontrer ce matin, est coincé à la maison avec un rhume des plus effroyables. Je crains fort qu'on ne m'ait pas dit grand-chose sur l'objet de votre visite.

BILLY

On ne m'a pas dit grand-chose non plus. À vrai dire, on ne m'a rien dit du tout.

WOODCOCK

Quoi, rien du tout ?

BILLY

On m'a dit que c'était top secret.

WOODCOCK

Oui, c'est ce qu'on m'a dit à moi aussi.

BILLY

Quelqu'un doit connaître ce secret.

WOODCOCK

Hmm…

Il réfléchit un instant, puis passe dans le bureau voisin, celui de la SECRÉTAIRE.

WOODCOCK (suite)

Janet, est-ce que vous, vous savez pourquoi on a demandé au Colonel Wilder de venir à Londres ?

SECRÉTAIRE

Je sais seulement ce que monsieur Webster a dit à monsieur Trubshaw, monsieur.

WOODCOCK

Ah ! Nous avançons.

SECRÉTAIRE

Il lui a dit que le Colonel Wilder était là pour donner des conseils sur le type de films à produire en Angleterre pour la consommation allemande d'après-guerre, monsieur.

WOODCOCK

Épatant. Merci, Janet.

Il retourne à son bureau.

WOODCOCK (*il baisse la voix, sur le ton de la confidence*)

Apparemment, vous êtes là pour donner des conseils sur le type de films à produire en Angleterre pour la consommation allemande d'après-guerre.

BILLY

Je vois.

WOODCOCK

Cela vous paraît-il être le genre de choses qui serait… dans vos cordes, pour ainsi dire ?

BILLY

Eh bien, pour être honnête avec vous, je ne crois pas qu'il y ait grand-chose à dire sur le sujet. Mon conseil serait assez simple. Faites de bons films. Faites les meilleurs films que vous pouvez.

WOODCOCK (*il prend note*)

Je vois. Splendide.

BILLY

Bien, voilà qui était vite réglé.

Il voit que monsieur WOODCOCK *a l'air déconfit et le prend en pitié.*

BILLY (suite)

Ce qui pourrait être utile…

WOODCOCK

Oui ?

BILLY

… ce serait peut-être que vous me donniez une liste.

WOODCOCK

Une liste ? Oh oui, nous avons des tas de listes. Je peux vous trouver autant de listes que vous voulez. Quel genre de listes ?

BILLY

Avec tous les noms des principaux cinéastes britanniques.

WOODCOCK (*il note frénétiquement*)

Fort bien. Voilà qui me paraît une excellente manière de procéder.

BILLY

Et là je pourrais peut-être… développer mes idées, vous voyez…

WOODCOCK

Les développer, oui, naturellement…

BILLY

Et peut-être écrire quelque chose d'un peu plus long. Quelque chose qui pourrait prendre la forme… d'un mémo ?

WOODCOCK (*l'admiration le laisse presque sans voix*)

Un mémo ! Bonté divine, ce serait sensationnel. Voilà une idée absolument épatante ! Un mémo… Eh bien, cela pourrait être la réponse à tous nos problèmes, vous ne croyez pas ?

BILLY

Je pense qu'on devrait essayer, pour voir ce que ça donne.

On frappe à la porte et un jeune homme nerveux – très jeune, dix-neuf ou vingt ans – pénètre dans le bureau. Sûrement une sorte de stagiaire. Il s'appelle THOMAS FOLEY.

WOODCOCK

Oui, Foley ?

FOLEY

Les films sont arrivés, monsieur. Les images des camps. Ils sont dehors, sur un chariot.

WOODCOCK

Ah oui. Ils avaient dit que ça devait arriver aujourd'hui, effectivement. Eh bien, je suppose que vous feriez mieux… de les mettre quelque part.

FOLEY

Il y a une vingtaine de bobines, monsieur.

WOODCOCK

Une vingtaine ? Bonté divine ! Qu'y a-t-il dessus exactement ? Est-ce que monsieur Trubshaw a dit ce qu'il voulait qu'on en fasse ?

FOLEY

Ce sont des scènes des camps de concentration au moment de leur libération par les Alliés, monsieur. Particulièrement choquantes, d'après ce que j'ai compris. Je pense que l'idée était de les faire visionner, et ensuite de s'en servir comme base pour un film documentaire, qui serait monté par… une personne compétente.

Un bref silence. WOODCOCK *est manifestement confondu.*

BILLY

Je pourrais peut-être vous aider là-dessus.

WOODCOCK

Eh bien, c'est terriblement gentil à vous, Colonel, mais je pense qu'une telle mission exige quelqu'un qui soit une sorte de réalisateur professionnel.

BILLY (*à Foley*)

Si vous avez quelque chose qui ressemble à une salle de projection, vous voulez bien m'y conduire, s'il vous plaît ? J'aimerais m'y mettre tout de suite.

INT. SALLE DE PROJECTION. JOUR.

BILLY *est assis au centre d'une rangée de sièges, il fixe attentivement l'écran. La caméra cadre son visage tandis qu'à l'arrière-plan on distingue la silhouette de* FOLEY.

Le silence règne, à l'exception du ronronnement du projecteur. BILLY *regarde. L'horreur de ce qu'il contemple a engourdi son visage, l'a transformé en un masque inexpressif.*

INT. PUB. NUIT.

C'est la fin d'une longue et terrible journée. BILLY *et* FOLEY *sont assis à une petite table, des pintes de bière devant eux. Ils sont cernés par les bavardages et les rires – le bruit ordinaire des gens qui prennent du bon temps dans un pub anglais.*

Ils ont envie de parler de tout sauf de ce qu'ils viennent de voir.

BILLY

Je ne me fais vraiment pas à la bière anglaise.

FOLEY

Il faut s'y habituer, c'est sûr.

BILLY

Eh bien, j'essaie de m'y habituer.

FOLEY

Santé. « Buvez tant que c'est chaud », comme on dit.

BILLY

Excellent. Je m'en souviendrai.

Ils boivent.

BILLY (suite)

Et pourquoi est-ce que cet endroit s'appelle le Sherlock Holmes ?

FOLEY

Simple exploitation commerciale je crois.

BILLY

Parce que je ne me souviens pas que Holmes ou Watson soient allés au pub dans aucune de leurs aventures. Et je les ai toutes lues.

FOLEY

Moi aussi.

BILLY

Vous êtes un fan de Holmes ?

FOLEY

Tout à fait.

BILLY

Le premier Sherlock Holmes que j'ai lu, c'était *Le Signe*

des quatre. Et dans les tout premiers paragraphes, il s'injecte de la cocaïne ! Incroyable. J'étais mordu.

FOLEY

Juste après il fait l'une de ses meilleures déductions – quand il regarde la montre gousset du Dr Watson et en conclut qu'il avait un frère qui buvait tellement qu'il en est mort.

BILLY

C'est excellent, oui. Un autre moment que j'aime beaucoup, dans la nouvelle « La Boîte en carton », c'est quand Watson est en train de regarder dans le vide depuis quelques minutes, et que soudain Holmes l'interrompt et lui dit exactement à quoi il pensait. Vous voyez, il sait qu'il était en train de méditer sur la bêtise de la guerre, quelle est la phrase déjà : « la tristesse, l'horreur, l'inutile gâchis de vies humaines[1] », quelque chose comme ça.

FOLEY

Oui. Un passage remarquable. Vous croyez que Holmes était pacifiste ?

BILLY

Ça je l'ignore. Mais il me semble bien que ce que nous avons vu aujourd'hui lui donne raison. (*Un temps d'arrêt.*) Nous avons passé combien de bobines ?

1. Toutes les citations de Sherlock Holmes sont reprises dans la traduction de Catherine Richard, publiée en plusieurs tomes aux Éditions Le Masque, ©JC Lattès.

FOLEY

Neuf.

BILLY

Alors on finira peut-être demain.

FOLEY

Un nouveau lot est arrivé cet après-midi. Et il y en aura d'autres.

BILLY *assimile cette information et sirote son verre.* FOLEY *cherche quelque chose dans sa poche.*

FOLEY (suite)

Au fait, j'ai votre liste.

BILLY

Quelle liste ?

FOLEY

Ils m'ont dit que vous vouliez une liste des principaux cinéastes.

BILLY

Ah oui. Merci.

Il prend la feuille et passe les noms en revue. Un nom attire son attention.

BILLY (suite)

Emeric – bien sûr. Vous connaissez ce gars, monsieur Pressburger ?

FOLEY

Je ne crois pas. Mais on peut sûrement vous mettre en contact avec lui, si vous voulez. (*Il termine son verre.*) Je crois qu'il est temps pour moi de rentrer.

BILLY

Oh… j'espérais qu'on pourrait dîner ensemble.

Réaction de FOLEY, *il est ravi et flatté.*

FOLEY

Bien sûr. Est-ce que je peux d'abord vous en offrir une autre ?

BILLY *contemple son verre de bière, encore plein aux deux tiers, et secoue la tête.*

BILLY

Un double scotch, s'il vous plaît.

INT. HÔTEL CONNAUGHT, MAYFAIR, LONDRES. NUIT.

BILLY *entre en traînant les pieds, l'air légèrement ivre, deux ou trois heures plus tard.* LE CONCIERGE *lui fait un signe de tête.*

LE CONCIERGE

'Soir, Colonel Wilder.

BILLY

Bonsoir.

LE CONCIERGE

On a apporté une lettre pour vous.

Il plonge la main dans un casier et lui tend une grande enveloppe, d'allure officielle.

BILLY (*il lit*)

« Avocat ». (*Il la met dans sa poche.*) C'est probablement ma femme, pour demander le divorce.

EXT. REGENT'S PARK. JOUR

BILLY *et* EMERIC *se promènent tous les deux.*

BILLY

C'était ma femme. Pour demander le divorce.

EMERIC

Oh, Billy, je suis navré.

BILLY

J'imagine que je l'ai bien cherché.

EMERIC

Vous avez des enfants ?

BILLY

Une fille. Il y a eu un fils aussi. Un frère jumeau. Mais il est mort.

EMERIC

Est-ce que tu comptes te battre pour la garde ?

BILLY

Non.

Ils continuent à marcher et trouvent un banc au bord d'un lac, où ils s'assoient.

EMERIC

C'était une merveilleuse surprise d'avoir de tes nouvelles. Combien de temps restes-tu ?

BILLY

Encore une semaine, peut-être deux. Ce qui est bizarre, c'est que maintenant que j'ai signé pour ce truc, personne ne semble savoir quoi faire de moi. Le type que j'ai rencontré le premier jour était tellement vague, c'en était incroyable. Si c'est ça le ministère de l'Information, ils n'ont pas l'air d'en avoir tellement.

EMERIC

Les Anglais sont comme ça. Ils se dépatouillent. Je ne sais pas comment ils font, mais va savoir comment, on dirait toujours que ça marche pour eux.

BILLY

Ils se sont bâti cet incroyable empire en se dépatouillant ?

EMERIC

Je soupçonne qu'en creusant suffisamment profond dans la psyché nationale on découvrirait qu'en dessous de tout ça il y a un cœur d'acier. Mais ils font de leur mieux pour le cacher.

BILLY

Eh bien je n'arrive pas à les cerner. Je travaille avec ce jeune type, il s'appelle Foley et il a l'air bien. Fiable. Mais tous les autres, franchement je ne pige pas.

EMERIC

Ce sont des gens bizarres et pleins de contradictions. Parfois, je me dis que la vraie raison pour laquelle je fais ces films avec Mickey, c'est pour essayer de percer le mystère. Le mystère des Anglais.

BILLY

J'ignore si tu y arriveras un jour, mais au moins tu en as tiré quelques bons films. *Colonel Blimp*, c'était… Bon, tu n'as pas besoin de moi pour te le dire.

EMERIC

Et toi ! Tu as fait sensation en Amérique ! Quelle réussite !

BILLY

Ça m'a pris dix ans, et je te jure que ça n'a pas été facile. Et maintenant j'ai probablement tout fichu en l'air.

EMERIC

N'importe quoi. Tu as toujours été pessimiste.

BILLY

Je suis réaliste, pas pessimiste. Enfin bref, si tu voyais ce que je regarde depuis quelques jours, dans cette petite salle de projection, tu ne dirais pas ça. Crois-moi, ces dernières années en Allemagne, l'humanité a sombré dans de tels abîmes… Tu ne peux même pas imaginer. C'est inconcevable.

EMERIC

Est-ce qu'on t'a officiellement mandaté pour faire un film ? Sur les camps ?

BILLY

Pas encore.

EMERIC

Alors pourquoi tu t'infliges ça ? Pourquoi rester assis dans cette salle toute la journée à regarder ces scènes… d'horreur ?

BILLY

Je dois le faire.

EMERIC

Mais non. Rien ne t'oblige à te punir comme ça.

BILLY

Je cherche ma mère.

Un instant, le choc réduit EMERIC *au silence.*

EMERIC

Quoi ?

BILLY

Ma mère. Je n'ai pas de nouvelles d'elle depuis trois ans. Ma mère, ma grand-mère et mon beau-père, pour être tout à fait précis.

EMERIC

Mais… tu regardes ces images tous les jours, ces images de cadavres, de corps décharnés, en espérant les voir, eux ?

BILLY

« Espérer » n'est pas vraiment le terme que j'emploierais. (*Il marque un temps. Puis, avec passion :*) Il faut que je découvre ce qui lui est arrivé. Je ne peux pas passer le reste de ma vie sans savoir. Tu peux comprendre ça ?

EMERIC

Bien sûr que je peux comprendre. (*Il marque un temps.*) Je peux comprendre parce que je ne sais pas non plus où est ma mère.

Lentement, EMERIC *se lève.*

EMERIC (suite)

Nous sommes nombreux à être dans cette situation.

Il regarde sa montre.

EMERIC (suite)

Il faut que j'y aille.

Ils se mettent en route tous les deux, le long du lac.

BILLY

Écoute, quand il faudra que j'écrive ce mémo sur les films que les Anglais devraient faire après la guerre, je vais simplement leur dire qu'ils devraient tous être écrits par Emeric Pressburger.

EMERIC

C'est gentil de ta part, merci. Quelle est ta prochaine destination ?

BILLY

L'Allemagne. Bad Homburg. En chemin je ferai peut-être étape à Paris pour quelques jours.

EMERIC

Visite sentimentale ?

BILLY

Pas vraiment.

EMERIC

Oh. Je me disais que tu comptais peut-être passer voir Hella.

BILLY

Hella ? Elle est toujours à Paris ?

EMERIC

Oh oui. J'ai reçu une lettre d'elle il y a quelques semaines. Elle a épousé un Portugais. Un homme riche, apparemment.

BILLY

Ma pauvreté a toujours été une source de déception pour elle. Si seulement elle avait pu attendre quelques années…

EMERIC

Elle m'a fait une description très évocatrice de leur maison. Dans une banlieue particulièrement cossue je crois. Apparemment la rue est bordée par un long mur blanc qui délimite leur jardin, surmonté de tuiles en terre cuite, et avec une porte entourée de lierre et peinte en bleu ciel…

BILLY

Peux-tu m'envoyer son adresse ?

EMERIC

Je ne suis pas sûr que ce soit une bonne idée. (*Puis, une seconde plus tard :*) Bien sûr.

EXT. GARE DE VICTORIA. JOUR.

BILLY *s'apprête à prendre le train qui permet de rejoindre le ferry pour Paris. Il boit un café à la gare avec* FOLEY. *L'air est épaissi par la vapeur des locomotives.*

BILLY

C'est gentil d'être venu me dire au revoir.

FOLEY

Ce n'est rien du tout, Colonel Wilder. J'espère seulement que votre séjour en Allemagne sera productif.

BILLY

Je suis sûr que oui. Enfin, comme aurait dit Holmes à Watson : « Le gibier est levé. »

FOLEY

C'était un privilège de travailler avec vous, je dois dire.

BILLY

J'accepte le compliment. La modestie n'a jamais été mon point fort.

FOLEY

« Mon cher Watson, répondit-il, je ne puis me ranger à l'avis de ceux qui placent la modestie parmi les vertus. Pour le logicien, il convient de voir les choses telles qu'elles sont, or en se sous-estimant, on s'écarte tout autant de la vérité qu'en exagérant ses propres talents. »

BILLY (*il rit*)

L'Interprète grec. L'une de ses meilleures histoires.

FOLEY

Quand toute cette… laideur sera derrière nous, vous devriez réaliser votre propre Sherlock Holmes.

BILLY

Eh bien ce n'est pas une mauvaise idée. J'ai justement une nouvelle aventure en tête. Elle concerne le monstre du Loch Ness et un minuscule sous-marin piloté par un équipage de nains.

FOLEY

Ça a l'air fascinant. Je serai le premier à me précipiter pour aller le voir.

BILLY (*il vide son verre*)

Je ferais mieux de filer.

FOLEY

Bonne chance, Colonel. Et *Auf Wiedersehen.*

Ils se serrent la main.

EXT. RUE, PARIS. JOUR.

Une rue silencieuse en banlieue. Un après-midi tranquille, ensoleillé. BILLY *descend la rue, un bout de papier à la main et son vieux chapeau sur la tête – celui qu'il portait en quittant Paris.*

EMERIC (voix off)

La rue est bordée par un long mur blanc qui délimite leur jardin, avec une porte dans le mur, entourée de lierre et peinte en bleu ciel…

BILLY *vient de parvenir à un mur exactement comme ça, et une porte exactement comme ça. Il y a une petite sonnette dorée à côté de la porte, et après avoir pris une profonde inspiration, il l'actionne.*

EXT. JARDIN. JOUR.

BILLY *et* HELLA *sirotent un thé à la menthe, assis à une petite table dans un coin ombragé de son joli jardin bien entretenu. Une fontaine chante en arrière-plan.*

HELLA, *toujours belle, semble néanmoins avoir vieilli plus radicalement que* BILLY *depuis la dernière fois où ils se sont vus.*

BILLY

Tu es amoureuse de ce type ?

HELLA

Vu les circonstances, Billy, je ne crois pas que cette question soit très appropriée. (*Elle marque un temps.*) Notre mariage est... très satisfaisant. Ce n'était pas un mariage d'amour au début, peut-être que ça ne l'est toujours pas, mais ça pourrait le devenir.

BILLY

Alors tu l'as épousé pour te protéger. Eh bien, je ne peux pas te jeter la pierre.

HELLA

Même sur ce point, ça n'a été qu'une réussite relative. Ils m'ont envoyée dans un camp.

Réaction de BILLY *: il est sous le choc, bouleversé.*

HELLA (suite)

Heureusement ce n'était pas l'un des pires. J'ai survécu, comme tu vois. (*Un silence.*) C'est bien beau de prendre cet air horrifié. Je croyais que c'était *toi*, mon protecteur, quand on est arrivés ici. Mais tu as abandonné ce rôle. (*Un silence.*) Et pas la peine non plus de faire mine d'être jaloux. À quoi tu t'attendais quand j'ai accepté de te voir, une petite baise d'après-midi vite fait ? J'ai bien peur que ce ne soit pas mon genre. Et tu es un homme marié, il me semble.

BILLY

Judith et moi nous divorçons.

HELLA

Pour quelle raison ?

BILLY

« Extrême cruauté. »

HELLA

Ça ne m'étonne pas. (*Elle marque un temps.*) Tu m'as rendu service, en fait. Je crois que je n'ai jamais été taillée pour être une épouse hollywoodienne. Ce que j'ai maintenant me convient très bien. Et il était évident que tu allais finir par devenir un ponte, quelque part, alors…

BILLY

Je n'aurais jamais réussi sans toi, Hella.

HELLA

Oh, allons. Pas de sentimentalisme, je t'en prie.

BILLY

Je suis sincère. (*Il enlève son chapeau.*) Tu ne te souviens pas de ce que tu avais mis là-dedans ? Dans la doublure ?

HELLA

Ne me dis pas que tu vas proposer de me rembourser. Avec dix pour cent d'intérêts.

BILLY

Je peux me le permettre aujourd'hui, tu le sais.

HELLA

Quand tu seras en Allemagne, demande deux ou trois jours de congé à l'armée et sers-toi de cet argent pour aller à Vienne. Ne renonce pas pour ta mère, Billy. Fais tout ce que tu peux pour la retrouver.

INT. BUREAU, BASE DE L'ARMÉE AMÉRICAINE.
BAD HOMBURG, JOUR.

BILLY (voix off)

Quelques jours plus tard, je suis arrivé à Bad Homburg et on m'a présenté à mon officier supérieur. Contrairement aux gens que j'avais rencontrés à Londres, lui avait l'air de savoir ce qu'il attendait de moi.

BILLY *est assis dans un bureau radicalement différent de celui où il avait rencontré monsieur Woodcock au ministère de l'Information : ce bâtiment de fortune, rudimentaire, fait partie d'un vaste camp composé de bungalows en bois. Un officier qui en impose et a l'air sûr de lui –* LE COLONEL PALEY *– fait les cent pas dans la pièce en donnant ses instructions.*

PALEY

Les bobines de films que vous avez demandé à faire venir d'Angleterre sont déjà arrivées. Et nous en avons beaucoup d'autres à vous faire visionner ici. J'apprécie votre souhait de terminer ce film d'information dès que possible. Mais avant cela, il y a quelques personnes que nous voudrions vous voir interviewer. Des acteurs, des réalisateurs, des producteurs. Nous avons besoin de savoir ce qu'ils fabriquaient dans les années qui ont précédé la guerre, et… où se situent leurs sympathies aujourd'hui. Si vous reconnaissez qui que ce soit de l'époque où vous-même viviez à Berlin, dites-le-nous.

EXT. FERME. JOUR.

Une ferme isolée au cœur de la campagne allemande. BILLY *en sort et serre la main du propriétaire qui lui donne un panier contenant du lait, du beurre et des œufs.* BILLY *monte dans une jeep et démarre.*

BILLY (voix off)

Il y avait néanmoins d'autres sujets importants à traiter, comme s'assurer d'être convenablement approvisionné en nourriture acceptable. Les rations de l'armée, je ne les considérais pas comme acceptables. Mais il y avait toujours moyen de faire affaire. C'est ainsi que je suis entré en contact avec beaucoup d'Allemands ordinaires. Mais bizarrement, sur toutes ces rencontres, je n'ai jamais croisé un seul nazi. La plupart de ces gens, c'est tout juste si le nom d'Adolf Hitler leur disait quelque chose, et quand c'était le cas ils soutenaient avoir été contre lui, et même s'être battus contre lui depuis le début. Quand j'ai commencé à interviewer certains de mes vieux collègues de l'industrie du cinéma, en revanche, c'était une autre histoire…

INT. BUREAU DE BILLY À L'ARMÉE. JOUR.

BILLY (voix off)

L'une des premières personnes en face desquelles je me suis retrouvé, par exemple, était mon vieil ami Werner Krauss, qui avait si bien su gagner sa vie avec tous ces affreux portraits de Juifs diaboliques dans les films de propagande des années 1930.

KRAUSS *est assis dans le bureau de* BILLY, *il se tortille sur son siège en essayant de se justifier.* BILLY *a un formulaire en deux exemplaires ouvert sur le bureau devant lui.*

KRAUSS

Ce qu'il y a, Billy, c'est que bien sûr les choses ont dérapé à mesure que la guerre progressait, mais au départ le Führer avait de bonnes idées.

BILLY

Continue.

KRAUSS

Il comprenait les Allemands, et il comprenait que beaucoup d'entre eux avaient… des inquiétudes légitimes au sujet de l'influence des Juifs. Bien sûr, ça n'excuse pas…

BILLY

Je pense qu'il est inutile de poursuivre cet entretien plus avant, Krauss. (*Il regarde le formulaire sur son bureau.*) Tu postules, d'après ceci, pour mettre en scène le mystère de la Passion à Oberammergau d'ici quelques mois. Tu as l'intention de t'attribuer le rôle de Jésus-Christ – c'est bien ça ?

KRAUSS

Oui.

BILLY

Eh bien, je ne vois pas pourquoi cela poserait le moindre problème.

KRAUSS *est visiblement soulagé. Il est sur le point de le remercier.*

BILLY (suite)

À une condition, en revanche. Quand tu en seras à la scène de la crucifixion, je veux que tu utilises de vrais clous.

Réaction de KRAUSS. *Il peine à en croire ses oreilles.*

BILLY (suite)

Maintenant tire-toi de mon bureau. Je ferai tout ce qui est en mon pouvoir pour m'assurer que tu ne retravailleras plus jamais en Allemagne.

INT. CINÉMA. JOUR.

On projette un film. La caméra cadre le public, qui regarde avec une horreur muette et tressaille de temps à autre. La narration s'achève et la musique sinistre atteint son paroxysme.

BILLY (voix off)

Au bout de quelques semaines nous avions un montage brut du film sur les camps. Nous l'avons intitulé *Death Mills* (« Les Usines de la mort »). Nous l'avons projeté devant un public test à Würzburg.

PALEY (voix off)

Et qu'est-ce qu'ils en ont pensé ?

INT. BUREAU, BASE DE L'ARMÉE AMÉRICAINE, BAD HOMBURG. JOUR.

Billy fait son rapport au COLONEL PALEY *concernant l'accueil réservé au film.*

BILLY

Je ne sais pas. Ils n'ont rien dit. Nous leur avons donné à tous une fiche de projection test et un crayon, mais pas un seul n'a complété la fiche.

PALEY

Pas un seul ?

BILLY

Pas un seul. Mais ils ont tous piqué le crayon.

PALEY *médite là-dessus un moment.*

PALEY

Vous savez, Billy, c'est trop tôt. Ces gens sont en état de choc. Leur pays a été attaqué pendant six ans. Une pluie de bombes leur est tombée dessus. Et maintenant voilà qu'on les confronte à cette horreur, quelque chose dont ils ne savaient rien mais qui les implique tous. On devrait attendre quelques mois avant de le projeter à nouveau. Peut-être même un an ou plus.

BILLY

Avec tout le respect que je vous dois, monsieur, je ne suis pas d'accord. On devrait le projeter dans tous les cinémas d'Allemagne, et on devrait les forcer à le regarder.

PALEY

Les forcer ? Comment voulez-vous faire ça ?

BILLY

Pas de film, pas de carte de rationnement. Pas de carte de rationnement, pas de pain. On ne leur laisse pas le choix.

PALEY *le regarde fixement. Il n'avait encore jamais entendu une telle passion dans la voix de* BILLY.

EXT. BERLIN. JOUR.

D'en haut, nous voyons l'ombre d'un avion qui survole la ville anéantie. C'est la même image que le plan d'ouverture du film de Wilder, La Scandaleuse de Berlin.

BILLY (voix off)

Bon, sur ce point je n'ai jamais obtenu gain de cause. En revanche, j'ai eu la permission de passer quelques semaines à Berlin. Quand l'avion a atteint la ville qui avait autrefois été la mienne, je n'en ai pas cru mes yeux. Elle était en ruine.

EXT. RUE, BERLIN. JOUR.

On promène BILLY *dans une jeep de l'armée. Il regarde à gauche et à droite, cherchant des points de repère reconnaissables. Rien.*

BILLY (voix off)

Le Romanisches Café ? Disparu. Le bureau des studios Ufa sur Friedrichstrasse ? Disparu. Partout des ruines, et encore quelques personnes ici et là qui tentaient de survivre, comme des animaux. Il n'y avait pas eu d'été aussi chaud depuis des années et la ville empestait. Elle empestait les gens en train de mourir. Elle empestait les cadavres.

EXT. RUE, VIENNE. JOUR.

BILLY *se tient devant le numéro 7 de la rue Fleischmarkt, l'immeuble résidentiel où il vivait avec sa mère. Une femme apparaît sur le seuil et il entreprend de lui parler, la pressant de questions.*

BILLY (voix off)

Cet été-là, à un moment, je suis aussi allé à Vienne. J'ai parlé aux amis de ma mère, à ses voisins…

Leur conversation se conclut rapidement, la femme secoue la tête et poursuit son chemin en hâtant le pas.

INT. BUREAU. JOUR.

BILLY *interroge un bureaucrate, qui parcourt un registre de noms.*

BILLY (voix off)

… J'ai interrogé toutes les autorités compétentes, je leur ai fait fouiller les registres…

L'homme referme le dossier et secoue la tête.

BILLY (voix off) (suite)

… Mais ma mère, ma grand-mère et mon beau-père s'étaient évanouis. Personne n'était capable de dire ce qui leur était arrivé. Quelqu'un les avait fait disparaître, comme par enchantement, et il ne restait rien. Je n'ai jamais revu ma mère. Jamais retrouvé la moindre trace d'elle.

INT. SALLE DE PROJECTION, BASE DE L'ARMÉE AMÉRICAINE, BAD HOMBURG. JOUR.

La caméra cadre le visage de BILLY *qui fixe l'écran tremblotant avec la plus grande attention.*

BILLY (voix off)

Il ne me restait plus que quelques jours à passer en Allemagne, et mon film était terminé, mais les bobines continuaient à arriver. Et je ne pouvais m'empêcher de continuer à les regarder.

Sur l'une de ces ultimes bobines, il y avait une image que je n'ai jamais réussi à me sortir de la tête. C'était un champ tout entier, un véritable paysage de cadavres. Et à côté d'un de ces cadavres était assis un mourant. C'est le seul qui bouge encore au milieu de cette mort totale, et il jette un regard apathique vers la caméra. Puis il se tourne, essaie de se lever, et tombe à la renverse, mort. Des centaines de cadavres, et le regard de cet homme en train de mourir. Déchirant.

Il y a une longue pause. Puis :

BILLY (voix off) (suite)

Et malgré tout, je ne le regardais pas vraiment. Vous comprenez ? Je regardais les cadavres. Les cadavres derrière lui. Et autour de lui. Et tout ce temps-là, je n'avais qu'une seule chose en tête…

Est-ce que c'était elle ? Se pouvait-il qu'elle se trouve parmi eux ?

FONDU AU NOIR.

*

Billy se tut. Personne ne disait mot. Enfin, il prit conscience de la présence du serveur qui hésitait près de lui.

« Un autre brandy, monsieur ? » demanda le serveur.

Billy regarda son verre. Il était presque vide. Il fit tourbillonner un instant le restant de liquide et le vida.

« Bien sûr, dit-il. Remplissez-moi ça. » Il jeta un regard autour de la table : « Quelqu'un veut se joindre à moi ? »

Quelques personnes le suivirent, parmi lesquelles Iz et monsieur Pacino. Iz avait fumé pratiquement sans interruption pendant que son ami parlait, et continuait encore maintenant, enveloppé de fumée de cigarette. Dans le silence qui suivit le récit de Billy – silence qui dura sans doute deux ou trois minutes –, le bruit de l'alcool qui tournait dans les verres ou que les gens avalaient paraissait bien sonore. Il était tard, et le restaurant principal adjacent était vide. Il n'y avait pratiquement rien pour perturber l'immobilité contemplative de notre salon privé. Le jeune Allemand dont les remarques avaient suscité ces réminiscences fixait l'endroit où se trouvait auparavant son assiette, tête basse, trop effrayé à l'idée de croiser le regard de qui que ce soit. Il ne leva les yeux que lorsque Billy reprit la parole, s'adressant manifestement à lui.

« Donc… oui, dit Billy avec une froideur d'acier dans la voix que je ne lui avais encore jamais entendue. Oui, je connais ces théories qui circulent – et pas que récemment, mais depuis la fin de la guerre en fait. Comme quoi les chiffres sont énormément exagérés. Comme quoi ces fichus Juifs, encore eux, racontent des mensonges dans leur propre intérêt. Comme quoi il n'y a jamais réellement eu d'Holocauste. » Il reprit une gorgée de brandy. « Ce qui m'amène à la question que j'allais vous poser. Et c'est une question très simple, je dois dire. La question est la suivante : s'il n'y a pas eu d'Holocauste, où est ma mère ? »

Tandis qu'il fixait directement l'homme en face de lui à qui s'adressait cette question, le visage de Billy affichait un très léger sourire de défi. Nulle réponse ne venant, le sourire demeura : inébranlable, immuable.

Au bout de dix secondes ou plus, il répéta : « Où est-elle ? »

Le jeune homme essaya de soutenir le regard de Billy mais c'était impossible. Le combat n'était pas équitable. Leurs yeux se croisèrent brièvement, puis il baissa de nouveau la tête, fixant la nappe. Il y eut un autre long silence. Monsieur Pacino toussa dans sa serviette, mais personne ne dit mot.

« Vous pouvez partir maintenant », dit Billy au jeune homme.

Celui-ci se leva, recula bruyamment sa chaise et s'en alla sans mot dire. Billy le regarda s'éloigner, puis ôta ses lunettes, se frotta les yeux comme pour se débarrasser de quelque chose, et les remit.

« Je suis content que ma femme n'ait pas été là pour assister à ça, dit-il. Elle est très sensible sur ce sujet en particulier. Cela l'aurait beaucoup contrariée. Ceci, messieurs – il se tourna à sa droite, vers Iz et le Dr Rózsa, puis à sa gauche, vers monsieur Holden –, est la raison pour laquelle vous ne devriez jamais inviter votre femme à vous accompagner au restaurant.

— Pour une fois, Billy, voici un point sur lequel nous sommes d'accord », dit le Dr Rózsa en vidant les dernières gouttes de son verre d'eau.

*

Une fois de plus, j'ai lancé le film de la conférence de presse et écouté la musique que j'avais composée pour l'accompagner. Et quand la vidéo est arrivée au bout, j'ai contemplé à nouveau l'image fixe du visage de Billy à l'écran : celui d'un homme qui nourrissait une déception profonde, secrète, inextinguible. Ce qu'il avait à offrir, plus personne n'en voulait vraiment.

Et puis j'ai retrouvé l'enregistrement d'origine, et commencé à le passer avec le son de l'époque, à vitesse normale. Je l'avais déjà vu de nombreuses fois, et j'ai donc fait défiler presque toute la vidéo en avance rapide, jusqu'à atteindre le moment que j'avais envie de revivre.

C'est une journaliste, une jeune reporter allemande aux cheveux tirant sur le roux, qui se lève pour poser la question. Une question plutôt banale, à laquelle on aurait pu donner mille réponses tout aussi banales.

En allemand, elle demande : « Monsieur Wilder, vous avez vécu plusieurs années à Berlin dans l'entre-deux-guerres. Quel effet cela vous fait de revenir en Allemagne pour tourner votre nouveau film ? »

Et Billy réfléchit quelques instants avant de répondre, sans sourire – tellement impassible que personne au monde n'aurait pu dire s'il plaisantait ou non : « Eh bien, vous savez, c'était compliqué de lever les fonds pour ce film en Amérique. Alors j'étais vraiment ravi de voir intervenir mes amis et collègues allemands. Et maintenant, je me dis que d'une certaine manière, cette situation me permet de gagner à tous les coups.

— Que voulez-vous dire ? demande la femme.

— Je veux dire, répond Billy, qu'avec ce film je ne peux vraiment pas perdre. Si c'est un franc succès, c'est ma revanche sur Hollywood. Si c'est un flop, c'est ma revanche pour Auschwitz. »

Le silence dans la salle est assez indescriptible. Il est brutal et insondable. Il dure peut-être huit ou neuf secondes – jusqu'à ce que deux ou trois journalistes se mettent à rire nerveusement – mais paraît beaucoup, beaucoup plus long. Il possède une résonance, une harmonie, une texture plus riches et plus complexes que toutes les musiques que j'aie jamais entendues.

Je voudrais pouvoir enregistrer ce silence, d'une manière ou d'une autre. Il rendrait obsolète toute la musique du monde : la mienne tout particulièrement.

Au bout d'un moment, j'ai éteint mon ordinateur et suis descendue voir si Fran était rentrée.

Paris

En réalité, Fran n'est rentrée qu'en fin d'après-midi. J'étais dans le salon, assise sur le sofa en train d'examiner le contenu de deux boîtes en carton. J'ai entendu la porte d'entrée s'ouvrir, puis ses pas dans la cuisine, et le bruit de quelque chose qu'elle posait sur la table. Mais cette fois je ne me suis pas précipitée pour lui parler. J'avais un peu réfléchi et je me rendais compte à présent que j'y étais allée un peu fort. Je ne pouvais pas l'obliger à me parler. La dernière chose dont elle avait besoin, c'était de m'avoir sur le dos. Si elle avait envie de discuter de la situation, très bien. Mais ça devrait se faire à son rythme, et selon ses conditions.

J'ai replongé dans le carton et sorti une petite enveloppe kraft remplie de photos. Les clichés étaient assez anciens. L'Italie, à la fin des années 1980. Geoffrey et moi étions mariés depuis un an ou deux, nous avions passé quinze jours dans les Pouilles, et ma mère (parce que c'était vraiment un homme adorable) nous avait rejoints la deuxième semaine. Nous voilà, tous les trois, sur les marches de la cathédrale de Lecce. Elle commençait à avoir de nouveau l'air heureuse, pour la première fois depuis sept ou huit ans…

« Salut », dit Fran.

J'ai tressailli, je ne l'avais pas entendue entrer dans la pièce.

« Oh. Coucou, ai-je dit, levant les yeux vers elle en souriant.

— Qu'est-ce que tu fais ?

— Je jette juste un coup d'œil à quelques vieilles affaires de Maman. »

Elle s'est assise à côté de moi et a ramassé l'une des photos.

« Tu cherches un truc en particulier ?

— Une lettre que je lui ai écrite autrefois, de France. Je sais qu'elle est quelque part là-dedans. »

Fran a examiné la photo et a éclaté de rire.

« Tes cheveux !

— À la pointe de la mode, à l'époque », l'ai-je informée d'un ton pincé. Je lui ai doucement ôté la photographie des mains et l'ai remplacée par une autre, prise environ quinze ans plus tard. « En voilà une jolie de toi et ta sœur. »

C'était vrai, c'était une belle photo d'elles (à l'âge de neuf ou dix ans), mais c'était surtout une belle photo de ma mère. Elle était assise sur un banc dans un parc londonien – Hyde Park, sans doute –, serrant dans ses bras ses deux petites-filles. Le plus frappant, c'est qu'elle semblait infiniment plus jeune que sur l'autre cliché. L'ombre du veuvage l'avait quittée depuis longtemps, pour être remplacée par l'excitation de se retrouver grand-mère. L'énergie de ces fillettes, leur fraîcheur, leur enthousiasme pour la vie avaient pénétré en elle comme par osmose.

« Elle me manque, a dit Fran. Elle me manque tellement. »

Elle m'a dit qu'elle était désolée de s'être énervée contre moi ce matin-là, puis m'a serrée dans ses bras avant de monter. J'ai continué à chercher la lettre que j'avais écrite de

France à ma mère, tant d'années auparavant. Pendant ce temps-là, mon cerveau travaillait, et il m'est venu à l'esprit qu'en fait, la personne avec laquelle Fran aurait eu le plus de facilité à parler de la situation délicate dans laquelle elle se trouvait, c'était ma mère. C'est pour ça qu'elle venait de dire : « Elle me manque », comme un vrai cri du cœur. D'autres pensées ont surgi dans ma tête de façon aléatoire. C'est curieux comme parfois les idées les plus importantes et les plus lourdes de vérité vous viennent pendant l'accomplissement d'un geste routinier, alors qu'une partie de votre esprit est focalisée sur tout autre chose. J'ai repensé à ce que j'avais surpris de la conversation téléphonique de Fran, ce matin-là, et au ton angoissé avec lequel elle n'avait cessé de répéter à son amie Julie : « Je ne sais pas. » Et c'est alors que j'ai compris, d'un seul coup : quand vous parlez de vouloir ou non garder un bébé, et que vous dites « Je ne sais pas », ce que vous êtes en train de dire en réalité, c'est que vous savez.

Cette prise de conscience s'est emparée progressivement de moi, devenant de plus en plus concrète et aveuglante de clarté, alors que je m'autorisais un dernier regard à cette image joyeuse de mes filles avec leur grand-mère sur le banc dans le parc, puis la remettais dans son enveloppe.

Quelques minutes plus tard, j'ai trouvé ce que je cherchais : la lettre que j'avais écrite à ma mère (une des rares que je lui aie jamais adressées, bizarrement) depuis la France, pendant cet extraordinaire été 1977. Et dès que j'ai commencé à la lire, je me suis sentie ramenée à ce mois d'août au soleil implacable, au tournage des scènes finales de *Fedora*, et à l'ultime étape de mon histoire avec monsieur Billy Wilder.

*

9 août 1977
Hôtel Ambassadeur
Cherbourg

Chère Maman,

Merci beaucoup pour ta lettre, qui m'est parvenue à Munich il y a quelques jours, juste avant notre départ pour la France. C'est bon de te lire et d'avoir toutes ces nouvelles. Je suis contente que les examens médicaux de Papa aient tous l'air d'aller.

Merci aussi de m'avoir envoyé l'article de Το Βήμα. *Cela dit, et je suis certaine que tu n'as pas besoin de moi pour le savoir, tu devrais te méfier et ne pas croire tout ce que tu lis dans les journaux. Il se trouve que j'ai rencontré ce journaliste pendant le tournage à Nydri. Il m'avait fait l'effet d'être un fouille-merde : un type déterminé à se faire un nom, qui posait des questions sur le film à toutes sortes de gens (moi y compris) pour dénicher une histoire à raconter. Ce n'est pas vrai que les deux actrices principales ne s'aiment pas. Ce n'est pas vrai que monsieur Wilder lui-même n'est pas apprécié de ses acteurs. Je suis là tous les jours à observer le tournage, depuis au moins six semaines, et je peux te dire que tout se passe à merveille. Ce que ce type a écrit me met tellement en colère ! Mais ce qui me console, c'est que personne de l'équipe ici ne lit le grec, donc personne ne risque de voir ça.*

Bref, nous entrons désormais dans la dernière étape de notre grande aventure. La semaine dernière nous avons pris l'avion de Munich à Paris, on nous a conduits à notre nouvel hôtel et laisse-moi te dire qu'il est GÉNIAL *! Il s'appelle le Raphaël et se situe dans l'un des plus beaux quartiers de Paris, à deux minutes de marche à peine de l'Arc de triomphe. Honnêtement, je crois qu'on n'a rien de comparable à Athènes.*

Le mobilier de ma chambre est délicieusement désuet. C'est le genre d'endroit où les chaises ont des coussins rayés assortis aux lourds et épais rideaux qui s'ouvrent en tirant sur un cordon avec un gros gland doré au bout. Ma chambre a sa propre salle de bains avec douche et baignoire, et même un bidet… dont je ne me suis pas encore servie parce que je ne sais pas trop comment ça fonctionne. (Monsieur Wilder nous a raconté une anecdote amusante sur les bidets au dîner l'autre soir. Apparemment, la dernière fois qu'il faisait un film à Paris, sa femme lui a demandé d'acheter un bidet et de le lui faire expédier aux États-Unis. À la place, il lui a envoyé un télégramme qui disait : « Pas pu trouver de bidet – te suggère de faire le poirier sous la douche. ») La vue de ma chambre n'est pas extraordinaire – c'est juste une vue sur une petite rue parallèle – mais bon, je ne me plains pas, tous les matins au réveil il me faut quelques secondes pour être sûre que tout ça est réel, que ça ne fait pas partie d'un merveilleux rêve.

Cependant, comme tu le verras à l'adresse qui figure sur l'en-tête de cette lettre, nous ne sommes pas à Paris en ce moment, parce qu'à peine quelques jours après notre arrivée, pendant que les décorateurs mettaient tout en place pour filmer la grande scène des funérailles aux studios de Boulogne, nous sommes quelques-uns à être venus sur la côte normande, où demain nous tournerons une autre scène importante. L'hôtel d'ici n'est pas aussi chouette – il est juste en face du port industriel – mais nous n'allons pas y rester très longtemps. La scène qu'ils vont filmer se passe sur une plage à proximité, on doit la tourner à l'aube et après ça je crois qu'on refera nos bagages et qu'on rentrera à Paris.

En fait, je ne suis venue ici que parce que monsieur Diamond a un tas de courrier pour lequel il a besoin de moi, au sujet d'un autre projet de film sur lequel il veut travailler à son retour à Hollywood. Nous avons eu une longue réunion là-dessus ce matin, et j'ai maintenant des lettres à taper. En réalité, je crois que ce projet ne donnera rien. D'après les discussions que nous avons eues ces dernières semaines, je sais qu'il essaie parfois d'écrire des films de son côté, ou avec quelqu'un d'autre, mais au bout du compte il finit toujours par travailler avec monsieur Wilder. Ils sont unis pour la vie, et je crois qu'aucun des deux ne fera plus jamais rien avec un autre collaborateur.

Je t'ai raconté dans ma dernière lettre de Munich que monsieur Diamond n'avait pas trop le moral mais il semble avoir retrouvé le sourire depuis notre arrivée en France. C'est peut-être aussi parce que sa femme est venue le rejoindre pour une semaine ou deux : elle est avec lui en ce moment même, ici à Cherbourg, et ça semble le rendre bien plus gai, bien plus à l'aise. La femme de monsieur Wilder, Audrey, est là également, mais je pense qu'elle aussi va bientôt rentrer aux États-Unis.

Un nouvel acteur nous a rejoints aujourd'hui, un type très beau qui s'appelle Stephen Collins. Il doit jouer monsieur Holden jeune, et je dois dire que la ressemblance est vraiment frappante. C'est pour une scène où Fedora et lui discutent dans leur voiture sur la plage, après avoir passé la nuit ensemble. La plage est censée se trouver à Santa Monica, et je dois dire que ça paraît difficile à imaginer, parce que la Normandie n'a rien à voir avec la Californie, mais tout le monde a l'air convaincu que ça peut marcher, et j'imagine que c'est ça, la magie du cinéma. Rien ne ressemble plus à une plage qu'une autre plage, il faut croire, même si la lumière d'ici a l'air très différente. C'est une lumière européenne, pas américaine. Enfin bref, j'ai lu la scène et je la trouve vraiment belle. Il y a beaucoup de moments touchants de ce genre dans le scénario, et c'est pour ça que j'ai du mal à comprendre pour-

quoi monsieur Diamond a autant de mal à s'en satisfaire. Mais il faut croire qu'il est comme ça, c'est tout.

Bon, Maman, je ferais mieux de me mettre au travail. Je n'avais jamais imaginé que je me retrouverais un jour secrétaire d'un scénariste, mais on dirait bien que c'est ce que je suis en ce moment, et je suppose que c'est simplement la preuve que la vie est pleine de surprises. Plus que trois ou quatre semaines de cette vie étrange et fabuleuse, et puis je rentrerai à Athènes. J'espère ne pas te faire de peine en te disant que cette idée me fait un peu peur, même si bien sûr ce sera formidable de vous voir, toi et Papa. Mais je crois que ce sera dur de revenir à la vie normale.

Bon, je ne vais pas penser à ça pour le moment.

Je vous aime très fort tous les deux,

Cal

*

Cet après-midi-là, à Cherbourg, alors que je tapais une idée de traitement pour le projet de film d'Iz, le téléphone sonna dans ma chambre d'hôtel. Je décrochai et entendis une voix féminine à l'accent américain que je mis un petit moment à reconnaître : non parce que la voix d'Audrey ne m'était pas familière, mais parce que c'était la dernière personne dont j'attendais l'appel.

« Calista, ma chérie, dit-elle, Barbara et moi allons faire un tour en voiture pendant que les garçons travaillent. S'il te plaît, dis oui et viens avec nous. »

Je lui répondis que j'aurais adoré, mais que j'étais aussi en train de travailler.

« Oh, la barbe ! Tu as vu le temps dehors ? Il est splendide.

On est en France en plein été, et tu ne vas pas rester enfermée dans une chambre d'hôtel minable à taper un traitement à la noix. Allez viens, on t'attend dans le hall. »

Je n'avais apparemment pas le choix. Dix minutes plus tard, nous quittions la ville dans la voiture d'Iz. J'étais assise à l'arrière, avec Barbara, et Audrey était devant à côté du chauffeur.

Nous roulâmes environ une demi-heure, en montée d'abord, et puis, à mesure que nous laissions la circulation derrière nous et que les maisons commençaient à s'éloigner, sur des routes côtières sinueuses. Le chauffeur semblait bien connaître la région et avoir une destination précise en tête. Il finit par se garer sur un accotement herbeux au bord de la route.

« Vous pouvez rejoindre la plage à pied d'ici, nous dit-il. Environ quinze minutes, en suivant ce chemin. »

C'était un après-midi d'août idéal et le soleil flamboyait dans le ciel. Il n'y avait pas de vent et la mer s'étirait jusqu'à l'horizon lointain, alanguie mais miroitante, bleu argenté. Quelques voiliers godillaient le long de la plage, et à la limite de notre champ de vision se dessinait la silhouette d'un ferry en train d'arriver au port ou de le quitter, à des kilomètres de là. Il faisait très chaud et j'ôtai ma veste pour la plier sur mon bras, en me demandant ce qui m'avait pris de l'emporter avec moi. Nous commençâmes à descendre le sentier, sans croiser grand monde en chemin.

« Alors, dit Audrey en se plaçant à mon niveau, qu'est-ce que tu as pensé de Munich ? »

À ma surprise, j'étais désormais flanquée des deux femmes, chacune s'étant approchée pour me prendre un bras. Mon regard passa de l'une à l'autre, mais toutes deux ne laissaient rien paraître qui aurait pu me donner l'impression que cette situation n'était pas parfaitement naturelle.

« C'était… bien, dis-je. Une ville plutôt sympa je trouve. »

Vers la fin de mon séjour là-bas, j'avais découvert le côté plus bohème de Schwabing, et j'avais passé quelques soirées très agréables dans un club nommé le Schwabinger Sieben, à boire et à écouter des groupes avec les plus jeunes membres de l'équipe. Mais sans surprise, Audrey n'avait pas eu la même expérience.

« Sympa ! s'esclaffa-t-elle. Mon Dieu, c'est la ville la plus ennuyeuse du monde. Pendant que Billy passait toute la journée au studio, je n'avais rien d'autre à faire que les magasins, et la seule chose qu'on y trouvait, c'étaient des choux, des patates, et cinq cents variétés de saucisses. Crois-moi, il n'y a pas trente-six façons d'accommoder ça. Si j'avais su que le tournage de ce film de cinglés impliquerait un séjour de quatre semaines en *Allemagne*, non mais franchement, je te promets que je l'en aurais dissuadé.

— Comme si tu pouvais dissuader Billy de quoi que ce soit, intervint Barbara.

— Eh bien, crois-moi que j'aurais tout tenté. Comment Iz a-t-il fait pour supporter ça, d'ailleurs ?

— Franchement, je n'en sais rien… vu que je n'étais pas sur place. Il va falloir poser la question à Calista. » Elle me serra le bras un peu plus fort, et je compris soudain le véritable motif de cette promenade : il s'agissait d'un traquenard, pour que Barbara puisse se renseigner sur le bien-être physique, mental et émotionnel de son mari. Et c'était moi qui étais censée fournir les informations. Après tout, à Munich, j'avais passé plus de temps avec lui que n'importe qui d'autre. « Je crois que vous vous êtes beaucoup vus pendant votre séjour là-bas ? Enfin, j'ai entendu dire que vous étiez littéralement inséparables.

— Eh bien, j'essayais seulement… de faire mon travail, fis-je, un poil sur la défensive.

— Bien évidemment, ma chérie. Et quelles ont été tes impressions ?

— Mes impressions ?

— Déjà, est-ce qu'il a mangé correctement pendant ce séjour ? Parce que je trouve qu'il a l'air d'avoir perdu au moins six ou sept kilos. »

Iz avait toujours été maigre. À mes yeux, son apparence actuelle n'était pas différente de celle qu'il avait le soir de notre première rencontre au Bistro, plus d'un an auparavant.

« Oui, je crois qu'il a très bien mangé. Nous avons beaucoup cuisiné ensemble.

— Bon, ça me rassure, parce que tout seul, c'est à peine s'il sait se faire cuire un œuf. Et est-ce qu'il avait tout le temps mal au dos ?

— Par intermittence. Mais je pense que c'était juste le stress.

— Ah… nous y voilà, dit Barbara. Le stress. Pourquoi est-il aussi stressé ? Je ne l'avais jamais vu comme ça, quand ils tournaient un film. Même pas pour *Sherlock Holmes* – et ce tournage-là était *vraiment* stressant. »

Je réfléchis à la question et tentai de formuler une réponse juste :

« Je ne suis pas sûre qu'il… croie en ce film, de la même manière que monsieur Wilder y croit.

— C'est intéressant, fit Barbara. Pourquoi, qu'est-ce qu'il a dit à ce sujet ? Quelque chose en particulier ?

— À deux ou trois reprises, répondis-je, il m'a dit qu'il se demandait pourquoi monsieur Wilder avait tellement envie d'adapter ce livre-là, cette histoire-là.

— Je me suis moi-même posé la question », intervint Audrey de façon inattendue.

Nous étions parvenues à un endroit du sentier qui avait été aménagé pour les pique-niques, ou simplement pour les gens qui voulaient se reposer les jambes. Il y avait quatre ou cinq tables avec des bancs intégrés, dominant la mer. Nous nous installâmes.

« Quel après-midi splendide », dit Barbara.

La plage qui s'étalait sous nos yeux était étonnamment animée. Ou peut-être que ça n'avait rien de si étonnant – j'avais simplement oublié, dans l'irréalité de ces dernières semaines, que nous étions maintenant début août, au pic de la saison estivale. Je contemplai les minuscules silhouettes en bas sur la plage, qui nageaient, bronzaient, jouaient au football ou au frisbee, et je me demandai comment elles pouvaient supporter ça – la vie ordinaire, celle des mortels – alors qu'au-dessus d'elles, tout là-haut sur la falaise, les dieux s'entretenaient des préoccupations divines de leur monde divin. L'ignorance, c'est le bonheur. Je n'avais jamais vraiment saisi le sens de cette expression jusqu'alors. Maintenant je comprenais.

« C'est vrai, acquiesça Audrey. Tout à fait paradisiaque. N'empêche, il n'y a pas de situation qu'une vodka martini ne puisse améliorer. Tenez, servez-vous. »

Elle sortit une flasque en argent de son sac à main et la passa à Barbara.

« Tu es un génie, Audrey, répondit celle-ci. Un génie du mal, mais un génie tout de même. »

Elle but à la flasque et me la passa. Mais je me contentai de faire semblant d'en prendre. J'avais récemment développé un certain goût pour la vodka martini, mais tout de même, il était encore un peu tôt pour moi, et je n'en ressentais pas le besoin à ce moment-là. Après avoir bu ma fausse gorgée, je repassai la flasque à Audrey.

« Tu disais, Aud ? la relança Barbara.

— Qu'est-ce que je disais ? » Elle prit une grande lampée et s'essuya les lèvres sur le revers de sa manche.

« Tu disais que tu t'étais demandé pourquoi Billy voulait faire ce film.

— Oui. Eh bien, j'ai ma petite idée mais… ça s'arrête là. Comme tu le sais, il ne me parle *jamais* du film qu'il est en train de faire. Pas un mot. J'imagine qu'avec Iz c'est pareil.

— Bien sûr. C'est à nous de vivre avec les retombées, c'est nous qui supportons les sautes d'humeur et qui devons gérer les hauts et les bas, mais aucun de ces deux-là ne se confierait jamais à nous, grand Dieu non. Nous, leurs femmes. Quelle idée ! Enfin (s'adressant à moi), ça ne m'inquiète pas du tout que tu te sois autant rapprochée de lui à Munich, ma chérie, mais c'est tout de même un peu rude, quelque part, que tu finisses par en savoir plus que moi sur l'état d'esprit de mon mari.

— Sincèrement, répondis-je – à nouveau sur la défensive –, c'est tout ce que je sais. Juste un ou deux trucs qu'il a dits pendant qu'on préparait le dîner, ce genre de choses… Je suis sûre qu'il aurait pu raconter ça à n'importe qui.

— Permettez-moi de vous livrer à toutes les deux ma vision des choses, intervint Audrey. Et je parle en tant que personne qui connaît Billy depuis plus de trente ans. »

La flasque de vodka martini circula à nouveau, et j'en repris une fausse gorgée. Puis Audrey commença :

« Je dois vous dire d'entrée de jeu que Billy et moi ne sommes pas exactement des âmes sœurs. En tout cas pas au sens traditionnel du terme. Par exemple, Iz et toi, Barbara, vous écrivez tous les deux. Vous êtes tous les deux des créatifs. Ce qui vous donne une certaine… affinité. Eh bien, je n'ai jamais rien fait de créatif dans ma vie.

— Oh, allons… ne sois pas si dure avec toi.

— Je ne suis pas dure. Je suis sacrément douée comme cuisinière, comme compagne et comme *épouse*, puisqu'on en parle. Et dans le temps, j'étais une chanteuse du tonnerre.

— Vous étiez chanteuse ? » demandai-je. Personne ne me l'avait jamais dit.

« Inutile d'avoir l'air si surprise, ma chère. Je l'étais, oui. Et je voyageais aussi, autrefois. J'ai fait des tournées avec le groupe de Tommy Dorsey, tu vois… » Elle me regarda et ajouta, avec une pointe de désespoir : « Oh. Tu n'as pas la moindre idée de qui il s'agit, n'est-ce pas ? Je sais, ça remonte à très très longtemps. Enfin bref, j'ai renoncé à tout ça. Non que Billy me l'ait demandé, bien sûr. Il ne m'a jamais forcée à faire quoi que ce soit contre mon gré.

« Le début de notre idylle a été si adorable, si tendre. J'étais figurante sur *Le Poison* – on voit juste mon bras gauche dans une des scènes – et nous sommes sortis une ou deux fois ensemble à ce moment-là. Mais la vie amoureuse de Billy était assez compliquée à l'époque. Il était encore marié, et il avait une aventure avec quelqu'un d'autre et… bon, inutile d'y penser. Et sa carrière était déjà en plein essor, mais dès que ce film s'est révélé être un succès, il est devenu une incroyable vedette. Il n'y a rien de tel pour améliorer sa vie sexuelle que le succès, et d'un seul coup elles avaient *toutes* envie d'être avec lui. J'en étais tout à fait consciente, bien sûr, et je ne croyais pas réellement avoir la moindre chance, mais allez savoir pour quelle raison… il m'aimait bien. Ne me demandez pas pourquoi, mais c'était aussi simple que ça. Il m'aimait bien. Il ne s'est pas passé grand-chose, au début, hormis ces quelques rendez-vous, mais ensuite je suis partie en tournée, j'ai voyagé quelques mois avec le groupe de Dorsey, et après les concerts je me retrouvais seule en pleine nuit dans une chambre d'hôtel d'un trou paumé – Albuquerque, ou Tulsa ou je ne sais où – et j'avais besoin de parler à quelqu'un, j'avais besoin de me sentir juste un tout petit peu moins seule, et, bizarrement, c'était lui que j'appelais. Vous imaginez ? J'aurais pu appeler ma mère, ou n'importe quel membre de ma famille, ou encore une de mes amies, mais à la place j'appelais le jeune cinéaste le plus en vue d'Hollywood. Au beau milieu de la nuit. Alors qu'il était en plein tournage. Et vous savez ce qu'il y a de plus bizarre ? Il décrochait. À chaque fois. Même quand il était trois heures du matin et que je le tirais d'un profond sommeil. Il décrochait toujours. Et il avait toujours l'air content de m'entendre, et il était toujours prêt à bavarder aussi longtemps que j'en avais envie. Je crois que j'adorais entendre cette voix, c'est tout. Ce drôle de petit accent autrichien. Et il était tellement marrant, vous savez ? Il sortait toujours les meilleures blagues. Il aimait bien se moquer de moi parce que je venais du centre-ville de Los Angeles. Il disait : "Audrey, je serais prêt à vénérer le sol que tu as foulé si seulement tu venais d'un meilleur quartier." Il ne cessait jamais de plaisanter. Pareil quelques années plus tard, quand il tournait un film à Paris et que je lui ai demandé de trouver un bidet pour notre salle de bains, et qu'il a répondu par télégramme : "Pas pu trouver de bidet – te suggère de faire le poirier sous la douche." Sincèrement, comment ne pas être amoureuse d'un homme qui vous envoie un télégramme pareil ? Nous avons vraiment eu un drôle de mariage. Vraiment drôle, mais vraiment parfait. C'était dans le Nevada. Un petit patelin qui s'appelait Minden. Vous en avez déjà entendu parler ? Non, moi non plus à l'époque. Ni Billy, pour autant que je sache. Mais nous faisions une virée en voiture et d'un seul coup il s'est simplement arrêté là et il a dit : "Voilà qui ressemble à un endroit parfait pour un mariage." Il m'avait acheté une bague dans une petite bijouterie sur Ventura Boulevard, à Encino, qu'il avait payée la somme rondelette de dix-sept dollars cinquante. Et regardez, je la porte toujours. (Elle tendit la main pour que nous l'examinions.) Je n'avais pas emporté de robe, ni rien de ce genre. Pour quoi faire ? Je ne savais pas du tout que c'était le projet. Je me suis mariée en jean élimé, coiffée d'un bandana. Quelle importance, ce qu'on porte ? Ce qui compte, c'est qui on épouse.

« Donc vous voyez, le truc, c'est que Billy et moi sommes peut-être deux personnes très différentes – l'un est un génie créatif, tandis que l'autre… eh bien, pas du tout – mais je peux vous dire aujourd'hui qu'il n'y a personne sur cette terre qui le connaisse aussi bien que moi. Et il ne le montre peut-être pas de la même manière qu'Iz, mais il sait tout au fond de lui, depuis déjà un bon moment, qu'en ce qui le concerne la messe est dite. Il n'est plus le roi d'Hollywood, cela fait déjà un certain temps, et cette gloire-là ne reviendra pas. Vous savez, un matin il y a deux ou trois ans, il venait de terminer son petit-déjeuner sur le balcon et buvait une tasse de café en lisant la presse spécialisée. C'était un article sur Spielberg, sur *Les Dents de la mer* et tout l'argent que ce maudit film venait de rapporter au studio. Le journal était posé sur la table à côté de lui et il réfléchissait en contemplant la ville. Je lui ai demandé à quoi il pensait – grave erreur avec Billy normalement, mais cette fois-là il ne m'a pas répondu sèchement ni rien, il m'a juste adressé un petit sourire : "À quoi je pensais ? À pas grand-chose. Je me disais juste que j'étais Steven Spielberg… Autrefois." »

Audrey se tut, et pendant quelques instants le seul bruit qui nous parvenait était celui d'un petit enfant, un bambin qui pleurait, manifestement en détresse, en bas sur la plage. « Maman ! Maman ! » hurlait-il encore et encore. Le cri me transperça, je ne sais pas pourquoi. Ce son-là me fait toujours le même effet. Aujourd'hui encore, je suis incapable d'entendre un enfant pleurer sans avoir envie de courir vers lui pour le réconforter.

« Donc ce que vous dites, me lançai-je à mesure que je commençais à percevoir le sens de ses paroles, c'est que monsieur Wilder est pareil que le personnage de monsieur Holden dans le film.

— Oh, ça, n'importe qui peut s'en rendre compte, fit Barbara. Même le nom du personnage ressemble à Billy Wilder. Et il porte le même chapeau que Billy dans presque toutes les scènes. »

Je me sentis toute bête de ne pas l'avoir compris avant.

« Mais si ça s'arrêtait là, reprit Audrey, ils feraient juste une comédie, et Iz serait bien plus à l'aise avec tout ça. Billy voit ce film comme une tragédie. C'est une tragédie sur quelqu'un qui a connu les sommets, mais pour qui tout est fini désormais. Ce n'est pas un film sur Barry Detweiler. Lui, c'est le personnage secondaire. C'est un film sur Fedora. C'est elle l'héroïne tragique. Et c'est à *elle* que Billy s'identifie. *Voilà* pourquoi il veut faire ce film. »

*

Billy, Iz et leurs épouses restèrent à Cherbourg quelques jours de plus, logés par le directeur artistique du film, monsieur Trauner, qui possédait une maison dans les environs. Je rentrai à Paris en train le matin qui suivit ma conversation avec Audrey et Barbara. Les jours se mirent à défiler rapidement. Le tournage touchait à sa fin. Je regrette de ne pas avoir tenu un journal, car une grande partie de ces semaines – mon long et torride mois d'août parisien – a sombré dans l'oubli, perdue dans les brumes de ma mémoire peu fiable. Je sais que je me suis délectée de l'opulence de ma chambre au Raphaël et de l'ambiance glamour des studios de Boulogne, où se tournaient les dernières scènes d'intérieur. Iz, en revanche, passait son temps à grommeler que l'hôtel partait à vau-l'eau et que les studios n'étaient plus que l'ombre d'eux-mêmes. Barbara avait repris l'avion, et il était de nouveau malheureux. Audrey était rentrée elle aussi, mais Billy semblait toujours autant s'amuser.

Jour après jour, le moment tant redouté approchait : celui où la dernière scène serait filmée, la production bouclée, et où nous serions tous renvoyés chez nous. Mais le week-end précédant le jour fatidique, un invité surprise se présenta à l'hôtel. C'était Matthew.

Je me dois d'être honnête… je n'avais pas vraiment pensé à lui depuis la dernière fois où je l'avais vu, sur la plage à Nydri. Ça paraîtra peut-être surprenant, parce que la fête sur la plage et notre premier baiser juste avant l'aube avaient indéniablement été des expériences magiques pour moi, et pendant les premiers jours à Munich, juste après notre séparation, je n'avais pas arrêté de rêver de lui et j'avais souvent pensé à demander à sa mère comment le contacter. Mais au fond (vous l'avez peut-être déjà deviné) je suis quelqu'un de raisonnable plutôt qu'une romantique, et au fil des jours j'avais commencé à me dire que c'était peut-être tout simplement un endroit, une atmosphère qui m'avaient séduite – et aussi une personne, bien sûr. À mesure que ces précieux souvenirs commençaient à refluer, à devenir de plus en plus flous, et que je m'adaptais aux nouvelles missions et au rythme de ma vie en Allemagne, je pensais de moins en moins à Matthew. Inutile de le dire, les sentiments éveillés par cette nuit avaient laissé une trace logée tout au fond de moi, une douce empreinte, ou plutôt douce-amère, mais dans l'ensemble ça ne me perturbait pas tellement. Parfois, aux premières heures du jour, il arrivait que cela ressurgisse ou bien se présente à moi brusquement et inopinément pendant les heures de travail, au beau milieu d'une banale tâche administrative, pour me distraire avec des visions fugitives et intenses du lever de soleil sur Madouri ou de la main de Matthew sur mes seins. Mais c'étaient des moments isolés. Je commençai à me dire que tout cela n'avait été qu'un béguin d'adolescente, rien de plus (je me voyais toujours comme une adolescente), et que la réaction sage et adulte consistait à tourner la page : l'oublier totalement, et passer à autre chose.

Tout ça c'était très bien. Mais ça ne changea absolument rien à ce que je ressentis à la seconde où je l'aperçus à la réception de l'hôtel Raphaël un vendredi soir, vers la fin de ce mois. Vous connaissez la chanson : le cœur qui fait des bonds, les jambes qui flageolent. Un ramassis de clichés, et pourtant la pure vérité. Je pris le temps de me calmer – heureusement, Matthew était occupé à signer le registre et à remettre son passeport – avant de m'approcher pour lui tapoter l'épaule.

« Matthew ? » bégayai-je.

Il se retourna et se fendit d'un sourire.

« Cal ! J'allais t'appeler. J'allais t'appeler à l'instant où je serais monté dans ma chambre.

— Tu viens d'arriver ?

— J'ai atterri à Charles-de-Gaulle cet après-midi.

— Tu es là pour combien de temps ?

— Trois nuits. »

Il me prit dans ses bras, m'enlaça et m'embrassa. Je pense que le baiser visait ma bouche, mais sans trop savoir pourquoi je détournai la tête et fis en sorte qu'il atterrisse plutôt sur ma joue. J'imagine que je n'étais pas certaine qu'on soit prêts à reprendre exactement là où on en était restés.

Matthew dînait avec sa mère ce soir-là, Iz m'avait confié du travail pour le lendemain, et nous n'eûmes donc pas le loisir de discuter beaucoup avant le samedi soir, à l'occasion d'une sortie au restaurant non loin du Centre Pompidou, qui venait d'ouvrir. La soirée était chaude, ce qui nous permit de nous installer à une table en terrasse. Matthew était d'humeur expansive. Il semblait avoir changé depuis la Grèce : plus sûr de lui, plus mondain, un peu plus imbu de lui-même aussi. Il s'était inscrit dans une école de cinéma pour l'automne et faisait des projets grandioses pour les films qu'il tournerait dans les prochaines années. Moi aussi j'avais gagné en assurance ces dernières semaines, et je crains fort de ne pas avoir accordé autant de crédit à ses idées qu'il l'aurait voulu (pas autant en tout cas que s'il m'en avait parlé, lors de notre conversation dans l'avion de Corfou à Actium, par exemple).

« Il faut qu'on se mette à faire des films qui reflètent le monde dans lequel on vit, me dit-il. Je ne sais pas comment c'est en Grèce, mais en Angleterre notre cinéma est une fumisterie. Tout ce qu'on fait, ce sont des comédies érotiques et des films d'horreur de série Z. Un film, ça devrait être tellement plus que ça. Les cinéastes ont le devoir moral de tendre un miroir à la société dans laquelle ils vivent. »

Il avait déjà eu recours auparavant à cette métaphore du miroir, évidemment. Je m'en souvenais, mais lui semblait l'avoir oublié. Malgré cela, même si je voyais bien maintenant que toutes ses théories étaient bien rodées, je trouvai l'arrogance avec laquelle il les exprimait encore plus adorable. Ça me donnait envie de me pencher par-dessus la table et de l'embrasser. Pour le moment, je résistais cependant à la tentation.

« Je suis certaine que Billy et Iz seraient d'accord avec toi, dis-je. Je pense que *Fedora* a beaucoup de choses importantes à dire – sur le vieillissement, la beauté, le culte voué à la jeunesse et à la célébrité… »

Matthew renifla.

« J'ai lu le scénario, dit-il – semblant oublier encore une fois que j'étais là au moment où il le terminait, assise juste à côté de lui –, et pour être franc, je n'ai pas trouvé ça génial. D'accord, c'est bien construit et tout, mais plus personne ne s'intéresse à ce genre de choses aujourd'hui. C'est tellement suranné, tellement… vieillot. Et puis tout ce qu'on raconte sur lui, sa manière de forcer les acteurs à prononcer chaque réplique exactement comme elle est écrite, de ne pas les laisser improviser, de ne pas les laisser *habiter* leur personnage. Pas étonnant qu'ils le détestent tous.

— Ils ne le détestent pas tous. Ce n'est pas vrai. Où est-ce que tu as lu ça ? Dans un de ces journaux débiles ?

— Le cinéma a changé, dit-il. Il a connu une révolution dans les années 1960 – en même temps que la société. Si t'es pas capable de prendre le train en marche, alors t'es fini. Foutu. »

Je ne tentai pas de le contredire. Je retournai à mon steak tartare.

Le lendemain après-midi, par un beau dimanche ensoleillé, nous étions assis sur l'herbe au jardin des Tuileries avec un exemplaire du *Pariscope* afin de décider du programme du reste de la journée. Matthew était fasciné par le magazine des programmes, incrédule devant le nombre et la diversité de films proposés à l'écran. Avec l'impression de déborder d'expérience, je lui expliquai que c'était tout à fait normal pour Paris : c'était une ville de *cinéphiles** (le mot sortit naturellement, avec élégance) et il n'y avait pas meilleur endroit au monde pour se mettre à jour sur les films étrangers ou voir des reprises de classiques. De fait, au cours de ces dernières semaines à Paris, j'avais enfin pu combler les lacunes béantes de mes connaissances sur les films de Billy : j'avais ri joyeusement devant *Certains l'aiment chaud*, j'avais été glacée par les magouilleurs sans foi ni loi d'*Assurance sur la mort*, j'avais admiré Billy et Iz au sommet de leur art dans *La Garçonnière*, vu leur collaboration tourner au vinaigre et tomber à plat dans *Embrasse-moi, idiot*, et compris avec un train de retard tout le mythe qui entourait *Boulevard du crépuscule*. Mon admiration pour ces films était désormais sans limites, et j'étais prête à défendre le génie de Billy jusqu'à la mort si quiconque me mettait au défi.

Je constatai avec déception qu'aucun film de Billy Wilder ne passait ce jour-là à Paris. Que pourrions-nous choisir d'autre ? Matthew et moi sommes parvenus à un compromis : nous irions voir deux films, avec une pause-dîner. Il pouvait en choisir un, et moi l'autre. Et c'est ainsi que nous nous dirigeâmes vers la rue Jacob pour voir *Taxi Driver* à la séance de dix-huit heures. (C'était son choix.)

« De quoi ça parle ? » demandai-je tandis que nous faisions la queue devant le petit cinéma avec un tas d'autres gens, pour la plupart des jeunes. Le slogan sur l'affiche disait : « *Dans chaque rue, il y a un inconnu qui rêve d'être quelqu'un. C'est un homme seul, oublié, qui cherche désespérément à prouver qu'il existe*.* »

« Ça parle d'aliénation », répondit-il.

Bon, ça, j'aurais pu deviner.

« D'aliénation et de violence.

— Oh. Je n'aime pas les films violents.

— Ça révèle la face sombre du rêve américain.

— Tu l'as déjà vu ? demandai-je.

— Trois fois. C'est un putain de chef-d'œuvre. Viens. »

Nous entrâmes.

*

Deux heures plus tard, nous étions en train d'étudier les menus dans une brasserie toute proche. J'étais en état de choc.

« Tu n'as pas aimé ? demanda Matthew.

— Ce n'est pas vraiment une question d'*aimer* ou pas, dis-je. Bien sûr, c'est... brillant. Mais je me sens... »

Les mots me faisaient défaut. Matthew les fournit à ma place :

« Tu te sens émotionnellement vidée. Tu as l'impression que quelqu'un t'a battue à mort. Ton âme est broyée. Ta foi en l'humanité a volé en éclats. Tu n'avais jamais vu autant de laideur, autant d'horreur à l'écran.

— C'est à peu près ça.

— C'est ça ! C'est *exactement* ce que je veux que les spectateurs ressentent après avoir vu un de mes films.

— Bon, d'accord mais... ce n'est pas vraiment ce que j'attends d'une soirée au cinéma.

— Allez, Calista. Ne sois pas si *bourgeoise**. Ce n'est pas comme si je t'avais emmenée voir un porno, comme Robert De Niro le fait avec Cybill Shepherd.

— Non, bien sûr que non… je pense que je vais prendre le confit de canard !

— Enfin bon, quand tu vois un film comme ça, tu ne te rends pas compte à quel point c'est absurde et vain de réaliser un truc comme *Fedora*, par les temps qui courent ?

— Mais Billy est d'une autre époque, d'une autre génération.

— Eh bien, une nouvelle génération a pris la relève. La mienne. La *nôtre*. »

Il se pencha par-dessus la table et prit mes mains dans les siennes. L'excitation de ce contact fut soudaine, électrique. Il était très persuasif, mais je n'avais plus envie de parler de ça. Je commençais à me dire que j'étais peut-être née à la mauvaise époque.

Au dîner, nous discutâmes des vacances d'été que Matthew avait passées chez ses grands-parents, en Cornouailles. Ça avait l'air formidable. Pendant qu'il parlait, je me laissais aller à un fantasme secret, dans lequel il m'y emmenait un jour. Je réglai l'addition, tout comme la veille au soir. Matthew ne semblait pas avoir beaucoup d'argent. Je recevais mon petit salaire de la société de production tous les vendredis matin, et dans la mesure où je n'avais pratiquement aucuns frais, j'avais économisé une somme plutôt rondelette. Ça ne me posait pas de problème de payer.

« Alors, qu'est-ce qu'on va voir ensuite ? » demanda Matthew tandis que nous sirotions nos cognacs. Je n'avais pas prévu de boire, mais après ce film j'avais le sentiment d'en avoir besoin.

« Ça, dis-je, désignant un titre dans le guide des programmes.

Ça passe au cinéma juste au bout de la rue. Viens, ça commence dans dix minutes. »

*

Ernst Lubitsch était un nom que Billy et Iz mentionnaient tout le temps, mais je n'avais jamais vu un seul de ses films. Ce qu'ils éprouvaient pour lui dépassait manifestement l'admiration, et confinait à la vénération. À l'adulation. Billy, m'avait-on dit, possédait même une tapisserie encadrée au mur de son bureau, sur laquelle étaient brodés les mots : « Comment Lubitsch aurait-il fait ? » Pour lui, l'approche narrative de Lubitsch était le nec plus ultra en matière d'élégance, d'astuce et de subtilité, sous-tendues par une espèce de léger cynisme qui était la quintessence de l'esprit d'Europe centrale.

Le film que Matthew et moi allions voir s'appelait *Rendez-vous* en français. En anglais, il s'intitule *The Shop Around the Corner.* C'était bizarre de le voir par cette chaude soirée d'août à Paris, parce que c'est foncièrement un film de Noël. Ça racontait une belle histoire d'amour toute simple entre un vendeur et une vendeuse d'un modeste magasin de Budapest qui s'éprennent l'un de l'autre par lettres interposées, mais ne se supportent pas dans la vraie vie. Ce qui m'a le plus marquée dans cette séance, c'était le calme qui y régnait. Je ne parle pas de la salle, car le cinéma était plein et il y avait beaucoup de rires. Je parle du calme à l'écran : parce que le film n'avait absolument aucune musique (à part les génériques de début et de fin) et que presque tous les dialogues entre les deux amants étaient prononcés sur le ton du murmure. Ce n'était pas simplement un film sans coups de feu, sans explosions ou vrombissements de moteurs, c'était un film dans lequel il n'y avait pratiquement jamais un mot plus haut que l'autre. Mais malgré – ou peut-être grâce à – cette retenue, la chaleur du film s'insinuait progressivement en vous, vous irradiait de son rayonnement ambré, jusqu'à ce que vous aussi vous n'ayez qu'une envie : partager la féerie tendre et feutrée de l'amour que se déclarent James Stewart et Margaret Sullavan dans la scène finale. À mon sens, c'est peut-être le film le plus romantique qui ait jamais été réalisé.

Dès notre sortie du cinéma, alors que nous commencions à marcher dans la rue, ma main chercha celle de Matthew et il la serra en retour.

Je m'appuyai contre lui et passai mon bras autour du sien, tandis que nous continuions notre promenade.

J'attendais qu'il dise quelque chose au sujet du film. Je voulais savoir s'il l'avait touché de la même manière que moi.

Enfin, il prit la parole : « C'était vraiment trop mignon. »

Je levai des yeux pleins d'espoir, attendant qu'il en dise davantage, mais rien ne vint. Ce n'était pas tout à fait ce que je voulais entendre. Mais il faudrait m'en contenter.

Nous n'avons pas beaucoup parlé, après ça. Alors que nous approchions de la Seine et nous lancions dans la traversée du pont Royal, je remarquai qu'il fredonnait un air dans sa barbe.

« Qu'est-ce que tu chantes ? demandai-je.

— C'est cet air que tu as composé, répondit-il. Celui que tu m'as joué au bar, en Grèce.

— *Malibu* ? »

Il acquiesça. Il ne le chantait pas vraiment comme il fallait, mais tout de même.

« J'adore que tu t'en souviennes, dis-je. Mais ce n'est pas tout à fait ça. »

Je lui chantonnai l'air tel que je l'avais écrit.

« C'est ça, dit-il. C'est tellement joli. Tu en as déjà fait un enregistrement ?

— Oui.

— Tu pourrais me l'envoyer ?

— Bien sûr. »

Mon cœur était prêt à exploser de bonheur devant ce signe : il se souvenait de notre dernière soirée à Nydri et l'associait à l'atmosphère romantique qui nous enveloppait à présent, dans le sillage du film. En traversant le pont, nous nous sommes arrêtés pour nous pencher par-dessus la balustrade et contempler l'eau obscure et scintillante. Quand nous en avons eu assez de regarder l'eau, nous nous sommes regardés, puis nous nous sommes embrassés. Ce fut un long baiser, un peu rêche aussi, à cause de sa barbe. Mais ça ne me dérangeait pas.

En rentrant à l'hôtel, nous avons demandé nos clés – il avait la 313, moi la 422 –, mais dans l'ascenseur il a regardé ma clé et a dit : « Je ne pense pas que tu vas en avoir besoin ce soir. »

J'ai ri, et nous nous sommes embrassés à nouveau.

Et ensuite…

Eh bien, on rapporte que Billy aurait dit un jour – un peu crûment sans doute – qu'« Ernst Lubitsch pouvait faire davantage avec une porte fermée que la plupart des cinéastes avec une braguette ouverte ». Je vais donc à présent suivre la technique du maître, et fermer la porte de la chambre 313, doucement mais tout à fait fermement, sur ce qu'il advint ensuite.

*

Le matin, nous avons décidé de nous faire monter un petit-déjeuner au lit. Nous avons commandé du café, du jus d'orange, des viennoiseries, des œufs brouillés au bacon, des fruits frais et du yaourt.

L'amour, étais-je en train de découvrir, vous donne un appétit d'enfer.

Tandis que nous attendions l'arrivée du petit-déjeuner, Matthew prit une douche. Je restai étendue en travers de son lit double, savourant ma nudité éhontée et le désordre confortable des draps encore tièdes de nos ébats matinaux. Mon esprit vagabondait paresseusement et béatement en pensant aux jours et semaines à venir. Le travail sur *Fedora* était certes presque terminé, mais ça n'avait plus d'importance, parce que je n'allais pas retourner à une vie ordinaire, en fin de compte. À partir de ce jour, dans ma vie, il y aurait Matthew. Il pourrait me rendre visite à Athènes pour une semaine ou deux, avant le démarrage de son premier trimestre à l'école de cinéma, et ensuite peut-être que je pourrais m'installer à Londres pour être auprès de lui. Ou trouver mon propre appartement, s'il n'avait pas envie de se sentir envahi. Peut-être que ça ferait un peu trop de vivre ensemble au bout de quelques semaines à peine. Les hommes pouvaient se montrer bizarres sur ce genre de choses, même si, personnellement, j'étais prête à me lancer dès le lendemain s'il se laissait convaincre.

Je m'étirai et bâillai au son de l'eau qui coulait dans la salle de bains. J'avais les membres endoloris, de la plus agréable et délicieuse manière qui soit.

Brusquement je me rappelai que le garçon d'étage qui

allait se présenter avec notre petit-déjeuner attendrait un pourboire. Toujours nue, je me levai et fourrageai dans mon sac à main, mais je ne trouvai dans mon porte-monnaie qu'un billet de dix francs (trop) et de la menue monnaie (pas assez). Ce qu'il me fallait en réalité, c'était une pièce de cinquante centimes.

Le jean de Matthew gisait par terre. Je glissai la main dans l'une des poches, mais au lieu d'y trouver de la monnaie, je tombai sur une feuille de papier. C'était une lettre.

Je la sortis et y jetai un coup d'œil – un simple coup d'œil, c'est tout –, et le premier mot que je vis – le seul – était « *chéri* ». Mon ventre se tordit et je dépliai la lettre, mais encore une fois je ne lus qu'une seule phrase – la dernière –, qui était : « *J'ai hâte de te retrouver – Juliet.* » Il y avait un tas de baisers et de cœurs après son prénom.

Je me sentais nauséeuse à présent, et je fourrai de nouveau la lettre dans la poche du jean. Puis je m'assis au bord du lit quelques instants, tremblante, jusqu'au moment où je pris conscience de ma nudité et enfilai précipitamment des vêtements.

Il y eut un coup frappé à la porte. Je n'avais pas fini de m'habiller, donc je ne répondis pas. Puis le coup retentit à nouveau et une voix cria « Service de chambre ! », et depuis la salle de bains, Matthew m'appela : « Tu peux t'en occuper, Cal ? »

Entièrement vêtue à l'exception d'une chaussure, j'ouvris la porte. Le groom en uniforme fit rouler la desserte, je signai, et dans ma confusion lui donnai le billet de dix francs comme pourboire, en fin de compte. Il remercia et s'en alla, l'air extrêmement satisfait.

Il était cependant hors de question de partager un petit-déjeuner au lit blottie contre Matthew après ce que je venais de voir. Je n'avais pas la moindre idée de ce que j'allais faire, mais quelques secondes à peine après le départ du garçon d'étage, j'avais enfilé ma deuxième chaussure pour le suivre dans le couloir, refermant derrière moi la porte de la chambre 313.

*

Qu'est-il advenu du reste de cette journée ? Où est-il passé ?

Je ne peux pas le dire avec certitude. J'ai erré dans les rues de Paris, désorientée et mortifiée par les événements des dernières heures. Je me sentais abusée, trahie, bafouée. Et aussi en colère contre moi-même : en colère d'avoir succombé si facilement à une illusion romantique, d'avoir été prête à croire que Matthew ressentait quelque chose pour moi, alors qu'il était clair que la seule chose qu'il voulait, c'était me mettre dans son lit. Pour ce qui était de projeter ses sentiments sur quelqu'un d'autre, je m'étais offert là un véritable cours magistral, étais-je en train de comprendre. Ce film qui m'avait mise sur un petit nuage débordant d'amour ne lui avait fait ni chaud ni froid : voilà qui était clair au moins. Je n'étais apparemment qu'un bref interlude sexuel dont il avait profité avant de retourner vers le véritable amour de sa vie, cette Juliet – peu importe qui était cette femme.

L'après-midi touchait à sa fin quand j'ai regagné le Raphaël. J'avais préféré attendre, parce que je n'avais pas envie de prendre le moindre risque de tomber sur Matthew. Je savais qu'il avait un vol pour Londres à midi. Le soir même, on allait tourner la scène de suicide de Fedora à la gare de Mortcerf – la toute première du scénario, et la toute dernière à être filmée. Il me restait une heure ou deux à tuer avant de devoir me rendre sur place, en voiture avec Iz. Je n'avais qu'une seule envie, m'allonger sur mon lit et contempler le plafond en attendant que passe toute cette tristesse.

J'étais sur le point d'entrer par la porte-tambour de l'hôtel, quand quelqu'un en surgit et faillit me rentrer dedans. C'était Billy.

« Oh pardon, dit-il.

— Non, répliquai-je, c'est ma faute. Je ne regardais pas où j'allais.

— Maintenant que tu le dis, répondit-il en m'étudiant d'un peu plus près, tu as effectivement l'air un peu ailleurs. Est-ce que tout va bien ?

— Je vais bien, assurai-je. Tout va bien.

— Est-ce que tu as profité de ce magnifique soleil parisien ?

— Oui, je suis allée... au jardin du Luxembourg, improvisai-je.

— Bien. Très bien. J'allais justement faire un petit tour moi aussi.

— C'est une bonne idée.

— Eh bien, c'est drôle... » Il s'appuya sur sa canne, visiblement peu pressé de s'en aller. « C'est notre dernier jour à Paris, et l'autre soir, tu vois, je disais justement à mon ami monsieur Diamond que ces dernières semaines avaient été absolument horribles.

— Horribles ?

— Mais oui. Parce que Paris est l'un de mes endroits préférés, et que toutes ces semaines je n'ai absolument rien vu de la ville, je n'ai rien fait d'autre que travailler, et j'ai l'impression d'être, tu sais, le pianiste dans un bordel – tous les autres sont en train de tirer leur coup et de prendre du bon temps, et moi je dois continuer à jouer. » C'est seulement à ce moment-là qu'il sembla prendre conscience de la personne à qui il s'adressait. « Je suis désolé, ce n'est pas une très jolie comparaison à faire devant une jeune femme. Je suis sûr que tu n'as jamais vu l'intérieur d'un bordel. Mais enfin tu as toi-même joué du piano, du moins d'après ce qu'on m'a dit, lors de notre petite fête en Grèce il y a quelques semaines, alors tu vois peut-être de quoi je parle.

— Peut-être, répondis-je, ne sachant pas quoi dire d'autre.

— Enfin bref, comme tu le sais, je dois tourner ce soir, donc je vais aller faire cette promenade…

— Bien sûr. »

Il était sur le point de partir, quand une pensée sembla le retenir, et il fit volte-face : « J'imagine qu'il est inutile de te proposer de m'accompagner ? Il est toujours possible qu'on atterrisse dans un bar, et on aura peut-être le temps de boire un cocktail avant de se mettre au travail. Je déteste boire seul. »

Se montrait-il gentil parce qu'il percevait ma détresse, ou souhaitait-il réellement ma compagnie, je ne pouvais le dire, et je ne le sais toujours pas. Quoi qu'il en soit, je lui étais reconnaissante de cette proposition, et nous nous mîmes en route tous les deux. Il marchait d'un pas étonnamment vif – mais à vrai dire je savais que cette canne n'avait jamais été qu'un accessoire de théâtre, rien de plus.

Billy paraissait savoir exactement où il voulait aller, même si les rues que nous parcourions étaient loin d'être les plus pittoresques ou les plus intéressantes de Paris. On traversa d'abord ce qui ressemblait à un quartier d'affaires, puis une zone résidentielle, mais dans un cas comme dans l'autre, les maisons et bureaux n'avaient rien de particulier. Paris est toujours très calme en août, bien sûr, mais ici l'absence de voitures et de gens dans les rues produisait une atmosphère véritablement sinistre en cette fin d'après-midi, alors que les ombres s'allongeaient et plongeaient ces artères secondaires peu fréquentées dans un demi-jour mélancolique.

« Tu me croiras si tu veux mais on se dirige vers un bar, m'expliqua Billy, seulement je te fais prendre un chemin détourné. Ne t'inquiète pas, il y a une raison. De la méthode dans cette folie. Et voilà, c'est ici. »

Il posa la main sur mon bras et s'arrêta en face d'un grand bâtiment de sept ou huit étages qui ne paraissait ni plus ni moins qu'un banal immeuble d'habitation. Je jetai un coup d'œil à Billy qui contemplait, d'un regard fixe que je lui avais rarement vu, une fenêtre du troisième étage.

« Cet immeuble était autrefois un hôtel, dit-il.

— L'Ansonia ?

— Exact. Et cette chambre-là – il pointa sa canne vers le haut – est celle où j'ai vécu pendant un an. J'y habitais avec une femme, ma petite amie.

— Hella », répondis-je.

Il me regarda avec surprise.

« Comment se fait-il que tu connaisses ces noms ? L'hôtel, la petite amie ?

— Parce que vous nous avez raconté toute l'histoire. Vous vous souvenez ? Au restaurant à Munich.

— Tu étais avec nous ce soir-là ? » demanda-t-il.

J'étais déçue – mais pas trop surprise, pour être franche – d'apprendre que ma présence ne lui avait laissé aucun souvenir.

« Oui, dis-je, j'étais là. »

Il leva de nouveau les yeux vers la fenêtre.

« C'était il y a quarante-quatre ans. Nous avons traversé une année vraiment difficile ensemble. C'est dur pour deux personnes de survivre à une année pareille. Enfin tu sais, de rester ensemble – en tant que couple.

— Est-ce qu'elle vit toujours à Paris ? demandai-je.

— Je n'en sais rien. Et je suis ravi de pouvoir dire que ça ne m'inspire plus la moindre curiosité. Ce qui est fait est fait.

— Sans doute.

— Eh bien, tu ne peux pas comprendre, bien sûr. Tu es trop jeune. Avec l'âge, les espoirs rapetissent et les regrets grandissent. Le défi, c'est de lutter contre ça. D'empêcher les regrets de prendre le dessus. Tu me suis ? »

J'acquiesçai, pas vraiment sûre que mon opinion lui soit bien utile.

« Viens, il y a plein de bars au coin de la rue, sur cette grande avenue là-bas. »

Nous nous remîmes en marche. Je jetai un dernier regard à ce qui était autrefois l'hôtel Ansonia, le centre névralgique de la culture parisienne pour les réfugiés allemands des années 1930. Billy ne se donna pas cette peine.

« Il y avait une brasserie ici autrefois, dit-il, qui s'appelait le Strasbourg. Mais elle a disparu il y a longtemps. Pendant la guerre, je pense. Elle n'a pas survécu à l'Occupation. Pas grave, n'importe quel endroit fera l'affaire. Heureusement il fait assez beau pour s'asseoir en terrasse. »

Nous nous installâmes dans un endroit touristique, sur une artère animée qui conduisait à l'Arc de triomphe, situé à quelques centaines de mètres à peine. Billy commanda une vodka martini et je l'imitai avec plaisir.

« Et voilà, dit-il, en levant son verre. Santé. Tchin-tchin !

— Santé », répondis-je, levant mon verre en retour.

Il prit une gorgée et laissa échapper un petit soupir de satisfaction.

« Bon, on a presque fini. Pas croyable, hein ? À chaque film, tu sais, on se dit qu'on ne va jamais y arriver. Et avec celui-là, plus encore...

— Je n'ai jamais eu de doutes sur le film, déclarai-je. Pas une minute.

— Vraiment ? Eh bien crois-moi, il y a eu quelques moments au cours de ces derniers mois où j'aurais aimé te l'entendre dire. Comme je le confiais justement à monsieur Diamond l'autre jour : "Dans le temps qu'il m'a fallu pour faire ça, j'aurais pu filmer trois mauvais films."

— Mais ce ne sera pas un mauvais film, affirmai-je.

— Et le problème, poursuivit-il sans prêter la moindre attention à ma remarque, c'est que nous ne sommes pas encore tirés d'affaire. "Nous ne sommes pas encore tirés d'affaire, Baxter" – c'est une réplique de monsieur Diamond dans *La Garçonnière*. Maintenant il faut encore qu'on s'occupe de monter tout ça, et quelque chose me dit que ça ne va pas être simple. Pas simple du tout. » Une autre gorgée de cocktail. « Bon, il faut être optimiste, tu ne crois pas ? On a déjà fait tout ce chemin. Il faut qu'on aille au bout.

— Je ne vous croyais pas optimiste. Je croyais que vous étiez un réaliste.

— Je suis réaliste quand il s'agit de la vie. Pour ce qui est de faire des films, je suis un optimiste. Il le faut, sinon on n'écrirait jamais le moindre mot d'un scénario, tu comprends ? Je veux dire que le seul fait qu'un film se fasse, n'importe lequel, c'est déjà une sorte de miracle. Bien sûr, c'est plus dur aujourd'hui que par le passé. Ça n'a jamais été aussi dur. Maintenant on passe trois mois de l'année à écrire le scénario, et les neuf autres à négocier le contrat. C'est démoralisant.

— Je suis allée voir deux films hier soir », dis-je, et je lui indiquai lesquels. Il sourit avec un bonheur quasi enfantin à la mention du nom de Lubitsch.

« *Rendez-vous* est vraiment un très bon film. L'un de ses meilleurs. Très difficile de lui trouver le moindre défaut. Un magnifique scénario de monsieur Raphaelson. Parfait, ce scénario. Tu as aimé le film ?

— J'ai adoré. *Taxi Driver*... pas tellement.

— Oui, je l'ai vu. Monsieur Scorsese est quelqu'un de très sérieux, un type doué. C'est l'un de ces jeunes barbus dont on parlait, tu sais ? J'ai trouvé que c'était un excellent film, par bien des aspects. Mais qui va trop loin. Trop violent – à mon goût. Trop déprimant. Mais c'est la tendance ces temps-ci. Pour prétendre au film sérieux, il faut que tes spectateurs sortent du cinéma avec l'envie de se suicider. Il n'y a pas que les Américains, en fait les Européens sont encore pires. Ce jeune Allemand, Fassbinder, il paraît qu'il viendra bientôt aux studios en Bavière pour tourner un film intitulé *Despair*[1]. Sérieusement... c'est le titre. Je crois que ça s'inspire d'une histoire de Nabokov ou un type de ce genre. Bon, quelque chose me dit que ça ne sera pas une comédie. Alors imagine un peu. Voilà la situation que je me représente, quand le film sortira dans un an ou deux. Imagine une famille à Düsseldorf. Le mari est déprimé – il rentre chez lui et trouve un courrier des impôts. Il doit rembourser onze mille marks, ou bien il ira en prison. La femme dit à son mari : "Écoute, je suis amoureuse du dentiste et je te quitte." Le fils s'est fait arrêter pour activités clandestines.

1. Le titre n'a pas été traduit pour la sortie française et signifie « désespoir ».

La fille est en cloque et elle a la syphilis. Et voilà que quelqu'un passe les voir et dit : "Écoutez, je sais que vous avez eu une rude journée, mais allons nous remonter le moral. Allons voir *Despair* de Fassbinder." » Je ris aux larmes à cet exemple, et il ne put s'empêcher de me rendre un sourire, parce que ça le réjouissait toujours de voir les gens apprécier ses plaisanteries. « Tu vois, ça ne peut pas se passer comme ça, hein ? Ce n'est pas ce que les gens veulent quand ils vont au cinéma. Je sais que ce film, celui que je suis en train de réaliser, est un de mes plus sérieux, bien sûr – je veux qu'il soit sérieux, je veux qu'il soit triste –, mais ça ne signifie pas, quand les spectateurs quitteront la salle, qu'ils auront l'impression qu'on leur a maintenu la tête dans la cuvette des WC pendant deux heures, tu vois ? Il faut leur offrir autre chose, un peu d'élégance, un peu de beauté. La vie est moche. On le sait tous. Pas besoin d'aller au cinéma pour savoir que la vie est moche. Les gens y vont parce que ces deux heures apportent à leur existence une petite étincelle, qu'il s'agisse de comédie et de rires ou simplement... je ne sais pas, de belles robes et d'acteurs séduisants, ou n'importe quoi d'autre – une étincelle qui n'était pas là auparavant. Un soupçon de joie, peut-être. »

Il attrapa l'olive dans son martini et la croqua directement sur le pic à cocktail, mastiquant à petites bouchées pour en savourer le goût.

« Tu sais, ma théorie sur ces gars – les jeunes barbus – c'est que quelqu'un comme Lubitsch, il a connu cette guerre monstrueuse en Europe – je parle de la première –, et quand on a vécu une chose pareille, on la porte en soi, tu vois ce que je veux dire ? La tragédie devient une partie intégrante de toi. Elle est là, pas la peine d'en faire des tonnes, d'étaler toute son horreur à l'écran en permanence. Il y a beaucoup de souffrance dans tous ses films – même dans *Rendez-vous*, même là le vieil homme, le propriétaire du magasin, il tente de se suicider –, mais ça ne prend pas le dessus sur tout. L'histoire ne se résume pas à ça. Il n'a pas besoin d'en faire des tonnes. En réalité parfois, il vaut mieux précisément ne rien dire, ne pas en parler du tout, tu vois ? Le film le plus idiot que j'aie jamais réalisé, c'était juste après la guerre, juste après mon retour d'Allemagne. Tu sais, j'avais vu toutes ces choses terribles, les plus terribles que j'aie jamais vues de ma vie, mais à ce moment-là, la dernière chose dont j'avais envie c'était d'écrire un film à ce sujet. Alors à la place, Brackett et moi avons imaginé cette stupide histoire en chansons, à propos de deux chiens qui tombent amoureux, et nous l'avons située en Autriche, mais pas la vraie Autriche, une version de conte de fées, et pour le premier rôle masculin nous avons choisi qui ? Bing Crosby, je te le donne en mille… Eh bien, ce n'est peut-être pas un bon exemple, parce que le film était raté. Ce que j'essaie de dire, c'est que… regarde cet homme, monsieur Spielberg. C'est un génie, je n'en doute pas, mais il est né juste à la fin de la Seconde Guerre mondiale. Il ne sait pas ce que ça signifie de survivre à une chose pareille. Et selon moi, on le sent dans les films qu'il réalise. La narration est remarquable, la technique est remarquable, mais il y a autre chose, quelque chose qui n'y est pas… Tu vois ce que je veux dire ? » Il vida les dernières gouttes de son verre. « Allons bon, voilà que je commence à parler comme ces types des *Cahiers du cinéma*, avec mes grandes théories. Il faut croire que je ne suis plus dans le coup, c'est tout. Les gens me traitent de cynique et c'est vrai, j'ai réalisé quelques films cyniques, mais en réalité je crois que j'ai une image assez romantique de ce que doit être un film. Mais que ça reste entre nous, hein.

— Je pense que les gens le comprendront, quand ils verront *Fedora.* »

Il haussa les épaules. « Dieu sait ce qu'ils en penseront, fit-il. Je ne sais même pas ce que j'en pense moi-même, à ce stade.

— Je pense que vous avez amélioré le livre, dis-je, essayant de me montrer encourageante.

— Ça n'était pas difficile. »

Tentant une autre approche, je repris : « À titre personnel – et j'espère ne pas être à côté de la plaque –, je pense que ce sera un film plein de… compassion. »

Une lueur de curiosité illumina son regard : « De compassion ? En voilà un joli mot. J'aime bien ce mot. De compassion envers qui ?

— Tous les personnages. Mais la vieille comtesse en particulier.

— Eh bien… » Billy fit signe au serveur d'apporter deux autres verres. « Tu sais, il y a sans doute une raison à ça. J'ai soixante et onze ans maintenant, je sais ce que c'est d'être vieux, et je peux te dire que c'est sacrément casse-pieds. Tout se met à se déliter, plus rien ne fonctionne comme avant. Mais c'est différent pour les hommes et pour les femmes. Pour moi, vieillir est un désagrément. Pour les femmes, c'est une tragédie. Et je l'ai constaté par moi-même. Je l'ai vu de mes propres yeux.

« À l'époque, dans le Berlin des années 1920 – très peu de temps après mon arrivée en ville, bien avant que je ne me mette à écrire des scénarios et à me lancer dans le cinéma –, j'ai travaillé dans deux hôtels. L'Eden, et l'Adlon. De grands hôtels, très célèbres. J'étais danseur professionnel. Donc ce que je faisais, c'est qu'il y avait ces femmes qui venaient aux thés dansants l'après-midi, parfois avec leur mari mais plus souvent seules, et il leur fallait un partenaire. Un jeune homme séduisant qui savait danser, soit parce qu'elles n'avaient personne, soit parce que leur mari en était incapable, voire carrément incapable de se lever, ou simplement parce qu'il ne supportait pas de passer les bras autour de la taille de son épouse, tu vois ? Ce qui, il faut bien le dire, n'était pas toujours facile, parce que beaucoup de ces sexagénaires et septuagénaires allemandes étaient grosses, force est de le reconnaître, après toutes ces années à manger des *Spätzle*, des *Knödel*, des *Wurst*, des *Sauerkraut* et des *Apfelstrudel*. Ce n'était vraiment pas le genre Audrey Hepburn. Mais ce ne sont pas les obèses qui m'ont le plus marqué. Elles avaient souvent l'air plutôt gaies, assez bien dans leur peau. C'étaient surtout les femmes qui avaient gardé la ligne mais perdu leur beauté, et qui se retrouvaient toutes seules. Leur mari les avait peut-être quittées, ou peut-être qu'il était mort, et elles n'auraient plus jamais d'homme dans leur vie, même pas en rêve, parce qu'elles étaient *vieilles*. C'était ça. L'unique raison. Et quand elles passaient les bras autour de vous – je n'avais pourtant rien d'un Holden ou d'un Cary Grant, je peux te l'assurer – on sentait malgré tout cet appétit, ce besoin de simplement toucher un autre être humain, tu vois ? Et je trouvais ça assez horrible, ça me faisait froid dans le dos, rien que la façon dont elles vous touchaient trahissait leur détresse. Mais comment ne pas les plaindre ? Dès qu'une femme perd sa beauté, c'est fini. Elle est invisible. C'est pour ça que tous ces chirurgiens esthétiques gagnent des fortunes, mais tu sais, c'est du sérieux, ce ne sont pas des opérations anodines, la plupart de ces types, ce qu'ils font à ces femmes, c'est... Bon, tout est dans le film. Tu as lu le scénario. Je n'ai jamais oublié ça – même après toutes ces années, combien au juste... cinquante ans... mon Dieu –, même après tout ce temps, je n'ai jamais oublié ce que ça faisait de sentir les bras de ces femmes autour de moi, de les regarder dans les yeux, et... la tristesse qu'on y voyait. La tristesse et le manque. C'était... Eh bien, rien que d'y penser, ça me donne envie de reprendre un martini. Est-ce qu'on a le temps ? »

Il regarda sa montre.

« Non, on n'a pas le temps. Quel dommage. On doit tourner à vingt et une heures, juste avant la tombée de la nuit, et il faut que j'arrive là-bas avant, parce qu'ils posent un rail, un rail pour la caméra le long du quai de la gare, et je dois m'assurer qu'ils font ça correctement. Ma voiture sera là dans cinq minutes.

— Je ferais mieux de rentrer à l'hôtel, dis-je. Iz va m'attendre.

— Tu n'es pas obligée de partir avec lui pour rejoindre le tournage, répondit Billy. Tu peux venir avec moi et le retrouver sur place. Je téléphonerai à l'hôtel depuis ma voiture pour le tenir au courant.

— Vous avez un téléphone dans votre voiture ? » fut tout ce que je parvins à répondre.

La naïveté de cette question lui arracha un petit rire.

« Allez viens, dit-il en se levant. C'est le dernier chapitre des Aventures de l'interprète grecque. Faisons en sorte qu'il soit bon. »

*

Tandis que nous traversions Paris en voiture en direction de la banlieue est, Billy m'offrit un commentaire ininterrompu sur les monuments devant lesquels nous passions et les souvenirs personnels qu'il en gardait. Voici la rue où vivait à présent Marlene Dietrich, voilà le restaurant où il avait un jour passé des heures à table avec Maurice Chevalier... Il me fit remarquer que « Paris est une ville où les billets de banque tombent en miettes, mais où le papier toilette est indéchirable », et me raconta à nouveau l'histoire du télégramme qu'il avait adressé à Audrey, celui qui parlait de faire le poirier sous la douche, et même si c'était la troisième fois que j'avais droit à cette anecdote, je ris de bon cœur, parce qu'il la racontait avec une telle jubilation pince-sans-rire, et ça lui faisait tellement plaisir que les gens trouvent ça drôle.

La voiture roulait en douceur dans les rues silencieuses de la ville, et nous fûmes bientôt en banlieue. Des endroits aux noms inconnus tels que Vaires, Torcy, Lagny, Thorigny et Esbly. Des quartiers tranquilles et prospères. De grandes maisons familiales : quelques couples ici et là, installés au balcon ou dans leur jardin pour prendre l'apéritif, mais la plupart étaient vides. Manifestement les gens étaient encore dans leur maison de vacances. Et bientôt, un peu plus loin, nous étions dans la campagne : une campagne plate et monotone qui s'étira sur cinq ou six kilomètres avant qu'une ville ne se profile au loin. On distinguait les tours d'une impressionnante cathédrale gothique qui projetait ses longues ombres estivales sur les boutiques et les maisons blotties à ses pieds.

« Je me demande où nous sommes, fit Billy, qui prenait des notes sur une page de son scénario et levait maintenant le nez pour jeter un regard alentour, pour la première fois depuis un moment.

— Nous approchons de Meaux, monsieur, dit le chauffeur.

— Meaux », répéta Billy. Le nom ne semblait rien lui dire.

« L'endroit où on fait le brie, précisa le chauffeur. Le meilleur brie de France vient d'ici.

— Ah, bien sûr ! s'exclama Billy. Le *brie de Meaux**.

— Vous voudriez peut-être en goûter? demanda le chauffeur. Mon cousin a une ferme pas loin d'ici. Il serait ravi de vous accueillir.

— Voilà qui est très tentant, je dois dire, répondit Billy en accentuant chaque mot avec sincérité. Mais il faut qu'on aille sur le tournage.

— La ferme de mon cousin est tout près. À peine quelques minutes. »

Billy hésita, puis se tourna vers moi : « Qu'en penses-tu ? Enfin quoi, ce serait ridicule de venir dans cette région, l'endroit même où c'est produit, sans y goûter, tu n'es pas d'accord ? »

Je pensai à tout le monde en train de nous attendre sur le tournage. Et à Iz qui insistait toujours tellement sur la nécessité d'être « professionnel ».

« Il ne faut pas qu'on soit en retard... », dis-je.

Billy regarda sa montre. « Eh bien, d'abord ils doivent poser le rail le long du quai de la gare. On ne peut rien faire avant que ça ne soit terminé. Je pense que nous avons le temps. » Il se pencha et s'adressa au chauffeur : « D'accord, s'il vous plaît, vous pouvez nous y emmener juste un petit moment.

— Mon cousin sera tellement content, dit le chauffeur. Ce sera un honneur pour lui. »

En moins d'une minute, nous avions quitté la route principale pour bifurquer sur la droite et serpentions le long d'un étroit chemin de campagne. Bientôt une ferme apparut sur notre gauche, accessible uniquement par une longue route non goudronnée. Les roues de la voiture faisaient voler les gravillons, projetant des nuages de poussière. La route était pleine de cahots et le conducteur la négociait à vive allure. Billy et moi étions projetés d'avant en arrière, et il s'agrippa à mon bras alors que nous rebondissions sur un nid-de-poule.

À cet instant, cela me paraissait bien du tracas, rien que pour goûter un fromage. Mais plus tard, en me remémorant une autre chose qu'Iz m'avait dite en Grèce, je compris qu'il y avait peut-être dans ce détour quelque chose de plus symbolique pour Billy. Au fond de lui, c'était un Européen après tout : cette année-là, il avait passé plus de quatre mois en Europe et, comme il s'en était plaint récemment auprès de moi, il n'avait pratiquement pas profité de tout ce qu'il aimait ici pendant son séjour. Le tournage de *Fedora* était presque achevé. Il était sur le point de rentrer aux États-Unis. Pourquoi ne pas saisir une dernière occasion de se rappeler ce que l'Europe représentait pour lui – le *goût* qu'elle avait, pour quelqu'un qui avait été contraint de l'abandonner il y a tant d'années ? Une dernière occasion de faire quelque chose qui n'était possible que sur le continent qui l'avait vu grandir.

Peut-être que c'était ça.

Nous nous garâmes dans une cour de ferme entourée de dépendances, et dès que le moteur s'éteignit, nous fûmes plongés dans le plus profond et le plus paisible des silences. Pas de chants d'oiseaux, pas de mugissements de bétail, rien. Le chauffeur se dirigea vers la porte située derrière le corps de ferme, à la recherche de son cousin, tandis que Billy et moi sortions nous dégourdir les jambes. C'était une magnifique soirée, chaude et sans nuages. Je m'adossai à la masse tiède de la voiture et tentai de me faire à ce qui était en train de se passer. Les événements prenaient une tournure irréelle, mais tous les événements de ma vie avaient pris une tournure irréelle ces derniers mois.

« Par ici, par ici ! »

Le chauffeur était revenu avec son cousin et s'ensuivit une séance vigoureuse de serrages de mains, d'embrassades et de tapes dans le dos, au cours de laquelle le fermier répéta à qui mieux mieux que *Ben-Hur* était son film préféré et un chef-d'œuvre du cinéma. Billy avait l'habitude qu'on le prenne pour William Wyler – cela lui arrivait régulièrement depuis au moins trente ans – et accepta donc gaiement ces compliments au nom de son collègue cinéaste. Le paysan nous guida en direction d'une vaste grange en pierre dont la porte était verte. Il la déverrouilla et nous le suivîmes dans un espace résolument frisquet où trois ou quatre tables dressées attendaient les convives. L'ambiance était assez lugubre et peu accueillante.

« Vous voulez peut-être que je vous déplace une de ces tables dehors ? demanda-t-il.

— Si ça ne vous embête pas, dit Billy. Ce serait merveilleux.

— Pour l'homme qui a porté cette course de chars à l'écran, répondit le fermier cinéphile, rien ne m'embête. »

Le chauffeur et lui nous installèrent une table au soleil et apportèrent deux assiettes, deux couteaux et deux verres à vin.

« Avec le brie, poursuivit le fermier, je recommande toujours un pinot noir. Ce n'est ni trop fruité, ni trop fort. Ça fait ressortir les arômes à la perfection.

— Je m'en remets à vous, bien sûr », dit Billy en lui présentant son verre.

Deux verres de vin furent versés, puis le premier fromage fut apporté à table.

« Ça, précisa le fermier, c'est un *brie de Melun**. Nous en vendons ici mais en réalité il est produit à quelques kilomètres, à la ferme de mon beau-frère. Toujours en Seine-et-Marne, comme il se doit pour tous les authentiques bries. Il a un arôme assez fort, plutôt salé. Si la maturation dure trop longtemps, il devient amer. Ce fromage a été affiné pendant cinq semaines.

— Tu as déjà goûté ça ? me demanda Billy en étalant un peu de fromage sur une tranche de baguette croustillante.

— Je n'ai jamais goûté aucune sorte de brie, ai-je admis.

— Ça ne me surprend pas tant que ça, vu que tu viens de Grèce. Vous avez la feta, là-bas. Un fromage sympathique, mais qui ne joue pas vraiment dans la même catégorie. C'est comme comparer l'*Asti spumante* au champagne. » Il mordit dans le pain et le fromage, ferma les yeux et mastiqua d'un air contemplatif. « Ah oui, c'est bon. C'est l'un des meilleurs que j'aie jamais goûtés. »

Je pris ma première bouchée, ne sachant à quoi m'attendre. Immédiatement un mélange complexe de saveurs envahit ma bouche. Le fromage était onctueux, lacté, mais avec aussi des notes lointaines de noix, et un goût de terre assez prononcé. Pour mes papilles peu entraînées, c'était une drôle de saveur mais elle était extrêmement agréable. Et puis la texture crémeuse du fromage, associée au croustillant du pain, était incroyable.

« C'est vraiment délicieux, dis-je.

— Essaie avec le vin, conseilla Billy. Il a raison, ça se marie bien. »

Je levai mon verre à la lumière du soir. Les rayons du soleil se reflétaient dans ses somptueuses profondeurs couleur rubis. Je bus une grande gorgée et laissai les notes sombres aux arômes de baies se mêler aux saveurs persistantes du fromage et du pain, puis les dominer.

« Mmmn », dis-je. Je ne trouvai pas les mots pour exprimer mon approbation. J'en étais réduite à produire des sons gutturaux. « Mmmmnmnmnm… »

Nous mangeâmes et bûmes encore, puis le paysan alla chercher le fromage suivant.

« Bon, si je peux me permettre quelque chose de… plus personnel, au point où nous en sommes, dit Billy en se tamponnant les lèvres avec un mouchoir. Je n'ai pu m'empêcher de remarquer, tout à l'heure, que tu avais l'air d'humeur un peu chagrine aujourd'hui. Je me demandais si quelque chose n'allait pas.

— C'est que…

— Parce que bon, si tu es triste que le tournage s'achève, c'est notre cas à tous, mais on n'y peut pas grand-chose.

— C'est vrai que je…

— Tu sais, je suis vraiment content qu'on t'ait trouvé quelque chose à faire, pour que tu puisses nous accompagner en Allemagne et en France, et monsieur Diamond, je le sais, t'est très reconnaissant de toute l'aide que tu lui as apportée, mais tu ne peux pas rentrer à Los Angeles avec nous, malheureusement.

— Bien sûr. Ça ne m'a jamais traversé l'esprit. »

Le fermier était revenu avec un autre fromage.

« Celui-ci, expliqua-t-il, vient aussi de la ferme de mon beau-frère. C'est encore un *brie de Melun**, mais il n'a été affiné que quatre semaines, alors il est un peu plus ferme, avec un assaisonnement subtil. Essayez de deviner ce que c'est. »

Billy étala un peu de fromage sur son pain et mordit dedans. Il regardait droit devant lui en mastiquant. Puis il dit : « De la moutarde. C'est bien ça ?

— Oui, c'est bien ça. Des graines de moutarde. Très peu. Le parfum est très délicat. Je vous laisse le savourer, et je vais chercher le meilleur de tous. »

Pendant qu'il était parti, et alors que je me resservais en pain, en fromage, et reprenais du vin, peinant à croire que des mets et breuvages aussi simples puissent être aussi délicieux, Billy reprit son interrogatoire :

« Donc, je suppose qu'il s'agit d'un événement plus personnel, c'est ça ? »

Je hochai la tête et avalai ma bouchée de fromage parfumé à la moutarde avant de répondre :

« Quand on était à Leucade, il y avait un garçon. Il s'appelait Matthew. On s'est un peu rapprochés, et puis... certaines choses sont restées en suspens, j'imagine qu'on peut le dire comme ça.

— Continue, m'encouragea Billy, tandis que je buvais encore un peu de vin.

— Et vendredi, il est arrivé à Paris, à l'hôtel – sa mère est l'une des maquilleuses du film, en fait –, et hier soir on est sortis ensemble et ensuite...

— Ensuite, je suppose, vous avez conclu les affaires en suspens », dit Billy.

C'était une façon assez directe de formuler les choses, mais j'acquiesçai à nouveau.

« Et maintenant il est parti ?

— C'est pire que ça. » Et je racontai à Billy toute l'histoire de la lettre que j'avais trouvée ce matin-là dans la poche de pantalon de Matthew, et mon sentiment d'avoir été utilisée et trahie. C'est fou comme c'était facile de me confier à lui.

C'est un lieu commun, je suppose, de dire que le vin délie les langues et vous rend plus loquace. Mais dans ce cas précis, je ne pense pas que c'était le vin. Je crois que c'était le fromage.

À propos de fromage, le paysan réapparut à ce moment précis avec le troisième et ultime échantillon à nous faire goûter. Cette roue était plus grosse que les précédentes, avec une croûte légèrement plus fine. Billy se pencha avec enthousiasme pour l'examiner.

« Et ceci est… ?

— Ceci, monsieur, est mon propre fromage. Produit ici même à la ferme. Un authentique *brie de Meaux**. Affiné huit semaines entières. Nous utilisons le lait de nos vaches. Le fromage est égoutté de manière traditionnelle, sur paille, puis salé, séché pendant deux jours et enfin laissé à affiner dans une cave réfrigérée. Au cours de la première semaine de ce processus, la croûte commence à se former, et d'ailleurs – ajouta-t-il avec un regard désapprobateur à mon assiette – vous devriez la manger, *mademoiselle**. C'est très nutritif. En plus, c'est très bon. Pendant la période d'affinage les roues de fromage sont retournées à la main, à intervalles de quelques jours. Vous ne goûterez pas de meilleur fromage dans toute la France, monsieur. Je vous le garantis. »

Billy regarda sa montre, puis demanda au chauffeur :

« Combien de temps pour rejoindre le tournage, d'ici ?

— Environ une demi-heure, monsieur.

— Très bien. Nous ferions mieux de nous presser.

— Monsieur, protesta le paysan, il faut huit semaines pour fabriquer ce fromage. Hors de question de se presser avec le *brie de Meaux**. Que ce soit pour le faire, ou pour le manger. »

Billy médita là-dessus. Puis il hocha la tête en signe d'assentiment, s'installa confortablement et attrapa un autre morceau de pain.

« Vous avez tout à fait raison. Vous auriez encore un peu de vin, par hasard ?

— Bien sûr, monsieur. Je vous en prie – il désigna la roue de fromage –, servez-vous. Pas la peine de m'attendre pour l'entamer. »

Il partit chercher une autre bouteille de pinot noir. Prudemment, avec beaucoup de précautions, Billy coupa une tranche de la roue et la fit glisser dans mon assiette. Le fromage était jaune comme du beurre, presque liquide, et dégageait un arôme délicat mais très alléchant, tirant légèrement sur le champignon. Puis il fit de même pour lui. Je rompis deux morceaux de pain. Nous contemplâmes le contenu de nos assiettes avec impatience, tandis que l'eau nous montait à la bouche.

« Bon, on se lance ? » dit-il en levant son couteau.

Je levai également le mien.

« Mais avant cela, ajouta-t-il abruptement, baissant le couteau pour le pointer sur moi, permets-moi de te dire une chose au sujet de ce que tu viens de me raconter. »

J'attendis.

« La lettre que tu as trouvée dans la poche de ce garçon ne me semble pas être une preuve concluante.

— Ah non ? » À ces mots, je sentis une lueur d'espoir se réveiller dans mon cœur.

« Tout ce que tu as vu, si je comprends bien la situation, c'était le mot “chéri”. Et la phrase “J'ai hâte de te retrouver”.

— C'est exact.

— Eh bien pourquoi en tirer des conclusions précipitées ?

"J'ai hâte de te retrouver", voilà une phrase que n'importe qui pourrait écrire...

— Sans doute...

— Et en Angleterre, il existe une certaine catégorie de gens qui se donnent du "chéri" tout le temps. C'est le genre Noël Coward, tout ça. Ça ne signifie rien. Ils le disent même à leur laveur de carreaux. »

Ça semblait plausible, je devais bien l'admettre.

« J'envisagerais donc la possibilité que cette femme ne soit qu'une simple amie. Voilà tout.

— Une simple amie », répétai-je, et tandis que je tournais et retournais cette phrase dans ma tête, pesant sa probabilité et sentant les vagues d'un soulagement tant attendu déferler dans mon corps, le fermier revint avec notre deuxième bouteille de vin, et remplit à nouveau nos verres. Puis Billy et moi étalâmes un peu de fromage sur notre pain, avant de porter délicatement le tout à notre bouche.

Ah, ce fromage. Ce fromage – et je n'exagère rien – était tout simplement la chose la plus délicieuse que j'aie jamais goûtée de toute ma vie. Les arômes vous parvenaient, l'un après l'autre, chacun plus complexe et plus subtil que le précédent. Je fermai les yeux de façon à les savourer plus intensément.

« C'est bon, hein ? dit Billy, après un petit moment passé à manger tous les deux en silence.

— Oh oui.

— J'ai un petit goût de noisette, un petit goût de champignon. C'est presque comme si, tu vois... comme si on pouvait sentir le goût de la terre, pareil qu'un bon scotch. »

J'acquiesçai, mais contrairement à Billy j'étais incapable d'exprimer ce que je ressentais avec des mots. Tout ce que je sais, c'est que je vivais à cet instant une sorte d'épiphanie.

Tout convergea d'un coup – la bouffée d'espoir suscitée en moi par ce qu'il avait dit au sujet de Matthew, le plaisir, le plaisir encore ahuri que m'inspirait sa compagnie, le goût somptueux du fromage, la chaleur du vin, le charme intense de la nature autour de nous, alors que nous étions attablés dans cette cour avec le soleil couchant sur nos visages, le ciel sans nuages au-dessus de nos têtes, bleu, rose et jaune, la beauté mélancolique de cette soirée de la fin août –, tout cela convergeait, à tel point qu'encore aujourd'hui, quand on me demande à quoi le bonheur ressemble pour moi, c'est le moment que j'évoque toujours, auquel je reviens toujours. Ce moment ! Ce souvenir !

« Je suis au paradis, fut tout ce que je parvins à dire.

— Bien », fit Billy avec la satisfaction professionnelle d'une personne déterminée à faire plaisir et qui a réussi son coup. Il mangea son dernier morceau de fromage, puis regarda à nouveau sa montre. « En revanche, paradis ou pas, il faut qu'on y aille maintenant.

— Oui, bien sûr. »

Il disparut dans la maison pour remercier le fermier en notre nom à tous les deux – peut-être même lui donner de l'argent, je ne sais pas. En ressortant, il marchait plus vite que d'habitude.

« On va être en retard sur le tournage. Ça ne m'était jamais arrivé. Regarde ce que tu me fais faire ! »

Mortifiée, j'étais sur le point de m'excuser, et puis je compris qu'il plaisantait.

« En tout cas, ça en valait la peine, dit-il en jetant un dernier regard à la cour de ferme alors que le chauffeur lui ouvrait la portière arrière.

— Je suis contente que vous le pensiez.

— Bien sûr que je le pense. » Il s'apprêtait à monter

dans la voiture mais s'interrompit pour me sourire : « Tu sais, cette soirée nous a rappelé à tous les deux quelque chose d'important. » Je me demandais à quoi il pouvait songer – ce que lui et moi pouvions bien avoir en commun. « Peu importe ce qu'elle te réserve par ailleurs, reprit-il, la vie aura toujours des plaisirs à offrir. Et il faut savoir les saisir. » Et puis cet homme qui avait accompli tant de choses en son temps, et tant souffert aussi, tira sur son chapeau pour l'incliner sur son crâne selon un angle parfait, et me fit un salut : « Souviens-toi de ça », ajouta-t-il. Et je m'en suis toujours souvenue.

*

Nous étions effectivement en retard en arrivant à Mortcerf. Mais – précisément comme Billy l'espérait – l'équipe avait anticipé ses besoins et déjà installé un rail de travelling le long du quai de la gare, parallèlement à la voie de chemin de fer. Cela permit donc de gagner du temps.

Le tournage se déroula sans incident. Je me sentais franchement étourdie à cause du vin, mais il fallait plus que quelques verres de pinot noir pour rendre Billy pompette. Le seul accroc fut le moment où mademoiselle Keller ne prononça pas l'une de ses répliques exactement comme elle avait été écrite. Au lieu de dire « Cet appel – ce n'était pas Michael au téléphone. Qui était-ce ? », elle dit : « Cet appel – il ne venait pas de Michael. Qui était-ce ? » Naturellement, Iz signala qu'elle avait dévié du scénario, et ils durent refaire une prise. Mademoiselle Keller ne protesta pas et ne se plaignit pas non plus. Elle savait maintenant comment ça marchait avec ces deux-là. Elle prononça les mots qu'il fallait au troisième ou quatrième essai, et puis ce fut terminé. C'était dans la boîte, comme on dit.

Mais il n'y eut pas de fête de fin de tournage à proprement parler. À la place, on arrangea une petite réunion feutrée au bar, une fois de retour à l'hôtel. La plupart des acteurs et des membres de l'équipe étaient déjà rentrés chez eux de toute façon. Monsieur Holden n'était pas là, ni mademoiselle Knef ou monsieur Ferrer. Nous étions une dizaine, à boire du champagne et à fumer des cigarettes. Les gens s'en allèrent peu à peu, jusqu'à ce qu'il ne reste plus que Billy, Iz et moi.

Les deux vieux amis demeurèrent assis en silence un petit moment. Ils avaient l'air plus épuisés que triomphants.

« Bon, eh bien, fit Iz d'un ton lugubre au bout de quelques minutes, on l'a fait.

— Oui, répondit Billy. On l'a fait. » Le silence retomba. Billy tirait sur son petit cigare. Iz contemplait fixement la table. Je n'avais pas la moindre idée de ce qu'il pensait, mais je me réjouis de constater que lentement, de façon quasi imperceptible, un sourire timide commençait à gagner son visage. C'était un sourire triste, un peu de travers, mais un sourire tout de même. Enfin il leva le nez et, précisément au même instant, comme s'il y avait une sorte de lien télépathique entre eux, Billy lui lança un coup d'œil et leurs regards se croisèrent. Lui aussi souriait.

« On l'a fait, répéta Iz en levant son verre.

— On l'a fait », dit Billy, et ils trinquèrent.

Puis ils redevinrent silencieux, n'ayant nul besoin de davantage de mots ou de gestes pour exprimer ce qu'ils ressentaient, et soudain j'eus l'impression d'être une intruse. Il était temps de leur souhaiter une bonne nuit à tous les deux.

En chemin vers ma chambre, je m'arrêtai à la réception et trouvai un mot qui m'attendait. Il venait de Matthew.

Chère Calista,
Que s'est-il passé ? Pourquoi es-tu partie ? Où es-tu ? J'espère que tout va bien. Il faut que j'aille à l'aéroport. Écris-moi s'il te plaît à –

Mais l'adresse qu'il m'avait donnée, quand j'essayai de lui écrire d'Athènes quelques jours plus tard, se révéla erronée. Je lui avais adressé une longue lettre, joignant un enregistrement sur cassette de Chrysoula et moi en train de jouer *Malibu* au piano et au violon, mais la lettre et la cassette ne lui parvinrent jamais. Peut-être avait-il déjà déménagé, et vivait-il maintenant dans une résidence étudiante, quelque part à proximité de son école de cinéma. J'imagine que j'aurais pu essayer de lui écrire une seconde fois, en utilisant l'adresse de sa mère, mais quelque chose m'en empêcha : le soupçon qu'il m'avait peut-être délibérément donné une fausse adresse, parce qu'il ne souhaitait pas avoir de mes nouvelles. Plus j'y pensais, plus ça me semblait probable. C'est vous dire à quel point ma première expérience de l'amour m'avait laissée anéantie. Enfin bref, peu importe la raison, la cassette me revint avec la mention « Retour à l'envoyeur ».

Londres

Le tournage de *Fedora* était terminé. Cependant le film n'en avait pas fini avec les difficultés.

À leur retour aux États-Unis, Billy et Iz engagèrent un nouveau monteur pour produire une première version du film. Mais Billy prit alors une décision désastreuse. Souhaitant que les voix des deux actrices principales se ressemblent, par souci de l'intrigue, il décida de faire réenregistrer *toutes* leurs répliques par la même personne, une actrice allemande nommée Inga Bunsch. Des centaines et des centaines de répliques – l'intégralité des performances vocales de Marthe Keller et Hildegard Knef – furent bazardées pour être remplacées par le doublage aux intonations inexpressives et monocordes de madame Bunsch.

En décembre 1977, il retourna à Munich pour enregistrer la bande originale de Miklós Rózsa, avec l'Orchestre symphonique. Mais quand vint le moment d'ajouter la musique au film, il n'en utilisa que très peu. Il abandonna le générique composé par le Dr Rózsa, par exemple, pour le remplacer par *The Last Spring* d'Edvard Grieg. Rózsa était furieux. D'après ce qu'on m'a dit, il n'adressa plus la parole à Billy pendant des années. Dans son autobiographie,

Double Life, il évoque son travail sur les bandes originales de presque tous les films sur lesquels il a travaillé, mais il ne mentionne pas *Fedora*. Il était trop fâché.

Une projection test organisée à Santa Barbara ne se passa pas bien. Vers la fin du film, les spectateurs se mirent à rire à des répliques censées être on ne peut plus sérieuses. Ensuite, il fut projeté au Festival de Cannes, où les critiques européens l'apprécièrent, tandis que les Américains le détestaient. C'est seulement en 1979 qu'il bénéficia d'une sortie limitée aux États-Unis. Le film eut un certain succès à New York, mais nulle part ailleurs. En fin de compte, il se révélait être la revanche de Billy pour Auschwitz, et non sa revanche sur Hollywood.

Billy et Iz tournèrent encore un film ensemble au début des années 1980, une comédie intitulée *Victor la Gaffe* (*Buddy Buddy*). L'idée venait de quelqu'un d'autre, elle ne les touchait pas personnellement, le cœur n'y était pas, et moins on parle de ce film, mieux c'est.

Après ça, ils gardèrent le silence.

*

Et dans ma propre vie ?

La tragédie s'abattit sur ma petite famille en 1981. Mon père fut rattrapé par toutes ces années passées à se goinfrer de délicieuses pâtisseries grecques, et subit deux crises cardiaques en l'espace de quelques semaines. La seconde lui fut fatale.

Éplorées, en deuil, Maman et moi vendîmes l'appartement de la rue Acharnon pour emménager à Londres. Nous fîmes l'acquisition d'un trois-pièces non loin de sa famille, dans le quartier peu prisé de Balham.

Elle conserva son nom d'épouse et, comme il n'y avait pas beaucoup de familles Frangopoulou à Balham (en fait il n'y en avait qu'une, pour être précise), Matthew n'eut aucun mal à me retrouver dans l'annuaire quelques années plus tard.

On était au début du printemps 1985 quand il téléphona. Au cours des années qui s'étaient écoulées entre-temps, ma vie sentimentale n'avait rien eu de très excitant, et je reconnais qu'avoir de ses nouvelles me procura une joie irrationnelle. Il m'invita à dîner dans un restaurant italien de Soho, et je passai l'essentiel de la journée à me demander ce qu'il fallait que je porte. Après tout, j'ai à mon actif – comme vous le savez désormais – toute une série d'erreurs de jugement spectaculaires en matière de tenue vestimentaire. En fin de compte, je décidai qu'il serait trop humiliant de mettre une tenue sexy pour lui (encore aurait-il fallu que j'en possède une), et j'optai donc pour quelque chose de joli, mais classique : une robe en velours milleraies Laura Ashley de style années 1920, taille basse avec un col marin et de couleur rouge sombre. Malgré tout j'eus l'impression d'être un peu trop habillée, car Matthew débarqua en vieux pull marin et jean datant d'au moins dix ans, à en juger par les pattes d'eph. J'étais déçue en le voyant, je dois le reconnaître. Dans mon souvenir, il était incroyablement beau garçon : une beauté juvénile, malgré sa barbe ou peut-être même à cause d'elle. Enfin bref, la barbe avait disparu à présent, il avait le visage légèrement bouffi, et d'ailleurs il avait pris un peu d'embonpoint du côté du ventre aussi. Mais peu importait que je le trouve moins séduisant qu'au temps de la Grèce ou de Paris, car si j'avais supposé qu'il pouvait s'agir d'un rendez-vous galant, cette hypothèse ne survécut pas à l'apéritif. En moins de deux minutes, j'appris qu'il était marié, et aussi que sa femme se prénommait Juliet. Bon, d'une certaine manière j'étais soulagée. Au moins cela signifiait que mon instinct ne m'avait pas trompée, ce fameux été 1977 à Paris. Mais j'avais un peu espéré qu'il me proposerait peut-être de coucher avec lui, pour avoir la satisfaction de le repousser.

D'accord, donc Matthew ne m'avait pas fait venir pour raviver la flamme de notre aventure de jeunesse. En fait, il avait une proposition de travail. Il se trouvait – ce qui ne laissa pas de me surprendre – qu'on lui avait donné de l'argent pour réaliser un long-métrage. Rappelons qu'à cette époque, au milieu des années 1980, le cinéma britannique connaissait l'une de ses phases cycliques de renaissance. Channel 4 venait de voir le jour et investissait lourdement dans la production et le développement. La résistance au thatchérisme avait galvanisé les cinéastes. *Les Chariots de feu* avait dopé la confiance générale. Matthew s'était fait remarquer en tant que jeune espoir et on lui avait offert quelques centaines de milliers de livres pour porter à l'écran son mélange très personnel de Martin Scorsese, de Nicolas Roeg et de polémique gauchiste. Le film ne vous dira peut-être rien – peu de gens s'en souviennent de nos jours – mais il attira pas mal l'attention à l'époque. Cependant, quand je le retrouvai ce soir-là, la postproduction n'avait pas commencé, et il y avait un membre-clé de l'équipe artistique qui n'avait pas encore été recruté : le compositeur.

Alors que nous dégustions nos antipasti, il me fredonna une mélodie.

« C'est quoi ? demandai-je.

— Comment ça, "c'est quoi ?" répondit-il. C'est ton morceau. Celui que tu m'as joué à la fête, en Grèce.

— Tu n'as jamais réussi à t'en souvenir, lâchai-je, et je lui chantai correctement *Malibu*, avec la bonne mélodie.

— C'est ça ! C'est exactement ça !

— Je le sais bien, répondis-je calmement en essayant de ne pas avoir l'air trop condescendante.

— Il faut absolument qu'on l'utilise. Dès le tournage je l'entendais déjà, sur chaque scène. Dis-moi que tu veux bien le faire, s'il te plaît, Cal.

— Faire quoi ?

— Composer la musique de mon film. »

Et c'est ainsi que les choses commencèrent. Matthew dut me fournir toute une équipe d'assistants pour m'apprendre à composer, orchestrer, enregistrer, synchroniser et monter de la musique pour un film, car la seule chose que j'avais – mon unique contribution à l'ensemble du projet – c'était cette petite mélodie toute simple qui vous laissait une entêtante sensation douce-amère. Mais cela suffisait. Tout récemment, il y avait eu une série de films dont la musique avait presque autant marqué que l'intrigue elle-même – parfois même davantage. *Les Chariots de feu* en était un exemple, ou encore *Furyo*, et j'eus de la chance, il m'arriva le même genre de choses. Au cinéma, les spectateurs s'entichèrent de mon morceau, ils l'aimaient bien et s'en souvenaient, je gagnai deux ou trois prix et bientôt, du moins pendant quelques brèves années, les propositions de travail se mirent à affluer. En fait, l'offre suivante vint d'un studio hollywoodien, et avant d'avoir eu le temps de me rendre compte de ce qui m'arrivait, je m'envolais vers L.A. pour des rendez-vous, des projections et des sessions d'enregistrement.

C'est lors d'une de ces visites, au printemps 1987, que je revis Iz et Barbara pour la dernière fois.

Barbara était toujours aussi glamour et expansive. Iz, remarquai-je, avait l'air amaigri et vieillissant.

Ils m'invitèrent à dîner chez eux, sur El Camino, et Iz me raconta que Billy et lui continuaient à se retrouver au bureau tous les jours, pour lancer des idées de scénarios et d'intrigues.

« Mais ça n'arrivera jamais, fit-il.

— Pourquoi ça ? demandai-je.

— Pour plusieurs raisons. La première, c'est qu'il n'y a qu'un seul film que Billy ait encore envie de faire, et ce n'est pas pour moi. »

Je lui demandai de m'en dire davantage.

« Il y a eu un livre publié il y a quelques années, *La Liste de Schindler*, tu en as entendu parler ? Écrit par un Australien. Ça parle d'un Allemand qui sauve plein de Juifs de l'Holocauste. Billy essaie d'acheter les droits.

— Il serait la personne idéale pour faire ce film.

— Peut-être, dit Iz, sans avoir l'air tout à fait convaincu. Mais beaucoup d'autres gens courent après ces droits. Beaucoup. Il a quelques… rivaux assez puissants. »

Il ne me révéla pas l'autre raison pour laquelle Billy et lui ne termineraient jamais d'autres scénarios. Je ne le compris que l'année suivante, en lisant la nécrologie d'Iz dans le journal. Il était gravement malade depuis un moment, atteint d'un cancer de la moelle osseuse : en réalité, son « zona » pendant le tournage de *Fedora* en était peut-être les prémices. Il le savait depuis un certain temps mais ne l'avait jamais dit à Billy. Celui-ci n'apprit la nouvelle que quelques semaines avant la mort de son ami. « Dans le scénario tel que nous l'avions imaginé, déclara-t-il dans une interview, le scénario de nos vies, avec mes quatorze ans de plus que lui j'étais censé partir le premier. Comme vous pouvez le constater, ça ne s'est pas passé ainsi. »

*

L'équipe artistique du film pour lequel j'étais venue cette fois-là à L.A. comprenait plusieurs Britanniques, dont le monteur, un homme aimable, gentil et d'un naturel doux qui s'appelait Geoffrey. Notre idylle ne fut peut-être pas la plus fougueuse ni la plus passionnée (je sais qu'il ne m'en voudra pas de le dire) mais nous tombâmes assez follement amoureux, à notre façon discrète et peu démonstrative. Nous étions mariés trois mois après notre rencontre.

Geoffrey et moi voulions tous les deux des enfants dès que possible, mais les choses ne fonctionnèrent pas aussi facilement. Je finis par subir une FIV, et c'est ainsi que Francesca et Ariane arrivèrent, au printemps 1994. Je découvris alors que la seule chose que j'aimais davantage que composer de la musique de film, c'était être en compagnie de jeunes enfants, et leur donner tout l'amour et l'attention dont ils avaient besoin. Depuis la naissance de mes filles, j'ai consacré ma vie à trouver une forme d'équilibre entre ces deux vocations – écrire de la musique et élever mes enfants, et même si ça n'a pas toujours été facile, ça a toujours été joyeux. Composer pour des films fut une aventure merveilleuse, mais je peux dire en toute sincérité que je n'ai jamais regretté de refuser un travail si cela me permettait de passer davantage de temps avec mes filles, de me nourrir chaque jour de leur énergie juvénile, de leur curiosité et de leur joie de vivre.

Je continuai donc à travailler, simplement pas autant qu'avant. Les commandes venaient principalement du Royaume-Uni, parfois d'Europe, une ou deux fois d'Hollywood. Mon dernier film américain, c'était en 1996. C'est alors que je retournai à Los Angeles, et qu'eut lieu ma dernière entrevue avec Billy Wilder.

Nous nous retrouvâmes pour déjeuner, Audrey, Billy et moi, dans un de leurs restaurants préférés, le Mimosa, sur Beverly Boulevard. Après le dessert, Audrey dut partir à un rendez-vous chez le médecin. Je m'apprêtais à me lever pour m'en aller à mon tour, mais Billy posa la main sur mon bras et me suggéra de rester prendre un café. Ayant donc commandé deux expressos, nous abordâmes ce qui serait notre dernière conversation.

« Eh bien, lança-t-il, la petite interprète grecque a fait un sacré bout de chemin ces dernières années, tu ne trouves pas ?

— Il faut croire, oui », répondis-je, et je lui rappelai que cela faisait presque vingt ans pile que Gill Foley et moi avions débarqué au Bistro avec nos affreux tee-shirts et shorts effilochés, et que je m'étais saoulée avant de bâiller si longtemps et si profondément à la fin de notre dîner que cela avait inspiré à Billy l'une des scènes de *Fedora*.

Nous discutâmes un moment de la production de ce film. Il gardait des souvenirs assez nets du tournage ; plus nets, en fait, que ses souvenirs du film lui-même. Je mentionnai quelques détails d'une scène ou deux, et il ne semblait pas tout à fait savoir de quoi je parlais.

« Je ne repense jamais à mes vieux films, dit-il. À quoi bon ? La seule chose qu'on voit, ce sont les erreurs qu'on a commises. Il y a de quoi vous rendre dingue. Il ne faut penser qu'au prochain, voilà tout.

— Vous allez faire un autre film ? » demandai-je.

Il me regarda fixement et éclata de rire.

« Mon Dieu, Calista. J'ai quatre-vingt-dix ans. Tu crois que je vais me lever à cinq heures du matin pour filer sur un tournage au milieu de nulle part ? Arrête un peu.

— Iz m'a raconté une fois que vous vouliez adapter *La Liste de Schindler* au cinéma.

— Exact.

— Vous l'avez vu ? » demandai-je. La version de Spielberg était sortie trois ans plus tôt.

Billy opina et retomba dans le silence un long moment. Puis il dit : « Oui oui, je l'ai vu. Je l'ai regardé une fois. Je ne supporterais pas de le revoir. Je pense que c'est un des... des *plus grands* films qui soient. Le plus grand de tous. Mieux que tout ce que j'aurais pu réaliser. »

J'étais très émue de l'entendre prononcer ces mots. Mes pensées me ramenèrent à l'une de nos dernières conversations à Paris :

« Je me souviens que vous m'avez dit une fois que Spielberg et les autres de son âge ne pourraient jamais vraiment réaliser de films sérieux parce qu'ils n'avaient pas vécu ce que vous, vous avez vécu. Les gens de votre génération. Les deux guerres. »

Il leva les yeux.

« J'ai dit ça ? »

J'acquiesçai.

« Eh bien, c'étaient des conneries. Et surtout, je ne me souviens pas de l'avoir dit. C'était quand ?

— Vous ne vous rappelez pas ? C'était le dernier soir du tournage. La fois où nous sommes allés à la ferme, manger du brie. »

Son regard s'éclaira. « Ah oui. Ça je m'en souviens. Je me souviens du fromage, sans aucun doute. Mais je ne me rappelle pas avoir dit quoi que ce soit de ce genre sur monsieur Spielberg. Et si je l'ai dit, j'avais tort. »

Aucun de nous deux ne parla pendant un petit moment. Je songeai, une fois de plus, au souvenir précieux que je gardais de cette soirée, le retournant dans mon esprit. Mais les pensées de Billy l'avaient entraîné dans une tout autre direction.

« Tu sais, finit-il par dire – et j'eus soudain l'impression que le restaurant était entièrement silencieux, comme si nous étions les seuls clients à discuter, voire les seules personnes au monde –, quand j'ai vu ce film… Ces scènes… Les scènes dans les camps, les camps de la mort. C'était tellement réel. J'ai compris ce que j'étais en train de faire, et tu sais ce que c'était ? »

Je secouai la tête et plongeai mes yeux dans les siens, qui s'étaient troublés.

« Je ne regardais plus les acteurs. Je regardais toutes ces silhouettes à l'arrière-plan. J'avais l'impression de contempler… la chose elle-même, en train de se produire, et je me suis rendu compte que j'étais toujours en train de la chercher. J'étais toujours en train de guetter son visage. »

Par-dessus la table, je serrai sa main de quatre-vingt-dix ans. Nos regards se croisèrent pour la dernière fois. Puis il termina son café, commanda deux brandys, et me raconta une anecdote amusante à propos de Jack Lemmon et Shirley MacLaine.

*

J'ai fini par terminer ma suite musicale inspirée par Billy Wilder, même si elle n'a toujours pas été jouée ni enregistrée. Mais il m'a fallu plus de temps que prévu – trois ou quatre ans en tout – car quelque chose est venu m'en distraire. Cela a commencé le jour où j'ai surpris la conversation de Fran dans le jardin, au téléphone avec son amie, et où j'ai regardé ces vieilles photos de ma mère avec ses petites-filles. J'ai eu une idée ce jour-là, une idée qui allait changer à jamais l'histoire de ma famille.

Et d'où m'est venue cette idée ? De *Fedora*, bien sûr.

Je ne sais pas pour quelle raison je me suis retrouvée à sortir le DVD de sa boîte et à le glisser dans le lecteur, plus tard ce soir-là. J'imagine que j'étais lasse de visionner des navets en avant-première, mais il y avait forcément autre chose. Fran et Geoffrey étaient tous les deux montés se coucher. Il était presque minuit, je me sentais tourmentée et triste, mais je n'avais pas envie de boire de l'alcool ou de manger du brie. J'avais envie de revoir *Fedora*.

Quel curieux film tout cela avait donné.

Après l'avoir regardé une fois de plus, une drôle d'idée m'est venue : à l'époque, en 1977, alors que j'essayais de dissimuler mon ignorance du cinéma, je passais mon temps à balancer des citations apprises par cœur de l'encyclopédie du cinéma de Leslie Halliwell. Mais allez savoir pourquoi, je n'étais jamais allée voir ce que ce dernier avait écrit sur *Fedora* dans les éditions plus récentes. Ce soir-là, j'ai donc sorti l'épais volume à reliure souple de ma bibliothèque, et j'ai lu son verdict : « *Boulevard du crépuscule* revisité, en moins amer et moins efficace. » À quoi il ajoute : « Mais à la fin des années 1970, n'importe quel film civilisé est le bienvenu. » J'ai tendance à penser que Billy aurait apprécié. On peut mettre des tas de présupposés derrière le mot « civilisé », mais je crois que Billy les aurait compris, et probablement partagés. C'est peut-être générationnel avant tout.

Il y a beaucoup d'éléments qui ne vont pas dans *Fedora*. L'atroce doublage des voix des deux actrices. Le mélodrame boiteux et le manque de vraisemblance de certaines scènes. Même la réplique finale complètement farfelue – « Ma couverture chauffante me revint avec la mention "Retour à l'envoyeur" » – montre que Billy et Iz étaient en train de perdre la main, qu'ils ne tournaient pas à plein régime. On est loin de « Personne n'est parfait » ou « Tais-toi et donne les cartes ».

Et puis c'était un film difficile à regarder pour moi. Ce que je veux dire, c'est que le film en lui-même – tel qu'assemblé par Billy et son monteur – était perpétuellement en conflit avec mes souvenirs plus vifs que jamais des jours que nous avions passés à le tourner. Quand William Holden traverse la rue à Corfou, s'assoit à une table de café et appelle « Serveur ! », ça me fait sortir de l'intrigue, et il me revient plutôt à l'esprit la matinée où j'avais commencé à travailler pour Billy, et où j'avais dû lui traduire ces deux interviews complètement dingues dans le hall de l'hôtel. Quand je vois le vieux marin qui fait traverser monsieur Holden jusqu'à la villa de Fedora, ça me rappelle ce drôle de petit bonhomme enjoué et la manière dont Iz s'était secrètement servi de lui pour jouer un tour à son ami. Et au tout début du film, quand Fedora se jette sous le train à la gare de Mortcerf, un seul souvenir me revient, bien sûr : le moment passé avec Billy dans cette cour de ferme de la Seine-et-Marne, à boire du vin, contempler le coucher de soleil et manger du *brie de Meaux**.

C'est donc un film sur lequel j'ai du mal à être lucide. Mais quand j'y parviens, il demeure à mes yeux une œuvre d'une grande beauté. D'une grande beauté, et d'une grande détermination. La pulsion créatrice de Billy, celle qui le poussait à continuer à donner au monde – élan fondamentalement généreux –, était plus forte que jamais au moment de sa réalisation. Et, comme j'avais tenté de l'en convaincre à l'époque, le film montre une telle compassion envers ses personnages : ses personnages vieillissants, en particulier – les hommes comme les femmes –, qui luttent pour trouver leur place dans un monde qui ne s'intéresse qu'à la jeunesse et à la nouveauté.

J'ai regardé le film à nouveau ce soir-là, et j'ai été submergée de joie à l'idée qu'il existe. Un sentiment inexprimable de gratitude envers Billy, de reconnaissance pour le mal qu'il s'était donné pour concevoir et couver cette créature étrange, unique, et pour l'offrir au monde afin qu'elle puisse toucher et inspirer de mille manières les gens qui la verraient.

C'est à la lumière chaleureuse et révélatrice de cette joie que ma grande idée a brusquement pris forme.

*

De la lumière filtrait encore sous la porte de la chambre de Fran. Je suis entrée, et je lui ai posé une question. Quand la réponse a été oui (et je savais que ce serait le cas), je suis allée dans ma propre chambre parler à Geoffrey ; parce que tout, désormais, dépendait de sa réponse.

*

Au début, allongée à ses côtés, je n'étais même pas sûre qu'il soit réveillé. Mais quand il a compris que j'avais une question urgente à discuter avec lui, il a roulé sur lui-même pour me faire face et a ouvert grand ses oreilles.

« Fran veut garder son bébé, ai-je dit. Mais elle veut aussi aller à l'université. Donc ça dépend de nous.

— De nous ? a-t-il répété.

— On peut le faire, ai-je poursuivi. On peut élever cet

enfant pour elle. Pendant quelques années, cela peut être notre mission, notre responsabilité. C'est vrai, près de vingt ans ont passé depuis la dernière fois où on a fait ce genre de choses, mais ça reviendra. L'élan est toujours là. La volonté et l'énergie sont toujours là. »

Au moment où je prononçais ces mots, j'ai eu une vision fugace de ma rencontre dans l'escalator de la station de métro, quelques jours plus tôt. La petite fille qui serrait la main de sa mère. Cet instant de connexion immense, inestimable. J'avais tellement envie de ressentir à nouveau ce genre de choses. Pas envie : besoin. Un besoin terrifiant, irrépressible.

« Tu en penses quoi ? » ai-je chuchoté, tandis que Geoffrey restait allongé là, silencieux.

Il n'a pas répondu.

« On pourrait encore le faire, l'ai-je encouragé d'une voix qui commençait à trembler. On en est toujours capables. »

Pour la première fois, il a ouvert complètement les yeux et m'a regardée dans la pénombre.

Il m'a embrassée. Ensuite il s'est détourné à nouveau, pour se rallonger dos à moi.

Et puis il a dit dans un murmure : « Pourquoi pas ? », et il s'est rendormi.

Cascais, 14 octobre 2019 –
Londres, 22 mai 2020

REMERCIEMENTS ET SOURCES

Mes deux principales sources pour ce roman ont été le documentaire long-métrage *Swan Song : The Story of Billy Wilder's Fedora,* réalisé par Robert Fischer en 2014, et le long article de Rex McGee intitulé « The Life and Hard Times of *Fedora* », paru dans *American Film* en février 1979, pages 17-32.

Rex McGee (qui fut embauché au débotté, alors qu'il avait une vingtaine d'années, en tant qu'assistant personnel de Wilder sur *Fedora,* presque comme Calista dans mon roman) m'a également apporté par mail un nombre incalculable d'informations précieuses. Je ne peux le remercier assez pour sa générosité et sa patience.

De la même manière, Paul Diamond, le fils d'Iz, a répondu à de nombreuses questions par mail et via Twitter, m'a fait faire le tour des repaires de Billy et son père à Beverly Hills en janvier 2019, et – le plus précieux – m'a donné accès aux mémoires de son père, *A Definite Maybe* (qui ne sont pas encore publiés… mais plus pour longtemps, je l'espère). Ma gratitude envers lui est infinie.

En Grèce, Alkistis Triberi et Marilena Astrapellou ont répondu patiemment à mes nombreuses demandes. Chrissoula Sklaveniti a partagé tous les détails de sa connaissance locale de Nydri et de Leucade, et m'a raconté l'histoire de son grand-père, Filippos, qui joue un petit rôle de marin dans *Fedora,* même si je ne crois pas qu'il ait jamais interrogé Billy Wilder sur sa motivation.

Tanja Graf et Patrick Süskind ont partagé avec moi de nombreux et précieux détails sur la vie à Munich dans les années 1970. Volker Schlöndorff, qui a bien connu Billy Wilder et a assisté à une partie du tournage de *Fedora* aux studios Bavaria, m'a généreusement offert un peu de son temps et de ses connaissances.

Merci également à Julie Gavras, Frederic Tuten (à qui je dois l'idée des *Dents de la mer à Venise*) et bien sûr à Marthe Keller, qui a répondu aux SMS à rallonge que je me suis permis de lui adresser avec la plus grande courtoisie.

*

La première moitié de ce roman a été écrite au cours d'une résidence de deux mois à l'hôtel Pestana Cidadela de Cascais, au Portugal. Cette résidence était financée par la Fundação D. Luís I, F.P., et la Câmara Municipal de Cascais. J'ai été invité à participer à cette résidence par Filippa Melo, et je ne la remercierai jamais assez pour sa gentillesse, sa chaleur et son hospitalité pendant mon séjour. Je dois aussi remercier ses collègues de la Fundação, Salvato Tenes de Menezes et Pedro Viagre, pour m'avoir aussi bien accueilli. Parmi les autres personnes qui ont contribué à rendre cette expérience aussi productive qu'agréable figurent Joana Soreiro, Nareen Figueiredo, Francisca Prieto, Elisabete Pato et Manuel Alberto Valente.

*

Les livres suivants ont été consultés pour l'écriture de ce roman :

Cameron CROWE, *Conversations with Billy Wilder* (Faber and Faber, 1999) – traduit en français par Jean-Pierre COURSODON sous le titre *Conversations avec Billy Wilder* (Actes Sud / Institut Lumière, 2004).

Robert HORTON (dir.), *Billy Wilder: Interviews* (University Press of Mississippi, 2001).
Kevin LALLY, *Wilder Times: The Life of Billy Wilder* (Henry Holt & Co., 1996).
Ed SIKOV, *On Sunset Boulevard: The Life and Times of Billy Wilder* (Hyperion, 1998).
Anthony SLIDE (dir.), *It's the Pictures That Got Small: Charles Brackett on Billy Wilder and Hollywood's Golden Age* (Columbia University Press, 2015).
Billy WILDER et Hellmuth KARASEK, *Billy Wilder* (Hoffmann und Campe Verlag, 1992).
Maurice ZOLOTOW, *Billy Wilder in Hollywood* (WH Allen, 1977).

*

Certaines anecdotes présentes dans la narration, ainsi que de nombreuses paroles authentiques de Billy Wilder reprises dans le texte, proviennent des sources suivantes :

p. 63 : « [...] je ne peux pas me contenter de faire des films pour six spectateurs de Bel Air... », Zolotow, p. 179.
p. 64 : Le summum de l'enthousiasme pour Iz Diamond : « Pourquoi pas ? », Sikov, p. 389.
p. 118 : « Cela revient à demander à un braqueur de banques pourquoi il braque des banques [...] », Horton, p. 144.
p. 123 : « [...] je veux que tu joues comme Laughton et que tu danses comme Nijinsky », Zolotow, p. 236.
p. 124 : « Billy avait rendez-vous, un jour, avec un producteur [...] », Zolotow, p. 236.
p. 155 : « Tu m'as dit que ta femme était en train de refaire la décoration de la maison familiale [...] », Slide, p. 251.
p. 168 : « [...] on les a regardés rouer de coups un vieux Juif... », Sikov, p. 86.

p. 214 : « Quand tu en seras à la scène de la crucifixion [...] », Zolotow, p. 137.

p. 216 : « Mais ils ont tous piqué le crayon [...] », Sikov, p. 240.

p. 219 : « C'était un champ tout entier [...] », extrait de l'interview filmée en trois volets de Wilder par Volker Schlöndorff, *Billy, How Did You Do It ?*, BBC TV, 1988.

p. 222-223 : « Si c'est un franc succès, c'est ma revanche sur Hollywood [...] », Horton, p. 145.

p. 229 : « Pas pu trouver de bidet [...] », Zolotow, p. 235.

p. 254 : « [...] j'ai l'impression d'être [...] le pianiste dans un bordel [...] », Sikov, p. 558.

p. 258 : « Dans le temps qu'il m'a fallu pour faire ça [...] », McGee, p. 32.

p. 259 : « Imagine une famille à Düsseldorf [...] », Horton, p. 160.

p. 266 : « Le *brie de Meaux* [...] » Dans le documentaire *Swan Song*, le chef de production de *Fedora*, Harold Nebenzal, se souvient : « On tournait dans une gare à Mortcerf, aux environs de Paris. On devait attendre la nuit. J'accompagnais Billy, le chauffeur nous emmenait à Mortcerf, et en chemin on est passés par Meaux. Et le chauffeur a dit à Billy : "Vous savez, c'est ici qu'on fait le meilleur brie." "Du brie ? a-t-il fait. Un fromage fantastique... vous croyez qu'on pourrait en goûter ?" "Oh bien sûr monsieur..." C'est ainsi qu'on a fait la tournée des fermes, on débarquait, on goûtait le fromage, on buvait un verre de vin ici, on mangeait un morceau de pain là et – c'était tout à fait inhabituel pour Billy Wilder – on est arrivés en retard sur le plateau. EN RETARD ! Je crois que Billy n'avait jamais fait ça de sa vie... ».

p. 284 : « Dans le scénario tel que nous l'avions imaginé [...] », Sikov, p. 580.

p. 288 : « Je ne regardais plus les acteurs. [...] » Cette anecdote sur la réaction de Wilder au film *La Liste de Schindler* m'a été rapportée lors d'une conversation avec Volker Schlöndorff chez lui à Berlin, le 13 mars 2020.

Composition : IGS-CP à L'Isle-d'Espagnac (16)
Achevé d'imprimer
sur Roto-Page
par l'Imprimerie Floch
à Mayenne, en mars 2021
Dépôt légal : mars 2021
Numéro d'imprimeur : 98042

ISBN 978-2-07-292392-0 / Imprimé en France.

373805